칼송곳

칼송곳

초판 1쇄 인쇄 | 2022년 2월 9일
초판 1쇄 발행 | 2022년 2월 16일

지은이 | 조동신
펴낸이 | 박영욱
펴낸곳 | 북오션

경영지원 | 서정희
편   집 | 권기우
마케팅 | 최석진
디자인 | 민영선·임진형
SNS마케팅 | 박현빈·박가빈
유튜브 마케팅 | 정지은

주   소 | 서울시 마포구 월드컵로 14길 62 북오션빌딩
이메일 | bookocean@naver.com
네이버포스트 | post.naver.com/bookocean
페이스북 | facebook.com/bookocean.book
인스타그램 | instagram.com/bookocean777
유튜브 | 쏠쏠TV·쏠쏠라이프TV
전   화 | 편집문의: 02-325-9172   영업문의: 02-322-6709
팩   스 | 02-3143-3964

출판신고번호 | 제 2007-000197호

ISBN 978-89-6799-661-1 (03810)

조 동 신
연작소설집

칼 송곳

Bookocean

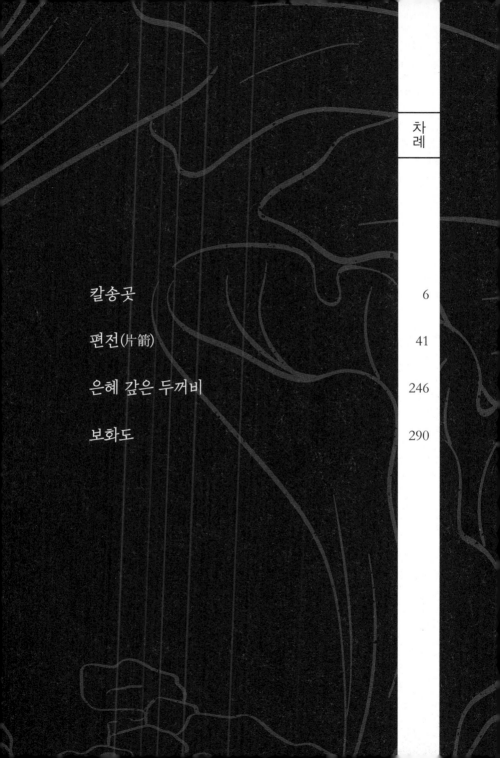

칼
송
곳

파도는 아침 햇살을 싣고 출렁이고 있었다. 동시에 바닷바람이 온몸을 감싸 왔지만, 그날 일정을 생각하면 만호의 마음은 그 바람처럼 시원하지 않았다.

만호가 여수 오동포(梧棟浦)에 위치한 전라 좌수영으로 발령받은 지도 두 달이 지났고 이젠 업무도 슬슬 익숙해지고 있었다. 하지만 이곳의 분위기는 여전히 무겁게 돌아가고 있었다. 그가 좌수영에 오기 두어 달쯤 전에 부임한 신임 좌수사는 원래 종 6품 현감이었는데 류성룡(柳成龍)인가, 그 정승의 도움으로 1년도 안 되어 파격 승진을 하다가 결국 종 3품이나 되는 좌수사가 되었으니 벼락출세가 아니고 뭔가. 다른 장수들의 불만이 없다면 이상한 일이다.

더욱이 이번 좌수사는 조급증이 매우 심했다. 매일 배부터 무기, 군량 등을 모두 직접 점검하여 조금이라도 업무에 하자가 있으면 지위 고하를 막론하고 곤장 때리기가 일쑤였다. 나라를 지키는 이들이 이렇게 형편없이 굴면 어떻게 적을 막아내느냐는 구실이었다. 그래서 자신 역시 새벽부터 이렇게 병사 세 명을 데리고 나와서 작은 배 한 척 타고 주변 섬들을 순찰하고 있었다.

"이봐, 노 젓다 말고 졸면 어떻게 하나?"

만호는 노를 젓고 있던 영두에게 소리를 질렀다.

"죄, 죄송합니다."

"어젯밤에 뭐 했어? 잘못하면 물에 빠지게 된다고! 자네, 오늘 전투 훈련 있는 거 알지? 우리 배가 그전에 선회 훈련(배를 돌리는 훈련)에서 성적이 그리 좋지 않았으니 오늘 각오해야 해! 그건 그렇고 빨리 배 돌려. 귀환이다."

영두가 배를 급히 돌리자, 뱃머리에 서 있던 만호가 그만 물에 빠질 뻔했다.

"저런, 조심하십시오, 나리."

영두는 죄송하다고 했지만 만호가 보기에는 영두가 일부러 장난쳤다는 생각이 들었다. 하긴, 솔직히 만호 자신도 영두에게 뭐라고 할 처지가 되지 않았다. 전날 밤 선소(船所, 조선소) 소속 대장장이 한 명이 사냥을 나갔다가 멧돼지를 한 마리 잡아 오자 대장장이들은 물론 선소 소속 군관들 몇 명까지 함께 간만에 소증(고기가 먹고 싶은 욕망)을 풀 수 있었다. 그런데 술이 좀 과했는지, 만호는 바닷바람으로 술기운을 쫓고 있었다.

그건 그렇고, 배를 돌리자 배 한 척이 저편에 서 있는 모습이 보였다. 배에 소금이 가득 실려 있는 모습으로 보아 포작선(鮑作船: 어선, 냉동 기술이 발달하기 전에는 물고기를 잡는 즉시 배에서 소금에 절이는 작업을 했기 때문에 포작선이라고도 부름)이다. 햇볕이 뜨거워지기 전에 일찍 작업에 나온 모양이다. 어부들은 만호의 심정과는 대조적으로 즐겁게 노래를 부르며 그물을 거두고 있었다.

"뭐, 뭐야, 헉!"

그때, 어선에서 갑자기 비명 소리가 들렸다. 만호는 순간 멈칫했지만 그 어선으로 배를 돌리라고 명령하였다. 어부들은 갑자기 나타난 다른 배에 놀랐지만 만호와 군사들이 입고 있는 군복을 보자 조금 진정했다.

"우린 수군 본영에서 나왔소. 무슨 일이오?"

"구, 군관 나리! 시체, 시쳅니다! 그물에, 사람 시체가 걸려 올라왔어요!"

소금더미 위에 주저앉아 있던 어부가 외쳤다. 만호는 영두를 시켜 그 어선 옆에 배를 댄 뒤 어선으로 뛰어올라가 그물을 걷어 보았다. 그물을 걷자마자 물고기 비늘이 잔뜩 묻어서인지 시체에서는 기묘한 빛이 났으며 목 뒤의 상처를 보니 뭔가 예리한 흉기에 찔린 게 분명했다. 그리고 시체의 얼굴을 드는 순간이었다.

"아, 아니! 저, 저건……!"

격군 영두가 놀라며 말했다.

"수, 순길이 아저씨, 대장장이 순길이 아저씨예요! 아니, 아저씨가 왜 여기에……?"

영두는 놀란 나머지 자신도 옮겨 타려고 했고 그 바람에 만호가 탄 배가 뒤집힐 뻔했다.

만호는 일단 그 시체를 자신이 탄 배에 싣고 본영으로 돌아갈까 했으나 일단은 선소에도 알리는 편이 좋을 것 같아서 우선 선소에 배를 댄 뒤 배에 타고 있던 창병 둘은 시체를 지키도록 했다. 격군 영두는 선소에 가서 사람들더러 알리고 작업도 전부 중단시키도록 지시한 뒤, 자신은 선소의 말을 타고 본영으로 달려갔다. 본영 가까이 가자 나대용(羅大用) 군관과 마주쳤다.

"아, 장 군관! 순찰에 문제는 없었나? 아니, 웬일로 말을 타고 왔나?"

"살인 사건입니다. 선소 소속 대장장이인 순길이가 죽었습니다!"

"뭐, 뭐라고? 어디서?"

"바다에서 시체가 떠올랐습니다. 시체는 제 배에 싣고 왔는데, 우선 검험(檢驗, 검시)을 할 수 있도록 의원을 불렀습니다!"

"그래, 자, 잠깐, 선소의 대장장이? 이런…….."

나대용의 얼굴이 새파래졌다.

"자네가 타고 온 말, 내게 주게! 그리고 자네는 좌수사 영감께 알리게! 내가 먼저 직접 선소로 가 봐야겠어!"

이윽고 긴급회의가 소집되었다. 긴장된 분위기 가운데, 검험을 맡은 의원이 회의실에 들어왔다. 그의 말에 따르면 순길이 죽은 시간은 전날 밤인데 바닷속에 오래 있어서 정확히 몇 시인지는 모르고, 만호가 본 대로 날카로운 흉기에 목 뒤를 찔려 즉사했다.

"핏자국이 풀뭇간(대장간)에서 발견된 점으로 보아 누군가가 풀뭇간에서 그를 죽인 뒤 바다에 던진 것 같습니다. 뭔가 예리한 흉기로 목 뒤를 찔려 죽은 게 확실하옵니다."

의원이 말했다. 가만히 듣고 있던 좌수사가 군관들 쪽으로 고개를 돌렸다.

"좌수영 선소 소속 대장장이가 살해되었네. 더욱이 나 군관이 만든 귀선(龜船: 거북선) 모형이 없어졌고. 자네들이 보기엔 누가 저지른 일 같은가?"

"왜군의 간자가 분명합니다!"

나대용이 목소리를 높였다. 만호의 의견 역시 다르지 않았다. 만호가 나대용과 함께 풀뭇간에 갔을 때 작업장은 아직 불씨가 가시지 않았고 그동안 만든 창날과 칼, 화살촉 등이 쌓여 있었으며 흙 위에서 말라붙은 핏자국을 발견할 수 있었다.

거기다 나대용 군관이 대장간에 맡겼던 귀선의 모형이 없어졌다. 그 때문에 나대용의 얼굴이 가장 창백해져 있었다. 나대용이 귀선 지붕에 꽂을 도추(刀錐: 몸통에 날을 붙인 송곳, 칼송곳이라고도 함)를 풀뭇간에 주문하였기 때문에 인부들도 계속 바빴고 그 때문에 순길도 밤늦게까지 정리할 일이 있다며 풀뭇간에 남았다. 그런데 왜군 간자가 그것도 모르고 숨어들어 귀선 모형을 훔치려다가 대장장이인 순길에게 그만 들켰고, 그가 순길을 죽이고 귀선 모형을 가지고 달아났음이 확실해 보였다.

"왜군 간자가 그랬다면 자네들 모두 엄중한 문책을 면할 길이 없네. 선소의 경비가 소홀했다는 말이 되니까."

"하지만 장군, 선소의 경비는 엄중하옵니다. 외부인이 그곳에 침입하기는 거의 불가능할 겁니다."

나대용이 말을 꺼냈다.

"그렇다면 내부에 왜군 간자나 왜군에게 매수된 자가 있다는 말이 되니 더욱 큰 문제가 되겠군그래."

그 말을 듣자 군관들이 모두 경직되었다. 좌수사는 거의 언성을 높이는 일이 없었지만 그 나지막한 목소리에는 다른 어떤 이의 사자후보다도 강한 힘이 담겨 있었다.

"일단은 모든 군관들에게 알리겠네. 왜군 간자가 신분을 위장하여 들어와 있을지도 모르니, 좌수영 모든 병사들의 신원을 다시 한번 철저히 파악하게!"

좌수사는 엄중히 말하고 회의를 파했다. 다들 일어서자, 나대용이 만호에게 다가왔다.

"범인도 범인이지만 반드시 귀선 모형을 찾아야 하네! 그게 왜놈들 손에 넘어가면 큰일난다고! 좌우간 군사들 잘 단속하고. 특히 이번에 온 격군들 중 왜군 간자가 숨어들어 왔을지도 몰라. 호패를 위조했을 수도 있으니 잘 감시해!"

"알겠습니다."

한숨이 저절로 나왔다. 하지만 군영에서 살인 사건이 난 이상 범인을 잡지 않을 수도 없다.

그날 밤, 만호는 바람도 쐴 겸 활터로 갔다. 활은 집중력과 평정심을 기르는 데 도움을 줄 뿐 아니라 머릿속이 복잡할 때 기분 전환으로도 아주 좋았다.

화살이 툭 하고 과녁에 박히는 소리가 들렸다. 명중이다. 머릿속이 복잡해도 활은 그럭저럭 쏠 수 있군. 약간 자조 섞인 웃음을 짓는데, 인기척이 느껴졌다.

"앗, 수사 영감! 무슨 일로 나오셨습니까?"

"잠이 안 와서 나도 활이나 좀 쏠까 하고 왔네. 장 군관, 자네도 활에는 자신이 있나?"

"조금은 쏩니다."

좌수사는 대답 없이 활을 당겼다. 역시 과녁에 박히는 소리가 났다. 만호는 처음으로 좌수사를 보았을 때가 생각났다. 몸집도 크지 않은데다가 무술보다는 주로 행정 및 군사 업무에 신경을 썼으며 무예도 말타기나 검술보다는 활쏘기에 쓰는 시간이 많아, 무관보다는 선비라는 느낌이 들었다. 좌수사는 그런 만호의 생각을 아는지 모르는지 말을 꺼냈다.

"자네도 왜군 간자가 범인이라고 생각하나?"

"지금으로서는 그렇게 생각합니다."

"자네에게 정식으로 사건을 맡기려고 했는데 안 되겠군."

좌수사는 간단히 대답한 후 다시 활을 당겼다. 만호는 약간 의아해졌다.

"시체를 자네가 발견했다고 했지? 그런데 이상하지 않나? 왜군 간자가 귀선 모형을 훔치다가 순길이에게 발각되어서 우발적으로 죽였다면, 왜 들킬 염려까지 무릅쓰고 그 먼 바다에까지 가서 시체를 버렸겠나? 배까지 준비해야 할 텐데, 나 같으면 두고 가겠네."

"아, 네?"

"단지 풀뭇간에서 핏자국이 조금 발견되었다고 해서 그렇게 단순히 생각하다니, 자네도 한심하군."

좌수사는 다시 활을 당겼다. 과녁에서 묵직한 소리가 나자 만호를 향해 다시 몸을 돌렸다. 솔직히 좌수사의 말은 틀리지 않았다. 풀뭇간에서 그를 죽였다면 시체를 바다에 버릴 이유가 없다.

"자네는 아직 모르겠지만 지금 조정 분위기는 뒤숭숭하네. 조만간 왜군이 침략할 것이라는 소문도 있고, 그 때문에 무관

배치도 새로 하고 있어. 하지만 지금 왜군보다 심각한 문제는 내부 기강이야. 현재 문제점이 한둘이 아니라는 건 자네도 알겠지?"

만호로서는 대답할 말이 없었다. 좌수사는 말을 이어갔다.

"내가 여기 처음 부임했을 때 장부에는 판옥선 30척이라고 되어 있었는데 그건 말뿐이었고 전선을 보니 쓸 만한 건 다섯 척뿐이었네. 전선이 그 모양이었으니 무기나 물자 등의 수준은 어땠겠나. 이래 가지고 호남, 나아가 나라의 바다를 지킬 수 있다고 생각하나?"

만호도 알고 있었다. 최근 왜군 간자가 돌아다닌다는 소문이 돌고 있었으며 주변 정세 또한 큰 전란의 조짐을 보이고 있었다. 그래서 현 좌수사가 처음 부임한 후 전선과 무기를 점검한 뒤 며칠 동안 좌수영 본영에서는 곤장 소리가 바닷가의 파도 소리처럼 끊이지 않았다고 들었다. 전선과 무기는 물론 군사들의 훈련 수준 또한 말로 표현할 수 없었으므로 관련 책임자들에 대한 징계가 그만큼 엄했던 탓이다.

"그렇게 된 이유가 뭐라고 생각하나? 내부 부패 때문이야. 전임 수사들은 물론 다른 관리들도 조정에 선을 대 놓기 위해 조정 대신들에게 뇌물을 줬기 때문일세. 그 뇌물은 물론 백성들을 착취하여 마련하였고, 그러다 보니 정작 자신이 해야 할 업무에는 소홀해지는 법이지. 서론이 길었군. 윗물이 맑아야 아랫물도

맑은 법인데 윗선에서 그러니 아래에서도 부패가 심각할 수밖에 없네. 보아하니 본영 소속 대장간에서도 횡령이 이루어지고 있었던 것 같네. 간단히 말하면, 대장장이 중 누군가가 철이나 물자를 빼돌려 팔아먹었을 수도 있다는 말일세."

"처, 철을?"

만호는 놀랐다. 철은 군영에서 가장 중요한 물자다.

"살인 사건이란 게 그렇게 쉽게 일어날 수 있는 게 아닐세. 그러니 사건을 볼 때는 여러 가지 경우를 생각해야 하네. 자네 말대로 왜군 간자가 한 짓일지, 아니면 대장간 내 알력 싸움 때문인지, 그도 아니면 순길이가 누군가에게 원한을 샀을 수도 있고."

만호는 할 말이 없었다.

"그렇지 않아도 이러한 내부 비리를 뿌리 뽑으려고 했는데 이런 일이 났으니, 이 일의 진상을 빨리 알아내야 하네."

"물론입니다."

"자네에게 이 사건을 맡길 테니 반드시 범인을 잡게. 하지만 빨리 했으면 좋겠어. 그동안 왜구의 침입을 보았을 때 그들은 결코 단순히 노략질만 하러 다니는 도적 떼가 아닐세. 적을 막아내려면 빨리 좌수영이 바로 서야 하네."

말을 마친 좌수사는 활을 들고 돌아갔다. 만호는 머릿속이 복잡해졌다. 좌수사가 자신에게 이 일을 맡긴 이유가 무엇일까. 자신은 그저 이제 막 무과에 급제한 하급 군관일 뿐인데. 좌수사는 다른 고을의 원처럼 백성을 착취하거나 비리를 저지르지는 않았지만 너무 엄격하여 장졸들의 불만이 컸는데, 지금 보니 다른 생각이 들었다.

다음 날, 판옥선 위에서의 활쏘기와 화포 훈련이 끝나자 점심시간이 되었다. 보통 때는 배를 근처 육지에 정박시킨 뒤 식사하지만 전투 훈련 중이라 식사도 전시(戰時)와 똑같이 젓갈이 든 주먹밥에 된장에 박아뒀던 짠지, 된장국이 전부였다. 상장(갑판)으로 올라가자, 바닷바람이 만호의 얼굴을 시원하게 감싸 주었다.

'쳇, 훈련하는 군사들도 그렇지만 훈련시키기도 일이군.'

하급 군관인 만호는 거의 군사들과 함께 뛰다시피 해야 했기 때문에 더욱 그랬다. 거기다 갑옷을 입고 있으니 더 더웠다.

그건 그렇고, 만호는 다시 한번 살인 사건에 대하여 정리해 보았다. 사건이 일어났던 날 순길은 다른 일이 있다는 이유로 멧돼지 고기 먹는 자리에도 가지 않았고 그가 퇴근하는 모습을 본 사람도 없다. 과연 무슨 이유에서일까?

살인 현장이 풀뭇간이 맞다면 선소와 주변의 경비는 엄중하므로 들키지 않고 현장까지 가기는 힘들 것이다. 즉 내부인이 범인일 확률이 높다. 하지만 그날 대장장이들은 모두 멧돼지를 먹으러 갔으니 군사나 군관 중 한 사람이 범인일 것이다.

가능성은 두 가지였다. 첫째, 순길이 귀가하기 전에 대장간에 뭔가 두고 간 물건이 있어서 잠시 찾으러 돌아갔다가 왜군 간자가 귀선 모형을 훔치는 모습을 보았고 왜군 간자가 엉겁결에 대장간에 있던 도추로 순길을 죽인 것이다. 둘째는 순길이 점심을 먹으러 가지 않았다는 점으로 미루어 보았을 때, 순길이 왜군 간자에게 매수되었다가 그와 만나 귀선 모형을 건네주었는데 왜군 간자가 순길을 배신하여 그를 죽이고 간 것이다.

이 두 가지는 의도된 살인인가 아닌가에서 큰 차이가 있다. 범인이 의도적으로 살인을 결심하고 풀뭇간에 갔다고 해도 풀뭇간에는 쇠메(쇠 두드리는 망치)부터 창날, 칼날, 도끼는 물론 포에 쓰는 철환 등등이 있으므로 굳이 일부러 흉기를 준비해 갈 필요가 없다. 그러나 순길의 목 뒤에 난 찔린 자국은 칼이나 창, 도끼의 그것과는 달랐다. 만호 자신이 직접 돼지고기를 구해다가 칼과 창 등으로 찔러 가면서 자국을 확인해 보았으니 틀림없다.

좌수사는 여러 가능성을 생각해 보라고 했지만 귀선 모형이 없어졌다는 점으로 미루어 보면 역시 왜군 간자가 범인일 확률이 가장 높았다. 먼 곳으로 가서 시신을 버리려면 배가 필요하지만 왜군 간자라면 한패가 있을 테니 그를 공범으로 삼으면 그만이다.

공범이 배를 타고 몰래 침투해 들어가고, 왜군 간자는 순길을 죽인 뒤 그 공범이 배에 순길의 시신을 싣고 가서 바다에 버렸다고 가정했을 때, 그렇다면 순길을 바다에 버린 이유는 무엇일까, 살인 사건으로 인하여 군영이 시끄러워질지 모르니 순길을 단순한 장기결근 혹은 실종 등으로 처리하려는 이유에서였을까, 하지만 아무리 밤이라고 해도 그 엄중한 경비 속에서 시체를 끌고 나올 수는 없을 것이다.

만호는 사건이 일어난 날 밤 선소 경비를 섰던 군사들을 한 명 한 명 알아보고 그 중 범인이 될 만한 사람을 뽑아 보았다. 그 결과 덕수라는 이가 먼저 눈에 띄었다.

그날 대장간 주변에서 보초를 선 군사 중 혹시 누군가가 소변이나 다른 이유로 자리를 비웠는지 알아본 결과 가장 자리를 오래 비운 이가 덕수였다. 그는 새로 들어온 군사 중 한 명으로 격군에 배치되었고, 키도 상당히 크고 체구도 단단한 이였다. 더욱이 아직 장가도 들지 못했고 가족도 없으니 신원이 불분명했다.

덕수를 보니, 그는 주먹밥에 곁들인 갓침채(갓김치)를 누구보다도 씁쓸한 얼굴로 먹고 있었다. 갓침채의 그 톡 쏘고 코끝이 찡한 매운 맛은 어려서부터 먹어온 이, 즉 여수나 순천 등 남해 지방 출신인 사람이 아니라면 견디기가 힘들기 때문이라는 점은 만호도 잘 알고 있었다. 그 역시 여수 출신이 아니기 때문이다. 하지만 갓은 일 년에 네 번이나 수확할 수 있어서 여수를 비롯한 남해 따뜻한 지방에서는 매우 보편적인 채소라 군 식사에도 자주 나왔다.

그런 면에서 보면 덕수에 대한 의심이 더욱 심해졌다. 대개 군인은 그 지방 출신을 뽑게 마련인데 덕수는 그 지방 출신이 아닌 모양이므로, 만호는 슬쩍 덕수의 옆으로 갔다.

"아, 나리."

"조사받느라 고생 많았네. 그런데 자네 경비 도중에 소변 보러 갔다면서?"

"그, 그랬습죠."

덕수는 외면하고 싶다는 표정으로 말했다.

"뭔가 본 건 없나? 수상한 사람이 돌아다닌다든가."

"말씀드린 대로입니다. 전 아무것도 보지 못했사옵니다."

그날 경계를 섰던 군사들은 모두 엄중한 조사를 받았지만 뚜렷한 혐의점을 가진 이를 찾기는 힘들었다.

점심시간이 끝나자 격군의 전투 훈련이 시작되었다. 유사시에는 격군들도 상갑판으로 창을 들고 올라가서 적의 도선을 막아야 하기 때문에 기본적인 전투 훈련을 받아야 했다. 만호가 이 기회에 덕수를 주시하니 확실히 그의 창 솜씨는 격군이라 하기에는 비범했다. 하지만 그러한 점만으로 왜군의 간자라고 하기에는 힘든 법이다.

훈련이 끝난 후, 저녁에는 별일이 없었기에 만호는 좌수영 본영에서 가장 가까운 주막으로 갔다. 좌수사의 말대로 왜군 간자 외 다른 이유로 사건이 일어났을 가능성도 있고 대장장이들의 말에 따르면 순길은 대장장이로서의 실력은 좋았으나 술과 쌍륙(雙六: 주사위와 말을 가지고 하는 도박)을 워낙 좋아해 늘 돈이 부족했다고 한다. 그렇다면 그와 관련된 일로 살인이 벌어졌을 수도 있다.

"주모, 순길이라고 아시오?"

"누구요? 알다마다요. 자주 왔으니 잘 알지라."

그녀가 소반에 막걸리 한 병과 갓침채 한 보시기를 얹어 오면서 대답했다. 그녀의 표정으로 보아 순길이 그녀의 마음에 드는 인물이 아니었음을 쉽게 알 수 있었다.

"요즘 쌍륙치기에서 계속 돈 잃더니 술값 외상도 많이 밀렸어요. 그러다가 이젠 아주 떼어먹을 생각인지 오지도 않는지라."

"순길이가 살해되었다는 말은 들으셨으리라 짐작됩니다. 그런데 순길이가 여기서 누구랑 같이 주로 술을 마셨습니까? 혹시 누구와 돈 거래를 한다든지 하는 눈치는 보이지 않았습니까?"

"글쎄요……. 주로 쌍륙치기 하는 사람들이랑 마셨지라. 그리고 돈 거래하는 것 같지는 않았어요. 참, 그런데 전에 주막 뒤에서 다른 사람을 만나는 걸 본 적은 있어요. 하지만 저는 모르는 사람이지라."

그때였다.

"순길이 그놈 뒈졌다면서요?"

옆에서 술 냄새와 함께 소금과 생선 냄새가 확 풍겼다. 보아하니 어부들이 조업을 마치고 주막에서 한잔하는 모양이었다.

"보아하니 군관 나리 같은데, 순길이 그 녀석 때문에 전에 잡은 고기 몽땅 잃은 적도 있소이다. 분명히 그 녀석이 무슨 속임수라도 쓴 건데……, 순길이 이야기 듣고 싶으면 이리 오시오. 징어리(정어리)밖에 없지만 간장이랑 고사리 넣고 졸여서 상추쌈 해 먹으면 맛이 기가 막힙니다."

만호는 뭔가 있구나 하는 생각에 막걸리 세 병을 시키고 그들의 옆에 앉았다. 잠시 후 주모가 간장 냄새가 물씬 풍기는 징어리조림을 들고 왔다.

"그나저나 저 친구가 순길이 때문에 어제부터 속을 앓고 있소이다."

처음 만호에게 말을 걸었던 어부가 구석에 앉아 있던 사나이를 가리키며 말했다. 그는 만호를 보자 곧 물었다.

"제 배는 어떻게 된 겁니까?"

"배라니요?"

"순길이 그 녀석이 이틀 전에 낚시를 한답시고 저에게서 배를 빌렸는데 아직도 돌려주지 않고 있지라. 그 배가 우리 밥줄인데 대체 어떻게 한 거야. 군영이라서 들어갈 수도 없고……, 그래서 그렇지 않아도 가서 따지려고 했는데, 내 배는 못 찾았소?"

"방금 순길이가 당신에게서 배를 빌렸다고 했습니까?"

만호의 귀가 번쩍 뜨였다. 거기다 이틀 전이라면 순길이 죽기 전날이다.

"그렇소. 그런데 아직도 돌려주지 않고 있으니, 나랑 아들이랑 둘밖에 못 타지만 어렵게 마련한 밴데…….."

의외였다. 순길이 배를 빌렸다니, 그렇다면 순길은 그날 일을 끝내고 배를 타고 바다에 나갔다가……. 아니다. 풀뭇간의 핏자국, 귀선 모형이 없어졌다는 사실로 미루어 보아서 살인 현장은 풀뭇간임이 분명하다. 무엇보다도 그날 경비를 섰던 병졸들 중 순길이 나가는 모습을 본 이는 없다.

"그런데 그 늦은 밤에 낚시를 갑니까?"

"군관 나리가 뭘 모르시네. 밤에 잘 잡히는 물고기도 있어서 밤에 조업 나가는 어부들도 많은걸요."

종합해 보면 순길이 그 전에 몇 번 장터에서 누군가와 술을 마시며 숙덕거린 적은 있는데, 문제는 순길이 죽기 며칠 전에도 그 사람과 만났다는 점이다. 만호는 혹시나 해서 그를 수소문했고 다행히 얼마 지나지 않아 그 사람이 낙안에서 가장 큰 대장간을 운영하고 있다는 사실을 알아낼 수 있었다. 그러나 그가 순길과 만난 이유는 알 수 없었다. 잡아서 다그칠까 생각도 해 보았으나 아직 별다른 근거는 없다.

그리고 만호는 영두를 시켜서 덕수를 감시한 뒤 수시로 자신에게 보고하도록 했으나 며칠 동안 덕수도 그리 수상한 행동을 하지 않았다.

며칠 후였다.

"나리, 찾으셨습니까?"

"아, 장 군관!"

만호가 문을 열고 들어가자 나대용이 나뭇조각을 짜 맞추고 있었다.

"살인 사건 수사는 어떻게 되어가고 있는지 궁금해서 불렀네. 요즘 좌수사 영감 심기도 불편해. 수사도 수사지만 배랑 무기 만드는 작업을 더 이상 늦추기는 힘들기 때문일세. 작업 재개를 언제쯤 해야 될 것 같은가?"

"아직 결정적인 증거를 찾지 못하였사옵니다."

만호는 나대용의 손에 있는 배 모형을 보았다. 나대용은 만호의 시선을 느꼈는지 말을 꺼냈다.

"귀선 모형을 다시 만들었네."

"대단하십니다. 적이 이 위에는 발도 못 딛겠습니다."

"나보다 좌수사 영감이 더 대단하시지. 그분이 고안한 걸 내가 이렇게 만든 것뿐이니까.[1] 그건 그렇고, 지붕을 씌웠으니 적

---

[1] 거북선의 발명자가 이순신인지, 나대용인지에 대한 논란이 있는데 본고에서는 이순신이 고안한 거북선을 나대용이 구체화하여 만들었다고 하였다.

의 공격도 막을 수 있고 돌격용으로 좋지. 이 위에 도추를 빽빽하게 꽂으면 말 그대로 물 위의 고슴도치가 될 거야. 적이 도선하면 그대로 끝장낼 수 있도록."

"지붕에는 철판을 씌우신 것이옵니까?"

"철판이라니? 아, 이건 그냥 먹물로 검게 칠한 것뿐일세, 원래는 귀선 지붕에 철판을 씌울까 했는데 그러지 않기로 하였네.[2] 철판을 씌우면 너무 무거워서 배 속력도 내기 힘들고 녹슬 염려도 있잖나. 전투함에서 가장 중요한 것 중 하나가 기동력인 거 모르나? 또 철이 얼마나 비싼데 그 위에 씌울 철 있으면 무기나 더 만들지."

나대용은 신이 난 듯 말했다. 만호도 알고 있었다. 그가 양반 집안 출신이고 무관으로 활쏘기, 말타기 등도 잘하지만 진정 그의 흥미는 더욱 우수한 배를 만들어내는 데 있다는 사실을.

"하지만 귀선에 꽂을 도추는 철로 만들었습니까?"

그 말을 들은 나대용은 어이가 없다는 얼굴로 만호를 보았다.

"자네 갑자기 바보가 됐나? 도추를 철로 만들지 않으면, 내가 죽창이라도 귀선 지붕에 꽂을 것 같았어? 대신 녹스는 걸 방지하려고 옻을 칠하는 거 아닌가. 하긴 지붕도 옻칠하면 철로 된 배처

---

[2] 거북선이 철갑선이 아니라는 주장이 최근 여러 차례 제기되어 본고에서도 철갑선이 아니라고 설정하고, 대신 지붕에 녹 방지를 위하여 옻칠하였기 때문에 철갑선처럼 보였다고 하였다.

럼 보일 테지, 그러면 적군에게는 더욱 위협적으로 보일 수도……."

"잠깐, 옻칠……?"

만호는 나대용이 놀랄 정도로 탁자를 세게 내리쳤다.

"왜 그러나?"

"전에 좌수사 영감……, 아니지. 일단 확인을 한 다음에 말씀 드리겠습니다."

만호는 푸줏간으로 달려가서 돼지고기를 한 덩이 사다가 곧장 선소로 달려가 선소에 있던 도추를 하나 얻어서 그 고기를 찔러 보았다. 예상대로, 순길의 목에 나 있던 상처와 자국이 거의 일치했다.

만호는 서둘러 풀뭇간으로 갔다. 다행히 좌수사가 아직 업무 재개 명령을 내리지 않아서 현장을 확인할 수 있었다. 좌수사는 풀뭇간이 현장이 아니라고 했는데 그렇다면 왜 이곳을 현장으로 위장해야 했을지 알 수 없었다. 만호가 바닥을 기다시피하여 뒤진 결과 풀뭇간 바닥에서 자리용 짚 외에 뭔가 낯선 털이 보였다. 틀림없는 멧돼지 털이었다.

"주변을 더 살폈어야 하는데……. 좌우간 좌수사 영감께 말씀 드려야겠다."

다행히 좌수사는 만호의 제안을 선뜻 허락했다. 만호는 곧장 자신이 끌고 나갈 수 있는 군사와 배(작은 배)를 전부 동원해 순길의 시체가 발견되었던 바다를 수색하기로 했다.

"나리! 여기 뭔가 걸렸습니다!"

만호의 오른쪽 배에서 갈고리를 잡고 있던 병졸이 손을 흔들었다. 병졸들이 갈고리를 당기자, 꾸러미가 하나 올라왔다. 풀어 보니 배에 쓰는 돛에 자갈을 싸서 줄에 묶어서 가라앉힌 듯했다. 만호는 서둘러 전 배에 명령을 내렸다.

"역시 좌수사 영감 말씀대로 사건 현장은 대장간이 아니었어. 좋아, 여기서 해안까지 헤엄쳐서 가기는 무리일 거야. 주변 해안 근처를 수색하라! 해 지기 전에 서둘러야 해!"

만호의 지시에 따라 해안을 수색한 결과 다른 수확도 있었다. 해안에서 조금 멀리 떨어진 곳에서 가라앉은 고깃배 한 척이 나온 것이다. 배 바닥에는 송곳 등으로 뚫은 듯한 구멍이 여러 개 있었고 배에는 큰 돌이 가득 실려 있었다. 누군가가 의도적으로 가라앉혔음이 분명했다. 확인을 위해 전에 순길에게 배를 빌려 줬다는 어부에게 보여준 결과 분명히 그의 배였다. 만호는 그제야 앞뒤가 맞아 떨어지고 있음을 느꼈다.

"군의 물건을 무단으로 빼돌린 죄는 목이 몇 개라도 살아남기 힘들다!"

만호의 손에서 칼이 빛나자, 그의 얼굴이 칼의 빛처럼 창백해졌다. 그는 순길이 살해되기 전에 주막에서 만났던 대장장이였다.

"내 말이 맞지?"

"예, 예……."

"좋아. 그동안 순길이가 네놈에게 팔아먹은 철이 대체 어느 정도냐? 그건 군영의 물자다. 그걸 함부로 빼돌릴 경우 그것을 산 네놈도 엄벌을 면치 못해!"

"지난 1년간……."

그의 말을 듣자 만호는 놀라지 않을 수 없었다. 그 정도면 철환을 백 개쯤은 만들고도 남을 양이었다. 가장 중요한 군수 물자 중 하나인 철이 그렇게 쉽게 빼돌려지고 있었다니, 그런데 문제는 그가 순길과 만나기로 한 날이 바로 살인 사건이 일어난 날이었다는 점이다.

"내, 네가 모르고 샀다는 말은 믿으마. 하지만 이제 거짓을 고하여서는 아니 되느니라! 그날 순길이랑 바다 위에서 만나기로 했지? 배를 타고."

"그, 그렇사옵니다. 어떻게……?"

"묻는 말에 대답이나 해. 만났나?"

"배를 한 척 빌려서 타고 약속 장소까지 갔는데 순길이 그 놈이 나오지 않아서 그냥 돌아왔습니다! 그러고는 본 적도 없습니다! 순길이가 어디로 갔는지 저도 모릅니다!"

만호가 보기에 그는 순길이 죽었다는 사실도 모르는 듯했다. 만호는 일단 그를 본영으로 압송한 뒤 좌수사 영감에게 자신의 계책을 말해 보기로 했다. 좌수사 영감의 말대로 모든 가능성을 생각해야 하기 때문이다.

다음 날 오후 좌수사가 특별히 선소를 방문해 인부들과 대장장이들을 모았다.

"제군들에게 알리는데, 며칠 전 불미스런 일이 있었지만 이제 범인도 잡았고 업무도 많이 밀렸으니 소홀히 할 수는 없다. 따라서 내일부터 선소 업무를 전면 재개한다. 대장장이와 편수(목수) 모두 복귀하도록!"

좌수사의 명이 내려지자, 선소 인부들도 웅성거렸다.

"그리고 이런 일이 다시 일어나지 않게 하기 위해 선소 경비 병력을 내일부터 늘리기로 하고, 밀린 업무를 가속화하기 위해 나 군관이 이곳을 직접 감독할 것이다! 따라서 내일부터 선소를 말끔히 정리하고 업무를 재개한다!"

좌수사의 명령에 따라 나 군관의 집무실을 선소로 아주 옮겨야 했기 때문에 그날 선소 군사 및 인부들은 나 군관의 서류나 집기 등을 모두 선소로 옮겨 와야 했다.

그날 밤, 한 인물이 나대용의 집무실 앞에 섰다. 그는 열쇠도 없이 매우 익숙한 솜씨로 자물쇠를 열었고, 곧 손에 화승(火繩, 심지)을 잡고 어렴풋하게 어둠을 밝힌 뒤 나대용이 본영에서 가져온 서류를 훑기 시작했다. 서류 중에는 귀선 설계도를 비롯하여 좌수영의 각 성의 현황 등에 대한 문서 등이 있었다. 그가 문서들을 하나씩 탁자 위에 놓고 있는데 뒤에서 목소리가 들렸다.

"덕수야, 네놈은 소변을 군관 나리 집무실에서 보느냐?"

덕수가 뒤를 돌아보자, 만호가 서 있었다.

"칙쇼(젠장)!"

덕수의 손에서 칼이 반짝임과 동시에 바람소리가 들렸다. 만호는 겨우 피했지만 섬뜩할 정도의 칼 솜씨였다. 왜군 간자라면 역시 사무라이일 것이고 검술도 대단할 것이라 예상했지만 여기에까지 요도(腰刀: 허리에 차는 짧은 칼)를 들고 들어올 줄은 몰랐다. 그러나 만호가 생각할 시간도 없이 두 번째 공격이 들어왔다. 만호는 칼로 두 번째 공격을 막아냈다가 태껸으로 덕수의 허벅지를 찼다. 순간 균형을 잃은 덕수는 바닥에 넘어지고 말았다.

"다들 들어와!"

만호의 신호가 떨어지자, 곧 경비병들은 물론 미리 집무실 마루 밑에 숨어 있던 군사들까지 일제히 문을 부수고 들어왔다. 곧장 만호의 칼은 물론 열 자루가 넘는 창이 덕수의 온몸을 향해 겨누어졌다.

"칼 버리면 목숨은 건질 수 있다!"

만호가 외치자, 덕수는 칼을 내려놓고 무릎을 꿇었다. 만호는 병사들더러 덕수를 포박하라고 명령하였으나, 꿇어앉았던 덕수가 갑자기 칼을 집어 자신의 배를 찔렀다. 누구도 제지할 틈이 없었다. 칼날이 등까지 뚫고 나가자 그는 그대로 바닥에 고꾸라졌고 집무실 바닥에는 그대로 선혈이 넘쳐나듯 흐르기 시작했다.

"이놈이 왜군의 간자였단 말인가?"

문밖에 서 있던 좌수사가 들어오며 말했다. 그 역시 본영으로 돌아가는 척하다가 들어와 있었다.

"그러하옵니다."

"으, 으……."

덕수가 몇 마디 했다.

"뭐라고?"

"조선말로 할까? 조만간, 조선은 끝이다! 우리 관백(關白, 도요토미 히데요시를 존칭하는 말)께서 곧 조선을 접수하실 것이야. 그날에는 네놈들도 모두 끝이다……!"

덕수는 그 말을 끝으로 푹 엎어졌다.

"자네 작전이 주효했군그래. 이 녀석이 그 순길이라는 대장장이를 죽이고 귀선 모형도 훔쳤지? 벌써 동패에게 넘겼을까?"

"순길이를 죽인 범인은 이 자가 아닙니다. 아, 이제 옵니다. 범인은 바로 저 자입니다."

만호가 저쪽을 가리키자, 나대용과 다른 병사들이 한 사람을 끌고 오고 있었다. 웃옷도 없이 짧은 바지만 입은 채 끌려오는 이는 다름 아닌 격군인 영두였다. 다른 병사들도 술렁이기 시작했다.

"어이, 장 군관! 자네가 말한 그대로였네. 이 녀석이 경비 중에 몰래 빠져나가서 해안을 뒤지고 있었네. 덤으로 이것도 얻었고."

나대용이 검은 고드름처럼 생긴 물건들로 엮은 발을 들어 보이며 말했다. 자세히 보니 그것들은 귀선용 도추였다. 한눈에 봐도 상당한 양이었다.

"다 알고 있네, 자네가 순길이를 죽였지?"

만호는 엄한 눈으로 영두를 바라보며 말했다.

"무, 무슨 말씀을……? 전 경비 서다가 뭔가 이상한 게 보여서 뭔가 살펴보러 물에 들어간 것뿐입니다!"

"내 말부터 듣게. 순길이 그 녀석은 그동안 선소에서 철을 빼돌려 다른 대장간에 팔아먹곤 했지. 전임 수사들 때만 해도 꽤 많은 양이었지만 이번 좌수사 부임 후에 무기나 물자 점검이 엄격해지면서 철을 빼돌리기 힘들어졌는데 뜻하지도 않은 기회가 온 거야. 바로 나 군관 나리가 귀선에 쓰기 위해 대량의 도추를 주문한 것이지. 송곳은 되도록 가늘고 길게, 여러 개를 만들어야 되니 중간에서 몇 개씩 슬쩍 훔쳐도 눈에는 금방 띄지 않지. 뭣하면 일부러 강도가 약한 불량품을 만들어 빼놓았을 수도 있고. 그리고 순길이는 가느다란 도추 몇 개를 발처럼 엮어서 옷 속에 숨기고 풀뭇간을 나와 배를 타고 갔고, 그걸 사기로 한 대장장"

이와 섬 아니면 바다 위에서 만나려고 했지. 예상대로 여기 발로 묶은 도추에는 전혀 옻이 칠해지지 않았어. 귀선용 도추에는 모두 녹을 방지하기 위해 옻칠을 했잖나?"

"……."

"자네는 순길이와 한패로 그 배도 같이 탔겠지? 그런데 그 와중에 무슨 일에서인지는 몰라도 그와 싸움이 붙었겠지. 그리고 싸우다가 도추로 그를 찔러 죽였어. 그리고 시체는 가라앉도록 그물추로 쓰는 돌까지 돛에 싸서 순길의 발목에 묶어 바다에 던진 다음에 배는 일단 타고 가까운 해안으로 돌아온 다음에 도추로 구멍을 내고 돌까지 실어서 바다에 떠내려 보냈을 거야. 그리고 무거운 도추들을 혼자서 어디에 옮기긴 힘드니 일단 선소 주변 갯벌 어딘가에 파묻었다가, 오늘 여기 경비 서러 온 김에 이 도추들을 다른 곳에 숨길 계획이었겠지."

"대, 대체 무슨 근거로 그런 말씀을 하시는 겁니까? 그, 그게 제가 한 일이라는 증좌(證左, 증거) 있습니까? 여기, 덕수 녀석이 그랬을 수도……!"

"아니야, 시체가 발견된 곳은 여기서 꽤 먼 바다였잖아? 시간이 많이 걸리지. 소변 보고 왔다고 핑계를 댈 수도 없어. 그리고 거기까지 시체 끌고 가는 동안 다른 사람의 눈에 띄지 않는다는 보장도 없고, 그러므로 군사 중에 범인이 있다면, 그날 보초를 서지 않았겠지."

"하, 하지만⋯⋯."

만호는 이야기를 계속했다.

"생각해 보니 내가 너무도 간단한 사실을 잊고 있었다는 사실을 깨달았네. 시체가 발견된 날 아침, 나는 선소로 배를 몰고 가서 창병 두 명에게 시체를 지키라고 한 다음에 자네더러 도편수에게 사건을 알려 주라고 시켰고, 나는 곧장 말을 타고 본영으로 갔어. 즉 그 시간은 아직 대장장이들이 출근하기 전이니까 풀뭇간은 비어 있었을 거야. 자네는 그때 살짝 집무실로 가서 귀선 모형을 훔쳐다 아직 불씨가 남아 있는 화덕에 던져 태워 버리고 그 주변에 멧돼지 피를 뿌렸지. 전날 멧돼지를 잡은 다음에 관장을 만들기 위해 멧돼지 피를 찬물이랑 섞어 놓았으니 그걸 가져다 뿌린 거지. 하지만 피는 이미 굳어진 다음 아닌가, 그래서 다시 한번 보니 피가 뿌려진 모양이 자연스럽지 않았어."

"⋯⋯."

"증좌는 여기 있어! 멧돼지 털이야. 대장간 바닥에서 주운 거야. 그 사건이 왜군 간자가 순길이를 죽이고 귀선 모형을 훔쳐 간 사건이라 위장하기 위해서 말이야. 그런데 아직 살인 사건이 알려지기도 전인데 왜 그런 위장 행동을 했을까? 즉 그렇다면 그 위장 행동을 한 사람은 순길이 살해되었다는 사실을 아는 사람, 즉 나, 자네, 그리고 창병 둘뿐이지. 나는 곧장 말을 타고 본영으로 갔고 창병 둘은 시체를 지키느라 배에서 떠나지도 않았으니, 그런 위장을 할 수 있는 사람은 자네뿐이지."

영두는 자리에 주저앉았다.

"자네, 순길이와 함께 그동안 철을 빼돌렸지? 그리고 돈 분배를 놓고 싸우다 죽인 게 뻔해. 순길이를 죽이고 도추들을 빼앗아서 어디 숨겨 뒀다가 팔아먹으려고 했지?"

"아닙니다! 철을 빼돌린 건 맞지만 돈 분배 때문은 아닙니다!"

영두는 울음과 분노가 섞인 목소리로 말했다.

"순길이 그놈이 제게 접근했습니다. 어머니 편찮으신 걸 어떻게 알았는지 철 운반하는 일을 맡아 달라고 했어요. 그래서 약값이라도 마련하려고……!"

"그런데 왜 죽였지?"

"군관 나리가 그, 시체 발견된 날 아침 같이 배를 타고 순찰을 해야 됐던 거 기억나지 않으십니까? 그런데도 순길이 그놈은 그날이 기회라면서 잠 잘 시간도 주지 않고 자기 머슴 부리듯 저를 부려먹었다고요! 그리고 계속 이렇게 철을 빼돌리자니 양심에도 찔리고 한데, 저는 이제 그만하고 싶다고 했더니 저더러 욕을 하더군요. 그러다가 싸움이 붙었는데 그만……!"

"그게 양심에 걸려서라면 왜 자수하지 않았나? 자수했으면 자네도 감형받았을 걸세."

"그게 쉽습니까? 순길이 그놈은 이 일이 좌수사나 다른 관리

분들과도 연관이 있다면서 뭣하면 도마뱀 꼬리 자르듯 저만 자르고 갈 수도 있다고 저를 협박했어요! 그 전에는 관찰사, 군관들까지도 예산 빼돌려 먹고 장부 다 조작하는 일도 흔했습니다! 그런데 그때 가서 자수한들 어떻게 되겠습니까? 괜히 저만 뒤집어쓰게 될 수도 있죠."

영두는 울부짖었다. 만호는 자신도 모르게 영두의 턱에 주먹을 날리고 말았다.

"이번 좌수사 영감은 다르다는 걸 모르나? 영감마님이 좌수영의 부정부패를 막고 기강을 바로 세우느라 얼마나 애를 쓰시는데, 한마디만 하는 게 그리 어려웠나?"

며칠 후, 만호는 좌수사에게 불려갔다. 무슨 명령인가 했는데 뜻밖에도 좌수사는 잠시 걷자면서 자리에서 일어났다. 잠시 후 좌수사와 만호는 좌수영 동쪽 산 위에서 바다를 바라보고 있었다. 정상에서 바다를 보니 바다와 함께 방답(돌산도), 오동도 등 섬들이 수초 군락처럼 보이기도 했다. 마침 바람도 시원했지만 좌수사가 무엇 때문에 자신을 이곳까지 데려온 걸까. 만호는 긴장되어 경치를 감상할 수도 없었다. 잠시 동안 바다를 바라보던 좌수사가 몸을 돌렸다.

"수고 많았네. 살인 사건을 아주 보기 좋게 해결했군."

"황송합니다."

하지만 만호의 마음은 착잡했다. 영두 자신이 좀 더 윗선을, 다른 사람들을 믿었으면 살인범까지 되지는 않았을 것이다. 가난이 죄인지, 불신이 죄인지 알 수 없었다. 본영에 매달린 영두의 머리에서도, 병든 몸을 이끌고 좌수영까지 찾아와 통곡을 하던 영두의 노모에게서도 원망이 느껴졌다.

"별로 좋아 보이는 얼굴이 아니군그래. 하긴, 내가 전에도 말했지만 좌수영에는 아직 문제가 많아."

그렇게 말을 하는 좌수사의 얼굴도 좋아 보이지는 않았다.

"하지만 법은 법, 군수 물자를 빼돌리고 살인까지 한다는 건 용납할 수 없는 일이지."

"……."

"거기다 비리를 알아도 쉽게 고발조차 하지 못한다는 점도 문제지. 부정부패가 이렇게 심해서 군사들이 윗선을 믿지 못하는 정도니 말일세."

좌수사는 잠시 말을 끊었다.

"자네, 전라 좌수영이 설치된 경위를 알고 있나? 알면 말해 보게."

"조금은 압니다. 원래 전라도에는 수군 본영이 하나뿐이었지만 전라도는 해안선이 길고 섬이 많아 수영 하나로는 부족하다 하여 성종 10년(1479년)에 여수 오동포에 좌수영을 설치하였습니다. 거기다 이곳은 조선에서도 비옥하고 해산물도 풍부하기가 손꼽히는 곳이라 왜구의 표적이 되기 쉽습니다."

"잘 아는군. 나도 여기 부임하길 잘한 것 같네그려. 보게, 해산물이랑 갓침채 맛도 좋고 저 섬들 경치도 기가 막히지. 이곳에서 유유히 유람 혹은 낚시나 즐기면서 살 수 있다면 좋겠지만 국록을 먹는 장수로서는 그렇게 할 수가 없네. 내가 전에도 말했지만 지금 우리에게 심각한 문제는 내부 비리라고 해야지. 오죽했으면 군사들조차 윗선을 믿지 못할 정도겠는가? 이번 사건은 그 부정부패가 잘 드러난 사례라고 할 수 있네. 왜군의 침략이 점점 다가오는데 아직도 이런 한심한 일이 벌어지고 있으니 걱정이네."

"……"

"그러니 장 군관, 우리가 할 일은 지금부터라도 내부의 비리를 뿌리 뽑고 강한 군인을 만들어내는 일일세. 단지 엄하게 훈련시키지만 말고 장졸들 간에 강한 신뢰감을 구축해야 진정한 강병을 만들 수 있는 법이지. 그러려면 우리 윗선에서부터 솔선수범하고 아래와 소통을 원활히 해야 된다는 점을 자네도 모르지는 않을 거야."

"그렇습니다."

"지금부터 자네가 감찰 및 첩보를 맡아 주게. 내부의 비리를 찾아내어 다시는 이러한 일이 생기지 않도록 막게. 그리고 군 활동에는 첩보도 중요하니 첩보를 캐내는 일도 자네가 맡았으면 하네."

만호는 순간 자신의 귀를 의심했다.

"자, 장군, 저같은 하급 무관에게 그런 중책을……?"

"자네라면 능히 할 수 있을 거라 보네. 이번 사건도 해결하고 간자도 잡아내지 않았나."

만호는 잠시 머뭇거렸지만 곧 대답했다.

"소관, 장군께서 명하신다면, 조선을 지켜낼 수 있는 일이라면 무엇이든지 견마지로를 다하겠습니다."

"부탁하네."

그전까지는 만호도 영두처럼 윗선이나 조정 대신들이 미덥지 않았지만, 이번에는 생각을 바꾸기로 했다. 전라 좌수사 이순신(李舜臣), 그라면 진정 자신을 알아줄 것 같고, 그의 앞에서라면 망설일 이유가 없다는 생각이 들었기 때문이다.

편전 (片箭)

0. 부산 함락

선조 25년 임진년(1592), 부산에서의 일이다.

"쳐라!"

성 서쪽 편에서 조총 사격을 계속하던 왜군들은 조선군이 거의 전멸 상태에 이르자, 성벽을 넘었다.

"막아라!"

부산 첨사 정발(鄭撥)이 외쳤다. 그는 아군의 몇 배나 되는 적도 두려워하지 않고 군사들을 독려하여 싸웠지만, 전투가 용맹함만으로 성립하지는 않았다. 병력과 무기는 물론, 사기나 용맹함, 싸움 솜씨 모두 조선군은 밀렸다.

"이놈들!"

정발은 칼을 들고 그쪽을 향해 달려갔다. 백성들까지 다치게 할 수는 없었다. 정발이 뛰어난 칼 솜씨를 발휘하여 왜군 몇 명을 베었지만, 그 혼자서 기울어진 전세를 되돌릴 수는 없었다.

어떻게든 해 보려 했지만, 우지끈 소리가 났다. 성문이 부서지고 만 것이다. 곧 왜군들이 개미 떼처럼 성안으로 뛰어들었다.

"막아라!"

정발이 외쳤지만, 이미 막을 병력도 없었다. 바로 그때, 그의 몸에 강한 충격이 왔다.

"적장이 맞았다!"

고니시 유키나가(小西行長, 소서행장)가 소리쳤다. 적은 화살이 떨어졌는지 모두 창과 칼을 들고 나섰다. 몇 명은 칼이 없는지 몽둥이와 돌을 들고 대항했지만, 단병접전이 벌어지면 단연 고니시 측이 유리했다.

"으, 윽! 이게, 조총인가!"

부산 첨사 정발은 조총에 맞았지만, 아직 정신은 있었다. 그는 칼집을 지팡이 삼아 일어서려 했지만, 그의 가슴에서 흐르는 피와 함께 그의 기운도 빠져 나갔다. 그는 흐려져 가는 눈으로 적을 보았다. 1만 5천 명이 훨씬 넘었다. 이쪽이 성벽에서 싸운다고 해도 병력의 차이가 너무 컸다.

"젠장, 적에게 결국 나라의 관문을 내주게 되는구나! 제발, 조정에 빨리 연락이 가야 하는데!"

두 번째 총알이 그의 가슴에 강한 충격을 주었다. 그는 쓰러지고 말았다. 조선군 병력은 거의 전멸 상태였다. 성안 곳곳에서 불이 솟았고, 그보다도 조선 백성들의 비명이 사방에서 들려왔다.

"됐다. 이제 약탈을 중단하라!"

고니시가 외쳤다. 그는 조선의 관문이라 할 수 있는 부산을 점령하는 데 그리 오래 걸리지는 않을 것이라 여겼지만, 정발을 비롯한 이들의 저항은 그가 예상했던 이상이었다.

"됐다. 이제 혹시 조선 수군이 뒤에서 기습할지도 모르니 해상 경계를 늦추지 마라! 그리고, 마쓰무라는 어떻게 되었나?"

잠시 후, 전령이 달려왔다.

"장군, 서평진 함락에 성공했다 하옵니다!"

"생각보다 빨리 했군! 다행이네. 그 다음은 다대포다! 우다 어디 있나?"

"소장, 여기 있사옵니다!"

붉은 갑옷을 입은, 몸집은 그리 크지 않았지만 눈매가 마치 맹금류의 그것과도 같은 장수 한 명이 성큼성큼 걸어오며 말했다.

"서평진을 함락시켰다고 하니, 작전대로 자네도 다대포로 가게! 나는 여기를 정리하고 갈 테니, 내일쯤 거기서 합류하자고!"

"그 명령을 기다리고 있었습니다!"

우다는 빙긋 웃으며 명령을 받들었다.

"그러고 보니, 다대포 쪽에 자네가 보냈던 그 간자 말일세. 그 친구는 믿을 만한가?"

"그 친구라면 충분히 그럴 만하옵니다!"

"이름이 뭐라고 했더라?"

"고토이옵니다! 암살은 물론 독극물 다루는 데도 익숙하옵니다!"

우다는 씩 웃었다. 그의 부하인 고토는 벌써 몇 년 전에 다대포에 파견되어 그곳에 관한 모든 것을 정기적으로 보내 왔다. 다대포는 낙동강 하구라 강과 바다가 이어지는 곳이기 때문에, 군사상 요지에 속했다.

"좋다. 자네 휘하 군사들을 몰고 빨리 다대포로 가게! 몇 번이고 강조했지만 빨리 거길 점령해야 배후의 안전을 확보할 수 있으니, 부담 없이 동래를 칠 수 있네!"

"여부가 있겠사옵니까?"

"그리고, 내가 거기 도착하기 전에 거기를 점령하기만 한다면 큰 포상이 있을 걸세!"

고니시가 말했다. 우다는 푸른 옷의 갑옷을 입은 장수를 불렀다. 그가 부산진 성벽을 먼저 넘은, 마쓰무라라는 장수였다.

"우리 선발대가 먼저 거길 칠 걸세!"

"다대포 병력은 8백쯤 된다고 하는데, 우리 실력이면 충분할 것이옵니다!"

마쓰무라 역시 자신감을 나타냈다. 농성하고 있는 적을 칠 때는 공격 측이 수비 측의 3배 정도 되는 병력이 필요하다. 거기다 군사뿐 아니라 백성들까지 전투를 돕는다면 더 어려울 수 있다.

"좋아, 가자고! 고토에게서 연락은 왔나?"

우다가 물었다.

"물론이옵니다!"

"거기서 해야 할 일은 다 했다고 하나?"

"그도 다 했다고 하옵니다! 적당한 때 가서 만나면 되옵니다!"

"좋아, 성공하면 그 친구에게도 적당한 포상을 하면 되네!"

우다는 말에 올랐다. 곧 그가 이끄는 2천 명의 군사들이 그 뒤를 따랐다. 하지만 이들 중 누구도 다대포에서 무슨 일이 벌어질지는 알지 못했다.

1. 활 도둑

그보다 1년 전의 일이다. 경상좌도 다대포 관아에서였다.

초관(종 9품) 진형석이 그녀를 보며 말했다.

"첨사 나리께서, 쇤네에게, 주신 것이옵니다."

나해가 고개를 들었다.

"첨사 나리께서 너한테 이런 걸 주실 이유가 없다. 너, 요즘 이상하게 밤마다 첨사 나리랑 어디로 가는 거, 내가 모를 줄 알았느냐?"

진 초관은 몽둥이를 그녀의 턱 앞으로 들이밀었다.

"혹시 첨사 나리한테 잘 보여서 첩이라도 될까 하고 그랬지? 그런데 그러다가 거절당하고, 화가 나서 활을 훔쳐서 달아나려고 한 거지?"

"아니옵니다!"

"첨사 나리야 벼슬은 괜찮은 편이지만 학문도 낮고 집안도 그리 좋지 않은 거 모르냐? 연세도 네 아버지뻘도 더 되는데."

"첨사 나리께, 방금 말씀하신 거 그대로 전해드릴까요?"

나해가 대꾸했다.

"아니, 이 계집애가!"

진 초관은 몽둥이로 그녀의 어깨를 밀었다.

나해는 물 한 모금 마시지 못한 채 하루 종일 나무에 묶여 있었다. 관비가 관아 물건에 손을 댄 일은 중죄였다. 거기다 이곳은 다대포, 왜군의 침략에 대비할 수 있도록, 군영이 있는 특수 행정구역이라 할 수 있다. 따라서 이곳은 일반 고을과는 달리 군 지휘관이 담당하고 있고 따라서 군관들도 많이 있다. 거친 군관들이라면 도둑을 다루는 방법이 따로 있었다.

"뭣 하면 네년 힘줄을 잘라서 완전 병신으로 만들어 버릴 수도 있다."

진 초관이 칼을 빼들며 말했다. 힘줄이 잘리면 일은 할 수 있어도 제대로 움직이지 못하게 된다.

"첨사 나리……."

"첨사 나리가 어떻게 너한테 활을 주느냐? 그거 활 팔아서 잘살 수 있을 것 같았느냐?"

"훔치지 않았사옵니다."

나해는 눈을 크게 떴다.

"잘살고 싶으면 말이야. 사람들이 널 보고 관비보다 관기를 하는 쪽이 좋을 것 같다고 하지 않았느냐. 그러니 교방청(教坊廳: 기생 양성소)에 보내자고 하기도 했고, 그러다가 이 고을 유지나 다른 높은 고관대작들 접대만 잘해도 그 사람들 소실이 될 수도 있잖아."

"관기는 싫사옵니다!"

나해는 처음으로 목소리를 높였다.

"관기는 싫어? 그럼, 도둑질은 좋냐? 좋냔 말이다."

"쇤네는, 도둑질하지, 않았사옵니다!"

"누구냐?"

그때, 갑자기 다른 목소리가 들렸다.

"아, 지금 오셨사옵니까?"

갑자기 진 초관의 표정이 싹 달라졌다. 나해도 그 사람을 한두 번 본 적이 있다. 동래 지방의 유력자로서 옹주를 남편으로 둔 부마이기까지 했다. 고을 일 때문에 관아에서 수령들과 가끔 만나곤 했다.

"첨사 나리는 갑자기 경상 좌수영 전체 회의가 있어서 본영에 가셨습니다. 별일이 없다면 오후쯤 오실 예정인데, 아직 오지 않으셨사옵니다."

"그런가?"

"이 계집아이는 관비 같은데, 왜 묶여 있죠?"

그때, 부마의 뒤에 있던 소년이 슬쩍 나오며 말했다.

"첨사 나리의 활을 훔치려고 했사옵니다. 그래서 벌을 주는 중이옵니다."

"이런, 감히 첨사 나리의 활을!"

소년은 들고 있던 막대기로 나해의 다리 쪽을 세게 때렸다.

"윽!"

나해의 입에서 비명이 나왔다.

"도둑은 엄히 다스려야 한다고 했다!"

소년의 힘이니 회초리로 때리는 정도였지만, 지칠 대로 지친 나해에게는 그것도 상당한 고통이었다.

"쉰네는, 훔치지, 않았사옵니다!"

"잠깐만!"

갑자기, 다른 목소리가 들렸다. 진 초관은 그녀가 누구인지 금방 알아차렸다. 영남 지방에서는 손에 꼽히는 명문가이자 만석꾼인 김 진사의 딸이다. 이름은 선이고, 아직 14세였지만 벌써부터 혼담이 여기저기서 들어오고 있었다.

"아, 아가씨가 무슨 일이시옵니까?"

"본인이 훔치지 않았다고 하잖사옵니까?"

"쉰네는, 훔치지 않았사옵니다."

"아니 그렇다고, 첨사 나리께서 이 아이에게 활을 주셨다고 하는데 그 말을 어찌 믿습니까?"

진 초관이 말했다.

"활을 누가 훔치겠습니까? 활은 숨겨서 가져가기도 힘든데, 훔친다면 더 값나가는 거, 가락지 같은 걸 훔치지 않겠사옵니까?"

"활도 절대 싸지 않습니다. 그리고 첨사 나리에게 가락지가 어디 있사옵니까?"

"계집아이가 활을 팔려고 하면 또 이상하게 여기겠지요! 그러니, 첨사 나리께서 오실 때까지만이라도 벌을 미루면 안 되나요? 날도 추운데."

김선은 낮지만 분명한 목소리로 말했다.

"도둑은 엄히 다스려야 합니다. 아무리 아씨라도, 군영에서 일어나는 일을 갖고 뭐라고 하시면 안 됩니다."

진 초관은 김선을 노려보며 말했다. 그러자 그녀는 약간 위압감을 느끼고 물러섰다.

"하지만, 보아하니 도둑 같아 보이지 않사옵니다!"

"도둑이 제 얼굴에 도둑이라고 써 놓고 다니는 줄 아십니까?"

그로부터 얼마 지나지 않아서였다.

"첨사 나리 오셨사옵니다!"

밖에서 군사들이 말하는 소리가 들렸다. 진 초관은 물론, 거기 와 있던 김 진사와 부마도 군영 문 쪽으로 나섰다.

"아니, 부마께서 여긴 무슨 일이시옵니까?"

50대 중반인 첨사 윤흥신(尹興信)은 다대포 군영을 총괄하는 지휘관인 만큼 매우 강한 인상이었다. 그는 나무에 묶인 나해를 보자 눈을 크게 떴다.

"그런데, 여긴 왜 이리 소란……, 아니?"

"나리, 이 계집아이가 나리의 활을……!"

윤흥신은 진 초관을 확 밀어젖혔다.

"아니, 왜 이 아이가 묶여 있느냐?"

"나리의 활을 훔쳐 달아나려고 했사옵니다!"

"아니다!"

"예?"

"내가, 요즘 이 아이에게 활을 가르치고 있었다!"

"그게, 무슨 말씀이옵니까?"

진 초관은 어리둥절하여 물었다. 거기다 부마가 왔는데도 예의를 갖추기는커녕 묶여 있는 관비를 먼저 챙기다니, 이는 나중에 문제 삼을 수도 있는 일이었다.

"이 활은 내가 준 거다! 괜히 군관들 보기 나쁠 것 같아서 활은 숨겨두고 혼자 연습하라고 했단 말이다!"

"아니, 정말이시옵니까?"

"그럼 내가, 지금 이런 자리에서 관비 하나 감싸자고 거짓말하겠나? 아니, 이왕 이렇게 된 거 지금 말하겠다! 앞으로 이 아이가 활 쏘는 거 방해하지 마라! 군령이다! 이 활도, 화살도 내가 준 거니까 아무도 뭐라고 하지 마라!"

"아, 존명!"

진 초관은 어쩔 수 없다는 듯 나해를 묶은 끈을 풀었다.

"뭐야, 도적이 아니야?"

소년이 막대기를 내려놓으며 말했다.

"첨사가, 관비를 제자로 두오?"

부마도 조금 황당한 듯 말했다.

"어떻게 하다 보니 그렇게 되었습니다. 어서 안으로 드시지요."

"그런데, 뒤에 온 사람은 누구요?"

부마가 윤흥신의 뒤에서 따라오던 사람을 보고 물었다.

"아, 지인의 아들입니다. 오는 길에 이 친구랑 만나는 바람에 좀 늦었습니다."

"소관은 전라 좌수영 본영 소속의 초관, 장만호라 하옵니다."

"전라 좌수영? 업무 때문에 온 것이오?"

"아닙니다. 휴가 나왔다가 개인적인 일로 들렀사옵니다."

장만호 초관은 젊은데다 키도 훤칠하게 크고, 첫눈에 보아도 오랜 기간 동안 몸을 단련했음을 느낄 수 있었다. 거기다 얼굴도 사나이답게 잘생겨, 그를 보는 몇몇 관비나 관기들이 수군거리기 시작했다.

"그게 무슨 말이오?"

윤흥신의 말을 듣자, 부마는 물론 김 진사도 사뭇 진지해졌다.

"그 때문에, 준비 중입니다. 그렇지 않아도 두 분을 좀 뵙고 말씀드리려고 했습니다."

"조정에서 특별히 지시가 내려오기라도 했습니까?"

김 진사가 물었다.

"아직 별다른 말은 없지만, 통신사 측도 그렇고 왜군들의 움직임도 심상치 않습니다. 장 초관, 자네가 설명하게."

윤흥신이 만호에게 말했다.

"당신은 개인적인 일로 왔다고 하지 않았소?"

"그렇습니다. 하지만 최근 들어 왜구의 간자들을 여러 차례 적발하고, 거기다 그들과 내통하던 무리까지 있었습니다. 그 때문에 심상치 않습니다."

"이 친구가 그 일당을 소탕한 공으로 휴가를 얻었소이다."

윤흥신이 웃으며 말하자, 분위기가 조금 밝아졌다.

"왜구들이 분탕질하는 일이야 요즘 뜸해지긴 했지만, 전조(고려) 때부터 꾸준히 있지 않았사옵니까? 그리고 간자라고 하셨는데, 도적들도 남의 집을 털기 전에 미리 충분히 그 집에 관해 조사하고 계획을 짜지 않습니까?"

이번에는 부마가 물었다.

"뜸한 게, 오히려 폭풍 전의 잔바람 같아서 그렇습니다. 왜구들이 약탈이 아니라 우리 조선을 아주 점령하기 위해 전면전을 벌이려 할 것 같아요. 그들은 사납고 칼 쓰기에 능하니 쉽게 당해내기 어려울 겁니다. 조정에서 따로 지시가 내려올 때까지는, 일단 기본부터 충실히 다져 놓아야지요."

윤흥신이 대답했다. 기본부터 충실히 다진다는 말은 간단했다. 해자를 더 깊이 파고 성벽 보수를 제대로 하기, 병장기도 철저히 점검하기였다.

"하지만 말입니다. 여기 다대포는 군사가 매우 부족하지 않소?"

"방군수포제(放軍收布制)의 폐단이 너무 심해져서 걱정입니다."

윤흥신은 어두운 얼굴로 말했다.

"어느 정도요?"

"아시다시피 면포나 쌀을 내고 군역을 면제받는 일 자체는 법에 어긋나지 않습니다. 하지만 지방 군대의 지휘관들이 이를 악용하여 면포를 자기가 갖고, 낸 사람의 이름만 군적에 올리는 일이 너무 많아서 실제 병력과 서류상 병력이 차이가 심해, 이걸 처리하기가 힘듭니다."

"그건 문제구려."

"큰 문제입니다. 실제 병력이 서류보다 적다면 업무를 맡기는 데 여러 모로 차질이 있으니 말이옵니다. 그렇다고 군사들에게 책임을 물을 수도 없고……."

"고생이 많으시겠소이다."

"그러니, 왕실에서 가끔 지방에 사시는 종실 분들까지 가끔 궁으로 부르지 않사옵니까? 부마께서 이번에 한번 전하께 간하여 보시면 어떻겠사옵니까? 경상도 쪽 방비를 더 강화해야 한다고 말입니다."

"좋은 생각이오. 그러면 우리가 해야 할 일은 무엇이오?"

김 진사가 물었다.

"무슨 일이 있을 때 군사들은 물론 백성들까지 동원해야 할지 모르니, 그때 협조를 좀 부탁드립니다. 물론 그런 일이 생기지 않는 게 제일 좋지만."

"그야 물론이오."

김 진사는 영남에서도 손에 꼽히는 대지주였기 때문에 그라면 언제든 소작농들을 부를 수 있었다.

윤흥신이 지금 이 두 사람 앞에서 털어놓지는 못하지만 다대포, 아니 경상 좌수영 군영에는 두 가지 큰 문제가 있었다. 하나는 화약 병기의 부족이었다. 이 문제는 자신이 해결할 수 없었다. 화약은 수군절도사가 조정에 요청하여 각 진영에 분배하였지만, 이 또한 중간에 농간을 부리는 사람들이 있어서 충분한 양이 오지도 않았다.

두 번째 문제는, 바로 왜군 간자였다. 전술했듯 도적들도 자신들이 털 집을 상인으로 위장하거나 하여 미리 철저히 조사하고 행동에 들어가는데, 하물며 왜군들이 그러지 않을 리가 없다. 더욱이 이곳은 조선에서 가장 큰 강 중 하나인 낙동강이 남해안으로 흘러가는 곳이라, 적이 전면 침공해 온다면 이곳을 점령하고 강을 통해 병력이나 물자를 수송할 것은 분명했다. 따라서 미리 이곳의 상황을 파악하기 위해 파견된 간자가 있을 확률도 높았다. 그것도 백성을 위장해서 장기간 머물며 왜군을 위해 첩보 활동을 할 수도 있었다.

"그래서, 군사력이 부족해서 관비에게까지 활을 가르치신 겁니까?"

부마가 반은 농으로 말했다. 윤흥신은 웃었다.

"그 아이에게 활의 재능이 있어서 그런 것뿐입니다."

"관비에게 활의 재능이라니요? 뭐 하는 아이입니까?"

"소장도 정확히는 모릅니다. 관기의 딸인데 일찍 제 어미를 여의고 전임 첨사……, 누구였는지 기억나지 않는데, 전임 첨사가 관비로 거둬 줬다고 합니다."

"여자아이가 이렇게 군사들 수두룩한 곳에서 관비를 하다니, 보니까 예쁘게 생겼던데 말입니다."

"관기의 딸이라 그런 모양이외다. 제가 우연히, 그 아이가 활 쏘는 걸 본 적이 있습니다. 그런데 보니까 재능이 상당하고 좋아하기도 해서, 틈틈이 가르쳐 주고 있습니다."

2. 자웅 겨루기

온종일 묶여 있느라 고생했지만, 나해는 다음 날 아침에 다시 활을 들고 자신의 수련 장소로 갔다.

"야, 소라야!"

진 초관이었다. 그녀를 그 별명으로 부르는 이들이 몇 명 있었지만, 가장 자주 부르는 게 그였다. 소라라는 이름이 본명보다 더 여성스럽다고 여길 수도 있었지만, 그녀는 누가 뭐라도 어머니가 지어 준 그 이름을 부끄럽게 여기지는 않았다.

"어인 일이시옵니까?"

"어제, 첨사 나리가 네가 활 쏘는 거 방해하지 말라고 했다고, 이제 대놓고 활을 들고 다니느냐?"

"일과 시작하기 전이랑 후에, 잠깐씩 쏩니다."

"대체, 계집아이가 활을 쏴서 뭐할 건데? 그러니, 쓸데없는 짓 하지 말고, 첨사 나리가 뭐라고 하셨든 간에, 내 첩이 되면 어떻겠느냐? 그러면, 최소한 내가 활도 쏠 수 있게 해줄 테니까."

"나리, 그게 무슨 말씀이옵니까?"

"이 녀석, 사실 내가 어제 널 생각해서 특별히 봐준 거 모르느냐?"

진 초관은 보란 듯 나해의 어깨에 손을 댔다.

"차앗!"

그때, 갑작스러운 기합 소리가 들렸다. 둘이 고개를 돌리니, 한 남자가 대나무를 휘두르며 오고 있었다.

진 초관도, 나해도 금방 그 남자를 알아보았다. 전날 윤흥신이 관아로 돌아왔을 때 같이 온 손님이었다.

"아니, 어제 그 도둑 아니옵니까?"

그 남자가 물었다. 진 초관은 군례를 올렸다.

"만호(종 4품) 나리께서 웬일이시옵니까?"

"아, 소관은 만호가 아니라 초관이옵니다."

남자는 군례를 올리며 말했다.

"그런가? 어제 첨사 나리께서 만호라고 불렀는데? 언제 급제했나?"

금방 진 초관의 목소리가 달라졌다.

"소관 이름이 만호이옵니다. 장만호라 하옵니다. 전라 좌수영 본영 소속 초관이옵니다. 무과에는 작년에 급제했사옵니다."

"그래? 하긴 만호 치고는 너무 젊어 보인다 했지. 나보다 나중이군. 그런데 전라 좌수영 군관이 여긴 웬일인가?"

"휴가를 얻어서, 스승님을 뵈러 잠시 왔사옵니다."

윤흥신이 그 남자의 스승이라, 진 초관은 피식 웃었다.

"소라야, 네 사형이구나. 이 사람도 첨사 나리의 제자라니까 말이다."

순간 나해의 볼이 부풀어 올랐다.

"그런데, 그 아이가 또 뭘 훔쳤사옵니까?"

"하하하! 아무것도 아닐세! 난 가겠네!"

진 초관은 껄껄 웃으며 돌아가 버렸다.

"쇤네는, 도둑 아니옵니다!"

"농이다. 하하하! 그러고 보니 윤 첨사 나리께서 자네 이야기를 좀 하더구먼. 활에 재능이 있다고 말이야."

"군관 나리라고 하셨지요? 웬 대나무를 들고 오시옵니까?"

"난 군관이니 창무(槍舞) 연습은 늘 해야 한다."

"창무가 무엇이옵니까?"

"창 들고 추는 춤이지. 무예 겸 춤이라 할 수 있다."

"군관 나리께서 춤을 추시옵니까?"

창무, 말 그대로 창을 들고 추는 춤이다. 진주 기생들이 추는 검무도 영남에서는 유명하지만 춤을 위해 만들어진 검무와는 달리, 무술의 달인들이 추는 검무나 창무는 실전을 바탕으로 만들어진 동작이었다.

"그런데 왜 죽창으로 하시옵니까?"

"내가 늘 창을 들고 다니는 것도 아니고, 그렇다고 관아에 있는 창을 함부로 가져다 쓸 수도 없고 해서, 대나무 하나 얻어다가 무예 연습 삼아 하는 거다."

만호는 간단히 창을 들고 몇 가지 기예를 보여 주었다. 그는 그해에 무과에 급제했고, 활쏘기와 말 타기는 물론 창이나 칼을 쓰는 데도 능했다.

"무과 시험 때문에 창에, 칼에 여러 가지를 준비했는데, 사실 하나라도 소홀히 하면 금방 녹이 슨다."

문득, 나해는 만호가 차고 있던 칼에도 눈이 갔다.

"그 칼은 무엇이옵니까? 첨사 나리께서 쓰시는 환도(環刀, 칼집에 고리가 달린 칼)랑은 조금 달라 보이옵니다!"

"아, 이건 요도(腰刀, 허리에 차는 짧은 칼)다. 왜검 중 하나지."

"어머나, 왜인들 칼을 가지고 다니시옵니까?"

"왜놈들이 칼 하나는 잘 만들더라니까?"

만호는 이번에는 그 칼을 빼들었다. 짧았지만 그 빛깔에서부터 예사롭지 않은 느낌이 들었다.

"이건 내가 잡았던 왜군 간자의 것인데, 전라 좌수사 영감께서 내게 상으로 주셨다. 그 간자 녀석이 바로 이 칼로 자결하긴 했지만 말이다."

"예?"

나해는 그 말을 듣자 섬뜩한 느낌이 들었다.

"하는 김에 하나 보여주지."

만호는 떨어져 있던 나뭇가지 두 개를 주워서 나해에게 건네주고는 뒤돌아섰다.

"내가 던지라고 하면 두 개 다 하늘로 높이 던져 봐라!"

"네."

"좋아, 던져라!"

나해는 두 개를 하늘로 날리듯 던졌다. 동시에 만호는 돌아서며 뛰어올랐고, 두 개의 나뭇가지는 금방 네 개가 되었다. 나해가 들어 보니, 단면이 베일 듯 깔끔했다.

"어머나!"

"그러고 보니, 너도 활을 들고 있구나, 활 때문에 도적 누명까지 쓰고도 말이다. 그런데 계집아이, 그것도 관비가 활은 왜 쏘느냐?"

만호는 곧 그녀의 손가락을 보았다. 활을 쏠 때는 엄지손가락이 시위에 다칠 수 있기 때문에 엄지에 깍지를 끼우고 쏘므로, 그만큼 그 손가락에 굳은살이 박이기 마련이다. 그녀의 손가락의 굳은살은 한두 번의 활쏘기로 만들어질 수 없었다.

"화, 활이란 게, 원래 작은 힘으로 강한 적을 상대하기 위해 쏘는 게 아니옵니까?"

나해는 그새 볼멘소리를 하였다.

"왜 쏘느냐고 물었다. 사냥을 하고 싶은 게냐?"

"아니옵니다!"

나해는 손사래를 쳤다. 그녀는 작은 동물들을 좋아했다.

"아니면, 군에라도 들어갈 것이냐?"

만호는 반쯤 비웃는 투로 물었다.

계집애가 활을 쏴서 무엇을 하느냐, 그녀의 활에 대해서 알게 된 사람들이 예외 없이 묻는 말이었다. 그녀의 대답은 늘 똑같았다. 단지 활쏘기가 좋아 보였을 뿐이었다. 어렸을 적에 관비가 되었고, 다대포는 앞서 언급했듯 군영이 있는 곳이라 활 쏘는 사람들을 늘 보며 자랐기 때문에 자연스럽게 자신도 활을 쏴 보고 싶다고 생각했다.

"참, 아직 네 이름을 모르는구나. 내 이름은 아느냐?"

"아옵니다. 어제 들었사옵니다. 쇤네 이름은, 나해라 하옵니다."

"나해? 하하하!"

그가 왜 웃는지 짐작할 수 있었다. 사람들, 특히 양반들의 경우 그녀의 이름을 들으면 웃기부터 했다.

"뭣 하면 둘이 한번 겨뤄 보지 않겠나?"

갑자기, 다른 목소리가 들려 만호도 나해도 놀랐다. 그쪽을 보자 윤흥신이 서 있었다.

"첨사 나리께서 여긴 무슨 일로 오셨사옵니까?"

"저 아이가 늘 여기서 활을 쏘곤 하는데, 오늘 아침 보니 자네가 나해보다 먼저 이쪽으로 오길래, 혹시 무슨 재미있는 일이라도 생기나 해서 와 봤네!"

윤흥신은 씩 웃었다.

"하지만 벌써 아침 시간이 다 됐으니, 일하는 것까지 빼먹으면 안 되겠지? 빨리 돌아가라."

"아, 예!"

나해는 서둘러 관아 쪽으로 갔다. 관비는 관아에서도 가장 낮은 위치에 있는 만큼 할 일도 많았다.

"스승님도 참, 저 아이에게 활을 가르쳐 주신 이유가 무엇입니까?"

"활에 재능이 있어 보여서 그랬네."

윤흥신은 만호 쪽으로 몸을 돌렸다.

"자네도 빨리 좀 씻고 와서 아침이나 들게."

"그래도 저 아이, 나름 괜찮게 생겼는데 말입니다."

"하하하, 그래서 관비보다 관기를 시키자는 말이 계속 나오고 있네. 자기는 싫다고 해서 하지는 않고 있지만. 제 어미가 관기였는데 일찍 죽어서, 어려서 관아에 들어와 관비를 하고 있다고 하네."

윤흥신은 만호가 그녀를 보는 얼굴에서 뭔가를 눈치챘다.

"그런데, 스승님께서 저 아이를 제자로 삼으셨사옵니까?"

"물론일세. 군관들이 보면 못마땅하게 여길 것 같아서 일과 끝나고 저 아이에게 몰래 활을 가르쳐 주고 있었는데, 어제 그만 들켰던 모양이네."

"정말로 제 사제였군요."

"하하하, 뭣하면 저 아이와 한번 겨뤄 보는 게 어떤가? 그렇다고 남들 다 보는 데서 하기는 그렇고 말일세."

"저 아이가, 저랑 자웅을 겨룰 정도의 수준이옵니까? 그것도 특기로요?"

"나는 충분히 그렇다고 보네!"

　그날은 산에서 야간 매복 훈련을 할 예정이라 오후에는 군사들을 쉬도록 했다. 그 틈을 타, 윤흥신은 만호와 나해더러 관아 뒤뜰로 오라고 했다. 이곳은 그가 개인적으로 쓰는 연습 공간이었다. 활터에서는 사람들이 보는 눈이 있기 때문에 이곳에서 하기로 한 모양이었다.

　"왔느냐?"

　"여기 대령하였사옵니다."

　나해는 화살을 들고 왔다.

　"만호가 먼저 해라! 한 순(5발)씩 해라!"

　만호는 과녁으로 세운 판자에 사슴이 그려진 천을 붙였다.

　"이 거리라면 충분히 가능하겠지?"

　나해는 굳이 활터가 아니라 여기에서 하는지 알 수 없었다. 이곳에서라면 자신은 누구보다 잘 쏠 자신이 있었다.

　"만호 너는, 네가 이긴다면 뭘 나해에게 요구하겠느냐?"

　윤흥신이 물었다.

　"흠."

　만호는 잠시 그녀를 보았다. 나해는 그가 무엇을 요구할지 조금 걱정되었다. 그 역시 양반이고, 남자다.

'혹시, 나보고 자기 첩이 되라고 할까?'

아침에 진 초관에게서 그런 말까지 들은 다음이라 더욱 그랬다.

'아니, 그래도 진 초관 나리보다는 이분이 나을 것 같은데?'

"요구할 거 없사옵니다. 스승님께서 하라고 하시니 하는 겁니다."

"그래? 나해 너는, 뭘 요구하겠느냐?"

"쇠, 쇤네는, 쇤네의 활 솜씨만, 인정해 주신다면 바랄 게 없사옵니다!"

왜 그런 이야기를 했을까. 생각해 보면 부끄러운 말이라 하겠지만 그녀가 양반에게 무엇을 요구할 수가 없었다.

"오냐, 인정해 주마."

만호는 씩 웃고는 먼저 과녁 앞으로 갔다. 나해는 그가 활도 없이 무엇을 하려나 했다.

"차앗!"

만호는 뭔가를 품에서 꺼내 과녁을 향해 던졌다. 곧 탁 소리와 함께 과녁 한가운데에 검은 것이 박혔다.

"호오, 대단하군!"

윤흥신이 말했다.

"이게 무엇이옵니까?"

"척전(擲箭)이다."

"척전이 무엇이옵니까?"

"말 그대로 던지는 화살이다. 보통 화살보다 짧지만 그만큼 숨기고 다니다가 던지기는 좋으니까, 호신용 무기지. 쇠로 만든 촉을 나무 화살대에 꽂은 것도 있고, 화살대까지 쇠로 만든 것도 있고, 전체를 대나무로 만든 것도 있다."

윤홍신이 말하는 순간, 만호는 품속에서 두 개를 꺼내 합치고는 빠르게 던졌다. 두 번째 척전도 역시 과녁에 정확히 맞았다.

"어머나?"

"허허, 응용까지 했구먼!"

나해가 다시 보니, 만호는 대나무로 만든 대롱 비슷한 것에 화살촉을 끼우고는 던졌다. 그 동작은 거의 눈에 띄지 않을 정도로 빨랐다.

만호가 던진 다섯 개의 척전은 모두 과녁에 정확히 맞았다.

"대단하시옵니다!"

"저 친구가 어렸을 때, 내가 척전을 가르쳐 줬다."

"그래서 스승님이라고 부르는 것이군요?"

"그래, 이번에는 네 차례다. 아, 과녁 떼는 거 잊지 말고!"

나해는 사슴이 그려진 천을 판자에서 뗀 뒤, 이번에는 멧돼지가 그려진 천을 붙였다. 사슴이 그려진 과녁인 미후(麋侯)는 양반들이 쓰는 것이고, 일반 군사나 천민들은 멧돼지가 그려진 과녁, 즉 시후(豕侯)를 써야 했다.

"어느 과녁이나 맞히면 그만 아니옵니까?"

나해는 과녁 갈기가 약간 번거롭다는 생각이 들어 말했다.

"원 녀석, 반상의 법도가 엄격한데 그런 말을 하면 어떻게 하느냐? 만약에 신분에 맞지 않는 과녁을 쏜다면 반상의 도를 어지럽힌 죄로 목숨을 잃을 수도 있다!"

만호가 한마디 했다.

"그렇다면, 임금께서 쓰시는 과녁은 따로 있사옵니까? 어떤 짐승이 그려져 있사옵니까?"

"명 황제 폐하께서 쓰시는 건 호후(虎侯), 호랑이가 그려져 있고 우리 전하께서 쓰시는 과녁은 웅후(雄侯)라고 부른다. 곰이 그려져 있다. 관비라고는 해도, 군영 생활을 하면서 그걸 모르느냐?"

"쇤네야 사슴이랑 멧돼지만 구분하면 되니 그렇사옵니다."

나해는 우선 활을 높이 들고 그 팔을 내리며 시위를 귀 뒤까지 당겼다. 곧, 팟, 소리와 함께 화살이 날아갔다.

"아니?"

만호는 놀랐다.

"아니, 이럴 수가……!"

활터의 규정에 따르면, 화살로 과녁을 맞히기만 해도 성공이었다. 하지만 나해의 화살은 정확히 멧돼지의 코에 맞았다. 그녀의 솜씨는 생각했던 이상이었다.

'설마, 우연이겠지?'

두 발까지는 우연이라고 해도 좋을 것이다. 하지만 다섯 발 전부 그랬다면 그렇게 말할 수 없다.

"어때. 이거, 나해가 이긴 것 같구나!"

윤흥신이 웃으며 말했다.

"자네, 활터에서도 이렇게 쏠 수 있나?"

만호는 놀라움을 감추지 못하고 말했다.

"아직도 믿어지지 않나? 나해야, 아직 더 쏠 수 있느냐?"

"원하신다면, 그렇게 해 드리겠사옵니다!"

잠시 후, 세 사람은 활터로 갔다. 활터에 가면 120보(약 150m) 앞의 과녁을 쏘아야 했다. 밤에 할 때는 불을 밝히고 쏜다.

"그 정도로 이 아이 실력이 의심되나?"

"한번 보고 싶을 뿐이옵니다."

"하긴, 나도 시험 삼아 한번 해 보라고 했더니 생각 이상이었네. 사람에게는 누구나 타고난 재주란 게 있는 모양일세."

나해는 바람세기를 잰 뒤, 사대(射臺, 활 쏘는 곳)에 서서 자세를 잡았다. 곧, 그녀의 손끝에서 팟 소리와 함께 화살이 바람을 갈랐다. 저편에서 툭 하는 소리가 들렸다.

"관중(명중)이오!"

저편에서 관노가 소리쳤다.

"제법이구나!"

나해는 다시 화살을 재고는 그쪽 과녁을 겨누었다. 잠시 후, 관노가 과녁을 떼어서 가져왔다.

"아니, 대단하구나!"

아까처럼 모두 코에 맞지는 않았지만, 전부 정확히 멧돼지의 얼굴 중심부를 뚫었다. 예상했던 이상의 실력이었다.

"세상에, 나리, 정말 대단한 제자를 두셨습니다."

만호는 나해의 실력을 직접 인정하자니 자존심이 상해, 그렇게 말했다. 그러자 그녀의 볼이 다시 부풀어 올랐다.

"허허, 뭘. 이 아이가 재능이 있는 거지. 자네는 이제 들어가게. 나해 너는 활터 정리 좀 하고 오려무나."

만호가 처소로 들어가자, 윤흥신은 나해를 슬쩍 불렀다.

"네가 장만호 군관을 이기다니, 생각했던 거 이상이구나."

"뭘요."

"하지만 자만해서는 아니 된다. 활에는 쏘는 사람의 마음이 그대로 담기게 마련이니까 말이다."

"명심하겠사옵니다."

"그래, 내일부터는 새로운 걸 가르쳐 주겠다."

"무엇이옵니까?"

"내일 보면 안다!"

나해는 오랜만에 기분이 좋아졌다. 그동안 자신을 무시한 사람은 한둘이 아니었지만, 그런 사람과 정식으로 겨루어 이겼다는 사실이 기뻤다.

"첨사 나리! 비가 옵니다!"

그때 관노가 달려오며 말했다.

"뭐라고? 아니, 오늘 비 올 것 같지는 않았는데?"

"제법 옵니다!"

소나기인가 했는데 아니었다. 이렇게 갑자기 비가 많이 올 줄은 몰랐다. 거기다 바람까지 거세었다.

"할 수 없군. 진 초관한테 가서 비가 많이 오니까 오늘 야간 훈련은 취소라고 전해라! 군사들 대기령도 해제다! 너무 좋아하진 말고!"

"예!"

훈련이 취소되면 군사들뿐 아니라 군관들에게도 쉴 기회가 되니 좋지 않을 수 없다. 하지만 다음 날 말썽이 일어날 줄 누가 알았으랴.

3. 파도를 쏘다

"전부 304부(화살 묶음 단위. 한 부는 30발)이옵니다."

"그 정도나 되나?"

윤흥신은 화를 냈다. 나해는 고개를 들 수 없었다. 그녀는 자신이 군관과의 활쏘기 시합에서 이겼다는 사실이 기뻤던 나머지 화살을 도로 두러 창고에 갔다가 실수로 문을 잠그지 않고 나왔다.

운이 나쁘게도 그날 밤에는 비에 바람까지 심하게 불어, 창고에 비가 상당히 들이치고 말았다. 문제는 군사들이 오후에 쉬다가 비가 오는 바람에 밤까지 쉬었으니, 이를 관리하러 가는 사람도 없었다는 점이다.

조선군이 쓰는 활의 가장 큰 약점은 습기에 약하다는 점이었다. 활은 물론 화살까지 모두 어교(魚膠), 즉 민어 부레풀로 붙여서 만들었는데 어교는 습기를 머금으면 접착력이 약해지기 때문이다. 그 때문에 장마철에는 제대로 훈련할 수도 없었고, 비가 오면 당연히 야간 매복은 취소해야만 했다.

"그래도 다행히, 오래된 것이나 박두(樸頭, 뭉툭한 나무 촉이 달린 화살, 대개 연습용 혹은 시험용이다)가 대부분입니다. 그래서 궤에 담지 않고 그쪽에 둔 것이옵니다."

군관 한 명이 말했다. 비가 올 때를 대비해서 화살은 모두 전

72

통(箭筒, 화살통)이나 전궤(箭櫃, 화살 보관 전용 상자) 등에 보관해야 했다.

"난 지금 박두냐 아니냐를 말하는 게 아닐세! 병장기 창고 문이 활짝 열려 있다는 게 말이 되느냐는 말을 하는 걸세! 아무리 비가 온다고 해도 그렇지, 군영 안에, 병장기 창고에 경비 병력마저도 없었던 건가?"

가끔 가다가 몇몇 군사가 농땡이를 피우곤 한다.

"이렇게 한심하기 짝이 없는데, 내일 당장이라도 적군이 오면 어떻게 될 것 같은가? 병장기 관리 소홀은 진영의 경계를 게을리한 것이나 다름없는 죄니, 즉참해도 할 말 없다!"

"허나, 이번에는 다른 사람보다는 저 계집아이의 죄가 더 크지 않사옵니까?"

한 군관이 입을 열었다.

"뭐라?"

"병장기 창고 문을 잠그지 않은 건, 저 아이기 때문이옵니다!"

사실, 윤흥신은 자신의 화살이 다 떨어졌기 때문에 별 수 없이 병장기 창고에 가서 화살을 가져오도록 했다. 그녀야 군사들과도 알고 있었기 때문에 첨사의 명령이라는 말만 하면 화살을 받아 올 수 있었지만, 사실 이 또한 절차 위반이기도 했다. 무기 꺼내는 일은 반드시 기록에 남겨야만 했다.

즉, 나해에게 죄를 묻는 일은 사실 윤흥신에게도 책임이 있다고 말하는 일이나 마찬가지였다.

"쇤, 쇤네가 죽을죄를 지었사옵니다!"

나해는 엎드렸다.

"다시는 활을 쏘지 못하게 하십시오!"

진 초관이 강한 어조로 말했다.

"그러하옵니다! 계집아이가 활이 가당키나 하옵니까?"

"왜군이 쳐들어온들 저 꼬맹이가 싸울 수나 있겠습니까? 군의 물자를 애들 장난하는 데에 쓰기까지 했사옵니다!"

"이 아이도 관속이고, 관 물건을 지켜야 할 책임이 있습니다! 그러니 그 죄를 엄하게 물으셔야 하옵니다!"

"그래도 베기는 아까우니, 지금이라도 교방청으로 보내는 게 좋지 않겠사옵니까?"

몇몇 군관들도 이에 동조했다.

"좋다! 이 아이에게 벌을 내리겠다."

윤흥신은 망가진 화살을 전부 가져오라고 했다. 304부나 되었으니 9천 발이 넘었다.

"화살촉은 다시 쓸 수 있으니 전부 빼고, 오늘 밤 안으로 이 망가진 화살들을 모두 바다를 향해 쏘아라!"

"아니 되옵니다!"

진 초관이 손을 들었다.

"왜 그런가?"

"활에 미친 계집애한테, 활을 몽땅 쏘라니요? 그것은 벌이 아니라 상이옵니다!"

"그러니 이걸 다 쏘면 활에 질릴지도 모르지 않나. 그리고 활을 쏘는 게 장난이 아니라는 걸 알게 해 주기 위해서다. 실패한다면 그때 이 아이를 베어도 늦지 않다!"

"아니옵니다!"

그때, 다른 목소리가 들렸다. 만호였다.

"이 일에는 소관의 잘못도 큽니다! 개인적인 일에 군 물자를 쓴 것은 마찬가지니, 소관도 함께 쏘겠사옵니다!"

"뭐라고?"

윤흥신은 만호를 향해 고개를 돌렸다.

"그렇다면, 다 쏘지 못했을 경우, 자네 목도 내놓겠나?"

"나리!"

나해가 만호와 윤흥신을 번갈아 보며 말했다.

"사나이가 어찌 벌이 두렵다고 한 입으로 두말 하겠사옵니까? 내놓겠사옵니다."

해질 무렵, 나해와 만호는 해변으로 갔다. 진 초관이 감시하러 왔다.

"장 초관이라고 했나?"

"그러하옵니다."

"첨사 나리랑 개인적으로 아는 사이라고 해서, 이번 일을 넘길 수는 없네. 그리고 자네들 때문에 나까지 잠 못 자게 됐고!"

"송구하옵니다."

"빨리 쏘기나 해! 혹시 내가 도와줄 거란 생각은 하지도 말고!"

진 초관이 말했다.

"뭐 하러 나리까지 오십니까?"

나해가 말했다. 그녀는 역시 안정된 자세를 취했다.

"아까도 말했지만 활에 미친 계집한테 활을 많이 쏘라니, 이거 벌이 아니고 상이라니까!"

진 초관은 투덜댔지만, 나해는 활을 바다를 향해 쏘았다. 망가진 화살이라서 제대로 날아가지는 않았지만, 꽤 멀리 갔다.

"이렇게 쏘면, 바다가 더러워지지 않겠사옵니까?"

나해가 한마디 했다.

"오히려 대나무 같은 데에는 매생이가 달라붙기 쉬워서 좋지 않겠느냐."

"네에?"

나해는 웃고 말았다.

한창 추울 때, 대나무로 만든 발을 바다에 띄워 놓으면 매생이가 달라붙는다. 굴을 매생이와 함께 끓이면 그 맛은 일품이었다.

"지금 웃음들이 나와?"

진 초관이 소리쳤다. 나해도 만호도 말을 뚝 끊고 계속 쏘았다.

"일단 할 수 있는 만큼 해 보자. 진짜 사수라면 몇 발이라도 쏠 수 있어야 한다. 연속해서!"

"어떻게 하옵니까?"

"군사들이 전투 훈련을 할 때 쓰는 방법이다. 화살을 한 곳을 향해 동시에 쏘기, 그리고 이 사람이 쏜 뒤 화살을 재는 동안 다른 사람이 쏘고, 이런 방식이다. 적에게 숨 쉴 틈도 주지 않고 화살을 퍼붓는 방법이지!"

"바다가 적군이라고 생각하면 되옵니까?"

"그래, 적이 바다만큼 많다고 생각해라!"

둘은 열심히 쏘았지만, 바다만큼 많은 것은 적이 아니라 자신들 앞에 쌓여 있는 화살이었다. 도저히 줄어들 기미가 보이지 않았다.

나해는 파도가 적군이라 생각하였다. 물론 화살, 그것도 망가진 것으로 파도를 뚫을 수는 없었지만, 쏘는 재미가 느껴졌다.

"헉, 헉!"

이토록 많이 쏘다 보니 쓰러질 지경이 되었다. 깍지(활시위를 당기는 도구, 반지처럼 손가락에 끼운다)를 낀 오른쪽 엄지에서도 활시위에 걸리는 듯한 느낌이 들었다. 만호는 그래도 아직은 버틸 수 있었지만 그녀로서는 무리였다. 활쏘기가 다른 무예에 비하여 움직임이 적기는 하지만, 온몸을 다 쓰고 호흡 조절을 잘해야 된다는 점은 마찬가지였다.

"일어나라! 아직 멀었다!"

"나리도 참, 왜 괜히 같이하자고 하셨사옵니까?"

"나도 책임을 느끼니까……, 빨리 쏘기나 하자!"

만호는 전신에서 땀을 흘리면서도 계속 활을 쏘았다.

"나리께서는 강궁(強弓, 크고 강한 활, 보병이 주로 쓴다)으로 쏘시는데도, 잘만 쏘시는군요?"

"나야 너보다 활도 더 오래 쐈으니 그렇지. 처음에는 연궁(軟弓, 짧고 무른 활, 기병이 주로 쓴다)으로 하다가 강궁을 쏘는 편이 좋다! 아니, 너는 여자니까 연궁으로만 해도 될 것이다."

"강궁도 쏘고 싶사옵니다!"

"하긴, 명필이 붓을 가리지 않듯 명궁이 활을 가릴 필요는 없지."

"쇤네가 명궁이란 뜻이옵니까?"

"활의 고수들도 자기한테 꼭 맞는 활을 구하기가 쉬운 일이 아니니 하는 말이다! 활이란 게 다식이나 절편처럼 찍어내서 만들 수 있는 게 아니잖느냐! 만드는 사람이 누구냐, 재료가 무엇이냐에 따라 아주 큰 차이가 있다!"

"피!"

쇤네 솜씨 인정하기가 그리 싫으시옵니까, 나해는 그 말을 겨우 삼키고는 계속 활을 당겼다. 그때였다.

"꺅!"

갑자기 나해의 활시위가 튕기면서 화살이 밑으로 뚝 떨어지고 말았다.

"아니, 왜 그러느냐? 다치지 않았느냐? 활시위가 끊어지기라도 했느냐?"

"아, 아니옵니다!"

"이런, 아니긴 뭐가 아니냐? 깍지 혀가 부러졌구나!"

"하오나, 새 걸 달라고 할 수도 없고……."

"무슨 소리냐, 깍지를 끼지 않고 쏘라고 하지는 않으셨다! 이걸 써라! 깍지 없으면 활시위가 튕기며 손가락이 잘려나갈 수도 있는 거 모르느냐?"

만호는 자신의 깍지를 빼서 나해에게 주었다.

"어머, 그럼, 나리는 무엇으로 쏘실 것이옵니까?"

"난 이걸로 하겠다."

만호는 소매에서 가락지처럼 생긴 것을 꺼냈다.

"그게 무엇이옵니까?"

"네가 쓰던 깍지는 숫깍지라고 하지. 혀가 길어서 강궁을 당길 때 손가락에 부담이 덜 가니까 보병 중 습사수(활 쏘는 군사)들이 쏜다. 하지만 이건 여진족들이 주로 쓰는 암깍지다. 이걸 끼면 손에 끼운 채 다른 물건을 잡을 수도 있어서, 기병들이 주로 쏜다."

"어디서 나셨사옵니까?"

"아버지가 명나라 사신단에 가셨던 적이 있어서, 그때 사오셨다."

"나리께서 강궁을 쓰시고, 저는 지금 연궁을 쓰는데 쉰네가 암깍지를 끼는 게 좋지 않사옵니까?"

"아니다. 너는 계속 숫깍지를 썼으니 손에 익은 걸로 하는 게 좋을 것이다."

만호는 다시 화살을 집었다.

"활 연습 시작했을 때, 깍지는 어디서 구했느냐?"

"처음에는 깍지 대신 손가락에 해진 천을 감고 쏘았사옵니다! 왼손에도 팔찌(활시위가 튕길 때 왼손 손목을 보호하는 도구) 대신 천을 두껍게 감았사옵니다!"

"어렸을 때부터 한 모양이로구나!"

"그러하옵니다!"

"거, 뭔 말들이 그리 많아?"

진 초관이 성을 냈다.

"얼른 더 쏘겠사옵니다!"

만호는 화살을 한 움큼 나해 쪽으로 주며 말했다.

앞서 언급했듯, 나해는 관기의 딸이었다. 어머니를 일찍 여의자, 당시 다대포 첨사의 배려로 그녀는 어린 나이에 관비가 되었다. 그녀는 관기의 딸이라 그런지, 나중에는 관비 대신 관기를 시키자는 말이 나올 정도로 아름다워졌지만, 어머니가 늘 마음에도 없는 웃음을 파는 모습을 보며 자랐기 때문에 기생이 되기는 싫었다. 그보다 그녀의 마음을 끈 것이 따로 있었다.

다대포는 관아이기도 했지만 군영이라서, 무관들이 많았고 그들이 활 쏘는 모습을 볼 일도 있었다. 나해는 어느 날부터인가 몰래 그들의 활 연습을 지켜보는 일이 하나의 낙이 되었고, 그러다가 결국 자신이 직접 장난감이지만 활을 만들어 쏘기도 했다.

그러던 어느 날이었다. 나해는 우연히 사냥꾼들을 만나게 되었다. 대개 사냥꾼들은 덫을 놓는 방법으로 짐승을 잡았지만, 목마장(牧馬場, 군용 말을 키우는 곳)의 경비를 서는 산척(山尺, 호랑이 전문 사냥꾼)들은 무관 이상 가는 활의 명수였다.

호랑이나 곰 등의 대형 맹수들은 단번에 급소를 맞히지 못하면 상처 때문에 더 사나워지기 때문에, 그만큼 뛰어난 활 솜씨를 가진 사람이 필요했다.

특히 목마장은 그 고을 수령이 감목관을 겸할 정도로 중요한 곳이라 맹수가 말을 잡아먹기라도 하면 큰 문제가 될 수 있었으니, 산척의 중요함은 말할 필요도 없었다.

나해는 그중 한 명이 팔에 상처를 입은 모습을 보고 붕대를 가져다 그에게 주었다.

"고맙구나."

"활이 아주 큽니다!"

나해는 그가 들고 있던 활에 눈이 갔다.

"원, 계집아이가 활에 관심을 다 두느냐?"

그 사냥꾼이 말했다.

"쇤네도 활을 한번 쏴 보고 싶사옵니다!"

"활을 쏘고 싶다고?"

"그런데, 이 활은 왜 이리 크옵니까?"

나해는 자신도 모르게 호기심이 생겨 물었다. 키가 크고 인품이 좋아 보이는 그 남자는 그녀를 보고는 웃더니 대답했다.

"아, 작은 활은 비싸서 그런다."

"작은 활이 비싸옵니까? 큰 활이 더 비싸지 않사옵니까?"

"작은 활은 여러 재료를 합쳐서 탄력을 늘린 것이기 때문에 비싸다. 특히 장군들께서 쓰시는 각궁은 물소 뿔로 만든 건데, 그건 조선에서는 나지도 않는다. 그러니 우리 같은 사람들은 목궁을 써야지. 각궁은 작아도 탄력이 있지만 이건 좀 크게 만들어야 한다."

그 사냥꾼의 이름은 이도문이었고, 떠돌이 생활을 하다가 사냥꾼이 되고 싶다고 그 무리에 끼게 되었다.

"혹시, 남는 활 하나라도 있으면 제가 좀 쏴 봐도 될까요?"

나해가 대체 왜 갑자기 그랬을까. 도문은 어느 날, 자신의 활 중 제일 작은 것을 주었다.

"이건 죽궁(竹弓), 대나무로 만든 것이다. 각궁은 비싸서 나도 못 쓰는 거니까, 이걸 쓰려무나."

"어머나!"

"그리고 화살은 사람 해치는 건 안 되니까, 박두를 써라. 과녁까지 내가 만들어 줄 필요는 없을 테니까 좋은 장소 있으면 거기서 내가 활 쏘는 걸 가르쳐 주지. 뭐, 군사들이 많이 오가지 않는다든지 하는 곳에서."

그녀는 팔찌와 깍지 대신 오른쪽 엄지손가락과 왼쪽 손목에 천을 두껍게 두르고 활을 당겼다. 어깨 너머로 본 무관들의 활 쏘기를 거의 똑같이 따라 할 수 있었다.

"호오, 생각보다 하는구나!"

"예? 군관 나리들이 하시는 대로 따라 해 본 것이옵니다!"

"그래, 그래도 이 정도면 재능이 있는데?"

나해의 이름만 듣고도 웃지 않는 사람은 별로 없었는데, 도문은 그렇지 않았다. 거기다 그는 그녀에게 칭찬까지 해 주었다.

그보다도 더 고마운 일은, 그는 그날부터 그녀에게 활 쏘는 법을 조금씩 가르쳐 주었다. 나해는 일이 끝나면 몰래 나가서 그를 만나곤 했다. 그뿐만 아니라, 관비 일하면서 어려운 일이 있거나 하면 늘 그에게 상담하기도 했다. 도문은 그녀의 말을 다 받아줬다.

그러던 어느 날이었다.

"여기이옵니다!"

나해는 도문을 데리고 모래톱 쪽으로 갔다.

"여긴 저녁쯤에 군사들이 한 번 순라 돌고는 그냥 가옵니다! 요즘 산에서 군사 훈련을 많이 해서 거기서 연습하긴 어려운데, 여기는 병력이 적어서 여기서 하옵니다!"

도문은 근처를 둘러보았다. 곧, 그녀의 화살이 활시위를 떠나 정확히 모래 탑에 박혔다. 그녀는 밤마다 이곳에 모래로 탑을 쌓은 뒤 그것을 표적 삼아 쏘았다. 박두라고 해도 모래에는 박히기 때문이었다.

나해가 쏜 화살은 모두 모래 탑에 정확히 맞았다. 그녀는 자신이 생각해도 계속 실력이 느는 것 같았다. 거기다 바다라서 바람이 불규칙하게 부는데도, 그녀는 거의 느낌만으로 화살을 날릴 수 있을 정도였다.

"정말, 일취월장이라는 말이 괜히 있는 게 아니구나!"

도문도 그녀의 솜씨에 놀랐다. 곧 그 모래 탑은 바늘꽂이처럼 화살이 꽂혔다.

"스승님, 이 정도면 가르친 보람 있는 거죠?"

"원 녀석."

"거기, 멈춰라!"

그때였다. 갑자기 저편에서 등불을 든 사람들이 나타났다. 보니 군사들이었다. 그 중심에 있는 사람은 이 다대포 군영의 총

책임자인, 첨사 윤홍신이었다.

"스승님과 만나게 된 게 바로 이 모래톱 위였단 말이냐?"

만호는 뜻밖이라는 듯 물었다.

"그러하옵니다!"

"그렇다면 여기는 너한테는 안마당이나 마찬가지겠구나!"

"물론이옵니다!"

나해는 빙긋 웃었다.

"계속 이야기해 보거라!"

4. 활에 재능이 있는 아이

"아니, 너는, 관비가 아니냐?"

윤흥신의 동생 윤흥제(尹興悌)가, 등불에 비친 나해를 알아보고 말했다. 곧 그의 눈은 그녀의 손에 들린 활을 향했다.

"아니, 관비가 감히 활을 쏘다니! 이건 어디서 난 것이냐? 보아하니 아이들이 장난하려고 만든 건 아닐 텐데!"

"아, 아니옵니다!"

"됐네."

윤흥신이 도문을 보며 말했다.

"너는 무엇이냐?"

"쇠, 쇤네는, 사냥꾼이옵니다. 이름은 이도문이라 하옵니다."

"그런데, 여기서 뭘 하고 있었지?"

"이 아이에게, 활을 가르쳐 주고 있었사옵니다."

"관비가, 활을?"

나해는 별 수 없이 설명을 했다. 그녀는 단지 활이 좋아서 쏘는 연습을 했고, 사냥꾼인 이도문에게서 활도 받았다고 했다.

"감히 관비가 활을 잡다니 이는 불손한 일이옵니다!"

윤흥제가 다시 끼어들었다.

"활에는 귀천이 없지 않느냐? 그건 그렇고, 너의 이름이 무엇이냐?"

"나해라 하옵니다."

"나해? 하하하……."

나해는 갑자기 첨사가 웃는 이유를 짐작할 수 있었다.

며칠 후, 일과가 끝난 저녁에 윤흥신은 나해를 불렀다. 어딘 가 했더니 뜻밖에도 활터였다. 그녀가 어리둥절해 있는데, 그는 활을 그녀에게 내밀었다. 부린활(시위가 풀린 활)은 완전히 둥근 모양이었다.

"활을 한번 쏴 보려무나."

"예?"

"네 실력을 한번 보고 싶어서 그런다. 한 순만 쏴 봐라."

"한 순이 무엇이옵니까?"

"활은 좋아하면서 그건 모르느냐? 다섯 발만 쏴 보라고."

나해는 둥근 활을 당겨 시위를 걸었다. 그녀는 강한 힘을 타 고나 그 일도 그리 어렵지 않았다. 문제는, 첨사 앞에서 활을 쏘 자니 긴장되었다는 점이다.

나해는 숨을 크게 내쉬고는 다시 한번 과녁을 보았다. 그녀는 도문에게서 처음 활을 얻었을 때의 기쁨, 활 실력이 점점 늘어 가는 동안 느꼈던 보람 등을 떠올리며, 활시위를 당겼다.

"관중이오!"

저편에서 누군가가 깃발을 흔들며 말했다. 과녁에 정확히 맞왔다는 말이다. 나해는 남은 네 발을 쏘았다. 그때마다 저편에서 명중을 알리는 깃발이 휘날렸다.

다섯 발이 모두 정확히 과녁에 명중하자, 윤흥신은 손뼉을 쳤다.

"내가 왜, 네 이름을 듣고 웃었는지 아느냐?"

윤흥신이 말했다. 물론 그녀는 짐작하고 있었다.

"쉰네 이름이 나해(螺醢), 소라젓갈과 음이 같아서 그러신 거 아니옵니까?"

그녀는 햇살이 뜨거운 날, 예정일보다 빨리 바닷가 모래톱에서 태어났다. 태양을 해라고 부르기도 하므로, 그녀의 어머니는 '바다를 붙잡아라', 혹은 '태양을 붙잡아라'라는 뜻으로 잡을 나(拿) 자, 바다 해(海) 자를 써서 그 이름을 붙여 주었지만, 사람들은 다 그녀를 소라젓갈, 혹은 소라라고 부르곤 했다.

"너는 글을 모른다고 하지 않았느냐?"

"하오나, 쉰네를 아는 사람들이 다 그렇게 불러서 소라젓갈이라는 뜻은 아옵니다."

"하지만 내가 웃은 이유는 소라젓갈 때문이 아니다. 사나이라는 말이 어디서 왔는지 아느냐?"

"모르옵니다."

"이옥 장군의 할아버지 이름이 이나해(李那海)인데, 사나해(似那海), 즉 '나해 같은 사람'이라는 말이 변하여 '사나이'가 되

88

었다는 말이 있다. 그런데 계집아이 이름이 나해라니 조금 이상했다. 하지만 오늘 네 활 솜씨를 보니 웃기만 해서는 아니 되겠구나."

"이나해라니, 모르옵니다. 이옥 장군도 모르옵니다."

나해는 고개를 갸우뚱했다. 윤흥신은 빙긋 웃으며 말을 이었다.

"이옥은 전조(고려) 말의 뛰어난 무관이었다. 활쏘기 시합에서 우승해서 왕에게서 상으로 말을 받았을 정도였다. 그런데, 아버지가 죄를 얻어서 처형당하고 그는 강릉 관아의 관노가 되었단다."

"어머나."

"그런데 공민왕 21년(1372년) 어느 날, 강릉에 왜군이 쳐들어왔다. 강릉 부사는 어질기는 했지만 적을 막아낼 만큼 용기 있는 사람은 아니었고, 부사는 물론 군사들까지 모두 달아났는데, 이옥은 혼자서 왜군을 상대로 싸웠다."

"왜군이 사납고 칼도 잘 쓴다고 했는데, 어떻게 혼자서 싸웠사옵니까?"

나해는 눈을 크게 뜨며 물었다. 그녀는 다대포 출신인 만큼 어렸을 적부터 왜군에 대한 이야기를 숱하게 들으며 자랐다.

"우선 왜군 본거지에 가서 싸움을 건 다음에 그들이 쫓아오자, 산으로 유인했다. 왜군들이 쓰는 활은 낚싯대만큼이나 길기 때문에 숲속에서 쓰기 불편하고, 사정거리도 고려의 활보다 훨씬 짧았다. 이옥은 그 점을 이용하여 산 여기저기에 미리 화살을 꽂아놓고 신출귀몰하면서, 먼 거리에서 적의 지휘관들을 하나씩 쏘아 맞혔다. 결국 왜군은 도망쳤지. 이옥은 그 공으로 집안을 다시 일으키고, 강릉 부사가 되었단다."

"우와, 대단하옵니다! 관노였다가 부사가 되다니, 순식간에 확 올라갔네요!"

윤흥신의 표정이 순간 약간 바뀌었다.

"내가 너에게 이런 말을 하는 이유는, 너도 자신의 재능을 꾸준히 갈고 닦으면, 이옥처럼 언젠가 쓸 날이 올 것이다."

"형님, 관비가 활을 잡은들 무슨 소용이 있겠사옵니까?"

윤흥제가 끼어들었다. 이옥은 원래 무관이었으니 싸울 수 있었지만, 나해는 날 때부터 관비일 뿐이니 비교하기란 무리였다.

"전에 말하지 않았나, 활에는 반상 귀천이 없네. 이 아이에게 재능이 있어 보여서 하는 말일세. 그리고 세상은 어찌 될지 모르지 않은가. 나해야, 이건 네 것이다."

윤흥신은 그녀에게 새 활과 전통까지 주었다.

"어, 어머, 이걸 어찌 쇤네에게……!"

"앞으로 네 재능이 빛날 수 있도록 노력하란 뜻이다. 물론 관비 일을 게을리하지는 말고. 남들이 뭐라고 하든, 네 재주를 갈고닦는 데 힘쓰도록 하여라."

"물론이옵니다!"

"아니, 첨사께서 네 활 솜씨를 보셨다고? 거기다 새 활까지 받은 것이냐?"

나해의 말을 들은 도문이 눈을 크게 떴다. 그녀는 보란 듯 전통을 착용한 채 그 앞에 섰다.

"그렇사옵니다!"

나해는 그저 신났다. 도문은 어깨를 으쓱했다.

"혹시, 첨사 나리께서 너를 첩으로 삼으려고 환심 사고자 그러신 거 아닐까?"

"네?"

나해는 놀라 도문을 보았는데, 그의 표정은 진지했다.

"그럴 리 없사옵니다. 첨사 나리는 연세가 제 아버지뻘도 더되는 분인데, 거기다 첩 삼으시려면 굳이 활까지 선물해 주실 필요 있겠사옵니까?"

"그 나이일수록 더 어린 여자 밝히기 마련이다!"

나해의 나이가 이제 열다섯이니 시집갈 때가 되긴 했다. 거기다 앞서 언급했듯 관비보다 관기를 시키자는 말을 들을 정도로, 그녀의 외모는 웬만한 기생보다도 빼어났다. 어머니를 쏙 빼닮은 탓이었다.

따라서 그녀로서도 그런 염려가 없지는 않았지만, 윤흥신이 왜 자신에게 그런 파격적인 대우를 해 주는지 알 수 없었다. 하지만 활을 쏠 수 있게 되었다는 사실만으로도 일단은 좋았다.

"좌우간, 이제 활쏘기를 더 열심히 할 것이냐?"

"그러하옵니다! 첨사 나리께서, 일과 끝나고 활터를 이용해도 된다고 하셨사옵니다! 과녁까지 여러 장 주셨사옵니다!"

"너, 너 말이다."

도문의 얼굴은 굳어 있었다.

"아니, 왜 그러시옵니까?"

"아, 아니다!"

그는 곧 돌아섰다.

"그래서, 그날부터 내 사제가 된 것이냐?"

꽤 긴 이야기를 듣자, 만호가 물었다.

"그러하옵니다, 사형."

나해는 자신도 모르게 농담으로 받아치고 말았다. 만호는 껄껄 웃었다.

"하하하!"

웃음소리가 마치 아침 해를 부른 것 같았다. 금세 파도는 햇살을 싣고 해변으로 왔다. 그와 거의 동시에, 윤흥신과 군관들도 이곳에 도착했다.

"어떤 상탠가?"

"다 했습니다."

진 초관은 고개를 설레설레 저으며 말했다.

"그 많은 걸 다? 혹시 꾀부린 거 아닌가?"

"소관이 다 보고 있었사옵니다!"

해변을 보니, 화살은 간데없고 나해와 만호는 활을 손에 들고 서로의 등에 기댄 채 숨만 내쉬며 주저앉아 있었다. 두 사람 다 손에 피멍이 들어 있었다.

"좋다. 둘 다 벌을 받았으니, 더 이상 문제 삼지 않겠다! 나해는 점심때까지는 푹 쉬라고 해라!"

윤흥신은 돌아서며 말했다. 어지간히 눈썰미가 있는 사람도, 돌아서는 그의 얼굴에 웃음이 스쳤음을 보기는 힘들었을 것이다.

"그런데 나리, 쇤네도 좀 여쭤 봐도 되옵니까?"

윤흥신이 돌아가자, 나해가 만호에게 물었다.

"무엇이냐?"

"쇤네, 아까……, 아니, 어젯밤에 나리가 하라는 대로, 활솜씨를 보여 드렸으니 쇤네에게 뭐 하나만 주시지 않겠사옵니까?"

"뭘 원하느냐?"

"그, 척전을 하나만 주셨으면 하옵니다."

나해는 모처럼 용기를 내어 말했다. 그에게는 중요한 물건일 수 있는데 그것을 달라는 말이 그렇게 쉽게 나오다니.

"그걸 네가 뭐에 쓰려는 것이냐?"

"하나 갖고 싶사옵니다."

솔직히, 그녀로서도 왜 갑자기 그런 말이 나왔을까 하는 생각이 들었다. 하지만 그와의 인연이 그리 쉽게 끝날 것 같지는 않다는 느낌이 들었다.

"좋다. 기념품이라고 생각해라."

만호는 척전을 하나 꺼내 그녀에게 건넸다. 화살대까지 모두 동으로 만들어진 것이었다.

"이건 철로 만든 게 아니잖사옵니까?"

"철로 만든 거로 주랴? 아니면, 나무 자루를 꽂은 것으로 바꿔 줄 수 있다."

"아니옵니다. 그런데 나리, 어제는 촉을 꺼내 화살대에 꽂은 다음에 던지시던데 왜 그렇게 하시옵니까? 미리 꽂아놓고 던지는 편이 편하지 않사옵니까?"

"우리 고을 대장장이가 한번 이렇게 해 보라고 했다. 그 사람이 좀 괴짜긴 해도 신기한 무기를 잘 만든다."

만호는 재빠르게 촉을 대롱에 끼운 뒤 던지는 시늉을 하며 말했다.

"이보시오!"

"아, 도련님, 오셨습니까?"

"오랜만일세!"

만호는 대나무로 만든 꼬챙이를 내밀었다.

"아, 연습용 척전이옵니까?"

"역시, 보면 아는구먼."

"무슨 일로 쇤네를 찾으셨사옵니까?"

"대장간에 뭐 하러 오나?"

이 대장장이는 쇠 두드리는 솜씨가 가히 일품이었다. 원래 군기시에서 무기를 만드는 일을 했다고 했다.

"이 대나무 척전 말인데, 이거랑 똑같은 것을 동으로 만들어 줄 수 있나?"

"왜 동이옵니까?"

"동은 철에 비하면 잘 녹슬지 않아서 그러네. 이 척전은 나 어렸을 적에 스승님이 직접 나무를 깎아서 만들어 주신 건데, 세월이 흐르니 점점 망가지고 해서 딱 이 두 개만 남았네. 똑같이 만들어 주게."

"도련님은 역시 타고나셨습니다. 흔히들 무과랑은 상관없는 무예는 하지 않으시는데, 이런 데까지 흥미를 가지고 계시니 말입니다."

하긴 그랬다. 무과에서 가장 중요한 것은 활쏘기와 말타기라서 대부분 그쪽에만 열중하는데, 만호는 창술, 봉술 등은 물론 명나라의 무예까지 배웠기 때문에 무기를 얻고자 이 대장장이를 자주 찾아왔다.

"헌데, 훈장님이 이런 것도 만들어 주셨사옵니까?"

"훈장님이 아닐세."

"좋습니다. 그런데 말이옵니다. 척전은 한 벌이 12개고 전부 품에 넣고 다니면 눈에 쉽게 띌 것이옵니다. 그 때문에 쇤네가 고안한 특별한 척전이 하나 있사옵니다."

"그게 무엇인가?"

만호는 흥미가 갔다.

"아주 간단하옵니다. 화살촉을 주머니에 넣고 다니면 소리가 나지만, 이렇게 여러 개의 주머니가 달린 띠를 차시면 화살촉만 이렇게 넣고, 이쪽에는 이 상사나무(화살대와 화살촉 사이에 끼우는 충격 흡수용 나무)를 길게 만든 것을 넣어 둡니다. 그리고 유사 시에는 왼손으로 화살촉을, 오른손으로 상사나무를 뽑아 재빨리 끼우고 던지옵니다."

"끼우는 시간이 걸리지 않겠나."

"그러니 맨 앞에는 미리 끼워 둔 척전을 다는 겁니다. 그다음에는 얼른 뽑아 끼우고 던지는 연습을 하시면 됩니다."

"어머, 그러면 혹시, 이게……?"

"그렇다."

"그런 걸 쇤네에게 주셔도 되옵니까?"

"또 있으니 염려 마라. 말했잖느냐, 기념품이라고. 아니, 이왕 주는 거, 이것도 주마."

만호는 자신이 끼고 있던 암깍지를 그녀의 손에 쥐여 주었다.

"이런 것까지 주셔도 되옵니까?"

"깍지야 뭐, 나는 얼마든지 구할 수 있다. 너도 활 계속 쏠 거면, 암깍지로도 연습을 좀 해 봐라. 내 손가락이랑 네 손가락 굵기는 다르지만, 아까 네 그 부러진 숫깍지 있잖느냐. 거기 그 가죽 끈을 암깍지에 쓰지 말라는 법은 없으니 거기다 써 보려무나."

손가락 굵기는 사람마다 다르므로, 그 깍지에 가죽 끈으로 만든 고리를 끼워 넣고 썼다. 이 가죽고리는 일부러 한쪽은 얇고 한쪽은 두껍게 만들어, 깍지와 손가락 사이에서 두께를 조정하여 깍지를 고정시킬 수 있다. 이는 대개 숫깍지에 쓰지만 나해처럼 가느다란 손가락을 위해서는 암깍지에 써도 좋을 것 같았다.

"고맙습니다. 나리."

"그나저나 위험한 일이 일어나지 않았으면 좋겠다. 여기가 최전방인데 말이다."

"최전방이라니요?"

"적의 나라와 가장 가까운 곳 아니냐. 왜국의 움직임이 요즘 심상치 않아서 그렇다. 그들이 온다면 바로 이곳으로 올 게다."

"왜군 말씀하시는 것이옵니까?"

"그래. 왜군들은 조총(鳥銃)이라는 무기를 갖고 있는데, 그게 위력이 상당하다고 한다."

"왜 조총이옵니까?"

"새를 잡을 수 있는 총이란 뜻이지. 저기 성에 포대 있잖느냐? 거기에 총통을 장치하고 적이 오면 쏘도록 되어 있지?"

"그러하옵니다."

"조총은 아주 작은 총통이라고 할 수 있다. 이 정도 굵기일 것이다."

만호는 손가락으로 총통 모양을 만들며 말했다.

"그렇게 작은 총통이 왜 무섭사옵니까?"

"큰 총통은 무겁지만, 작은 총통은 들고 다니면서 활만큼 자유롭게 쏠 수 있기 때문이다."

"조선군에는 그런 게 없사옵니까?"

"승자총통이라고, 비슷한 건 있다. 하지만 조총에 비하면 성능이 좋지 않지. 거기다 왜군들은 워낙 잘 훈련 받은 정예 군사라서, 여러 모로 걱정이 된다."

"어머나……."

나해는 잠시 있다가 한 가지 궁금했던 점을 물었다.

"그런데 나리는 휴가 얻어서 여기 오셨다고 했는데, 여기서 나셨사옵니까?"

"아니다. 내 고향은 경기도 평택이다."

"먼 곳에서 근무하시는 무관 나리들은 대개 휴가 받으면 본가 가서 처자식이나 부모님을 뵐 텐데, 스승님을 찾아오시옵니까?"

순간, 만호의 얼굴이 약간 굳어졌다.

5. 편전(片箭)

"아니, 나해 아니냐?"

그때, 다른 목소리가 뒤에서 들렸다.

"어머나? 스승님!"

나해가 벌떡 일어났다. 만호는 그쪽을 보았다.

"이른 아침부터 해변에서 뭘 하고 있느냐? 그쪽 분은……?"

"아, 나리, 이쪽 분은 쇤네에게 활을 가르쳐 주신 스승님이옵니다. 스승님, 이쪽 분은 군관 나리시옵니다!"

"새로 부임한 군관 나리시옵니까? 쇤네는 이도문이라 하고, 사냥꾼이옵니다."

이도문이 만호에게 꾸벅 고개를 숙였다. 조금 뜻밖이었다. 나해의 스승이라고 해서 꽤 나이가 든 사람일 줄 알았는데, 키도 훤칠하게 크고 몸도 건장한 데다, 젊고 미남이었다. 웬만한 남자라면 주눅 들게 할 풍채였다.

"아, 아닐세. 새로 부임한 군관은 아니고, 휴가 나왔다가 잠시 첨사 나리를 뵈러 개인적으로 왔네."

만호는 그를 보자 약간 불쾌해졌다.

"좌우간 벌써 아침때도 됐으니, 난 돌아가겠네. 너는 점심까지 조금이라도 잠이나 자 둬라!"

만호는 획 돌아섰다.

"아니, 그런데, 여기서 뭘 하고 있느냐?"

도문이 물었다.

"밤새워서 활만 쏘았사옵니다."

"밤새워서, 활만 쏴? 아니, 왜?"

나해가 지난 밤 있었던 말을 하자, 도문은 이상하다는 얼굴로 그녀를 보았다.

"둘이서 활을 밤새 쏘았다고?"

도문은 잠시 동안 만호가 돌아간 쪽과 나해를 번갈아 보았다.

"참, 그게 상인지, 벌인지 모르겠다. 나한테는 당연히 벌이지만 말이다. 나라면 당분간 활은 쳐다보기도 싫을 것 같다."

"왜 그렇사옵니까?"

나해는 오히려 빙긋 웃었다.

"망가진 화살 쏘는 게 그렇게 좋았느냐?"

"망가졌다고 해도, 화살을 쏘는 재미도 있었사옵니다! 거기다, 화살로 파도를 뚫어 보기도 했사옵니다!"

"파도를 뚫다니, 원 참."

도문도 혀를 찼다.

"밤새 고생 많았겠구나. 눈이 새빨갛다."

"어머나."

나해의 얼굴도 눈처럼 빨개졌다.

"스승님은 어디 가시옵니까?"

"나야 뭐, 꿩 덫 살피러 간다. 화살 깃 만드는 데는 꿩 깃털이 최고잖아. 끓여 먹으면 그 맛도 일품이고."

도문은 돌아섰다. 사냥꾼들은 가끔 가다 호랑이라도 잡으면 그 가죽을 관아에 바치러 오지만, 대개는 화살 만드는 데 쓰는 깃털을 들고 왔다. 나해가 도문과 만나게 된 때도 그가 깃털을 날라 왔기 때문이었다.

"그런데, 그건 무엇이냐? 화살촉 같은데."

"척전이라 하옵니다!"

나해는 간단히 척전에 관해 설명해 주었다. 그 말을 듣자, 도문의 얼굴에도 불쾌함이 스쳤다.

"나해야, 너 요즘 왜 그러니?"

"예?"

"괜히 혼자서 멍해 있어서 말이야. 혹시, 정인이라도 생긴 게냐?"

설거지하고 있던 다른 관비가 짓궂은 얼굴로 물었다.

"저, 정인이라뇨……."

"혹시, 그 도문이라고 했나, 그 사냥꾼이냐?"

"예?"

"난 네가 사냥꾼들한테서 활을 배웠다고 해서 누굴까 했는데, 그렇게 키도 크고, 젊고 잘생긴 남자였을 줄은 몰랐다."

그녀는 쓱 오더니, 나해의 턱에 자기 손을 댔다.

"그러고 보니, 너도 얼굴은 괜찮은 편인데 말이야. 그 사냥꾼이 너한테 마음이 있어서 활까지 가르쳐 준 거 아닐까?"

"설마, 그렇겠습니까?"

"그도 아니면……, 혹시, 전에 첨사 나리가 데려오셨던 그 군관 나리? 같이 활 쏘면서 정도 붙인 거야?"

순간 나해의 얼굴이 붉어졌다. 그러자 관비는 한심하다는 얼굴로 그녀를 보았다.

"설마, 그 나리야?"

"아, 아니옵니다!"

"아니긴 뭐가 아니냐? 하긴 좋은 분 같긴 했다. 관노들한테도 막 대하지 않으시고, 보니까 그 나리도 정말 잘생기긴 했지. 하지만 관비 주제에 언감생심이 아니냐."

"아니라니까요!"

"아니라니?"

"그 나리가, 쇤네보고 계집애가 무슨 활이냐고 하셨단 말이옵니다! 계집애는 활 쏘면 아니되옵니까?"

"그래서, 그것 때문에 화살 창고 문을 열어 둔 거야?"

갑자기 명이라는 관비가 아픈 곳을 찌르자, 나해의 얼굴은 다시 붉어졌다. 하긴 계집애가 무슨 활이냐는 말을 들은 때가 한두 번이 아니었지만, 만호에게만은 그녀의 솜씨를 꼭 인정받고 싶다는 생각이 든 이유가 무엇일까.

"너도 관기가 되기는 싫다고 했지? 하지만 솔직히 관비라면 말이다. 고관대작의 소실이 되는 게 제일 좋을 수도 있지. 그러면 이렇게 매일 설거지랑 청소나 하면서 살지는 않을 테니까 말이다. 너처럼 젊고 예쁠 때 나리 하나 물어 두는 것도 나쁘지는 않을 거야."

"아니, 그게 무슨 말씀이세요?"

"요 모양 요 꼴로 사는 게 어떻겠어?"

명이는 원래 궁녀였지만, 2년 전 기축옥사(1589) 때 일이 있어 의금부에 갔다가, 문초를 당하던 죄인에게 물 한 그릇을 몰래 가져다 준 죄로 다대포 관비로 전락하고 말았다. 그녀는 아직도 가끔 통곡하곤 했다.

"그런데 그렇게 해도, 남자란 사람들, 특히 양반들이 우리를 노리개로만 보지, 진정으로 마음을 주겠느냐? 아이를 낳아도 그 아이는 아버지를 아버지라 부르지 못하고 마님이라 불러야 하고, 또 정작 자기는 나이 들면 더 이상 그 양반이 찾지 않으니, 괜히 생과부나 되기 일쑤지!"

다른 관비가 말했다.

"아주머니도 참!"

"그런데 정작 우리한테 선택권은 없으니……! 소실이 되느냐 마느냐 말이다. 하긴 말하긴 했지만 그래도 첩이 되면 최소한 손에 물은 묻히지 않고 살 수 있으니 좋지 않겠어?"

사실, 나해도 전에 도문에게서 들은 말 때문에 약간 신경이 쓰였다. 윤홍신이 자신을 첩으로 삼기 위해 환심을 사고자 활쏘기를 허락해 준 것일까.

"나해야, 첨사 나리가 오라신다!"

관노 한 명이 부엌으로 고개를 내밀며 말했다.

"뭐, 실수는 누구나 하는 거니까, 이번에는 그 정도로 용서해 준 거다. 한 번만 더 그런 일이 있으면, 절대로 활을 쏘지 못하게 하겠다!"

"알겠사옵니다."

"잘못은 잘못이고 약속은 약속이니, 편전은 가르쳐 주겠다."

윤홍신은 화살통에서 조금 특이하게 생긴 화살을 꺼냈다.

"이게 바로 편전(片箭)이다. 애기살이라고도 부르지."

"어머나? 그렇게 짧은 화살을 쏠 수 있사옵니까?"

편전은 크기가 보통 화살의 반도 되지 않아 마치 젓가락처럼 보였다.

"이 짧은 화살은 그냥 활로는 쏠 수 없다. 하지만 쏘려면 어떻게 해야 할 것 같으냐?"

"음……, 쇠뇌 위에 올려놓고 쏘면 되지 않겠사옵니까? 이렇게 짧으면 활시위를 당길 수가 없으니 말이옵니다."

"맞다. 쇠뇌가 보통 활보다 훨씬 강하고 사정거리도 길다는 건 너도 잘 알고 있지? 하지만 장전하는 데 시간이 오래 걸린다는 단점이 있고. 이건 보통 활을 쇠뇌처럼 만드는 도구다."

윤흥신은 막대기를 하나 들어 보이며 말했다. 보니까 반으로 잘라낸 대나무에 구멍을 내고, 끈을 매어 놓았다.

"이건 덧살, 혹은 통아(桶兒)라 부르는 것이다. 여기에 편전을 넣고 쏘면 된다. 물론 이 통아에 맨 끈을 엄지손가락에 걸고 쏘아야 한다."

"편전은 보통 화살보다 훨씬 짧은데, 약하지 않사옵니까?"

"약하다고?"

윤흥신은 빙긋 웃더니, 자신이 직접 통아에 편전을 넣고 당겼다. 나해는 금방, 자신이 잘못 생각했음을 깨달았다.

"어머나, 세상에!"

활 연습을 하는 동안, 그녀는 화살이 날아가는 모습을 보는 데도 익숙해졌다. 하지만 편전은 아예 보이지도 않을 정도로 빨리 날아가 과녁을 거의 뚫다시피 했다.

"이 편전은 여러 가지 장점이 있다. 작고 가볍기 때문에 사정거리가 보통 화살보다 거의 두 배에 가깝고, 그만큼 적이 보고 피하거나 막기 어려울 뿐 아니라, 통아가 없으면 주워서 되쏠수도 없다는 점이지. 굳이 단점이 있다면 화전(火箭, 불화살)을 쏘기는 어렵다는 정도일 게다. 보통 화전은 이렇게 촉 바로 밑에 화약통을 달아서 쏘지만, 편전에는 불붙인 실이나 솜뭉치를 매달아서 쏘는 게 전부지. 제대로 쓰려면 숙련된 기술이 필요하지만, 너라면 금방 익힐 수 있을 거다."

"와, 좋사옵니다!"

"보통 화살이 이렇게 던지듯 쏘는 데 비해 편전은 직선으로 날아가기 때문에 명중률이 높아서 적의 우두머리를 노리고 쏘는 데도 좋다. 김윤후(金允侯) 스님 이야기를 해 주마."

"예?"

"전조 때 몽골족의 원나라가 쳐들어왔는데, 김윤후는 당시 승려 신분으로 지금 용인에 있는 처인성에서 원나라 군대와 싸웠다. 그때가 고종 19년(1232)이었지. 네가 처인성에 가 본 적 없겠지만, 거기는 굉장히 작은 성이라 어떻게 거기서 적을 막아 낼 수 있었을까 하는 생각이 들 정도다. 그런데 고려군에게 운이 좋았는지 원나라 총사령관이 직접 성을 돌아보고 있어서, 김윤후는 활로 그 사람을 정확히 쏘아서 쓰러뜨렸다."

"와, 굉장한 솜씨였군요!"

"그렇지, 그 덕에 원나라 군대를 물러나게 할 수 있었다. 화살 한 발로 전세를 바꾼 셈이지."

"어머나, 멋지옵니다."

나해는 통아를 잡아 보았다.

"그리고 난 네가 활 연습하는 걸 군관들에게 방해하지 말라고 했지만, 편전 연습만은 몰래 해라."

"예?"

"사실 편전은 무과 시험 과목 중 하나지만 국가 기밀이라서 아무나 훈련할 수 없다. 북병영 같은 곳에서는 여진족들 보는 앞에서 훈련하지도 못할 정도다."

"국가 기밀을, 가르쳐 주셔도 되옵니까?"

"쉿! 요즘 왜군들 활동하는 모양이 심상치 않아서 그렇다. 네가 활에 재능이 있으니, 유사시에는 편전을 써야 할 수도 있을 것 같아서 너에게도 가르쳐 주는 것이다. 물론 그런 일이 일어나지 않기를 바라지만."

윤흥신은 편전 10발을 그녀에게 주다가 갑자기 물었다.

"응? 그건 암깍지 아니냐? 너는 숫깍지만 쓰지 않았느냐?"

"전에 데려오셨던 장 군관 나리가 줬사옵니다. 쉰네가 쓰던 깍지가 부러졌기 때문이옵니다."

"그 친구, 그러고 보니 그때 암깍지를 끼고 쏘고 있었는데, 숫깍지를 너에게 주었구나? 그러고 나서 그걸 둘 다 너에게 준 것이냐?"

"그러하옵니다."

"만호 그 친구……!"

윤흥신은 웃었다. 만호는 남에게 선물이란 걸 한 적이 없는 사람이다. 앞서 언급했듯 암깍지는 낀 채로도 활 외에 다른 병장기를 다룰 수 있다는 장점이 있지만, 활을 쏠 때 손가락의 아품을 막고 더 멀리 쏠 수 있다는 점에서는 숫깍지 쪽이 나았다.

"왜 웃으시옵니까?"

"아니다. 별 걸 다 선물하는구나. 암깍지, 숫깍지 번갈아 가며 써 봐라."

"어머나!"

우선 연습을 해 보았는데, 화살은 엉뚱한 곳으로 날아가고 말았다. 오히려 원래 활보다 멀리 나가지도 않았다.

"처음부터 그리 쉽지는 않을 것이다. 통아에 적응하는 시간이 필요하니까."

"저기, 나리……."

"왜 그러느냐?"

"그때 뵈었던, 장 군관 나리 말이옵니다. 혼인하셨지요?"

"뭐야? 활을 쏠 때는 잡생각 말라고 했잖느냐! 활만큼 쏘는 사람의 마음을 정확히 말해 주는 건 없다고 했잖느냐!"

윤흥신은 눈을 크게 뜨며 말했다.

"송구하옵니다. 하오나, 궁금해서요."

"뭐가 궁금해?"

"대개 멀리 떨어진 곳에서 근무하는 군관 나리라면, 휴가받으면 우선 처자식 얼굴부터 보러 가지 않사옵니까? 그런데 여기 출신도 아닌 분이 오셔서요."

"원 녀석, 그 친구도 그 나이가 되도록 장가도 못 간 게 한심하다고 했는데 말이다!"

"예? 그 정도 되는 분이 왜 장가를 못 가셨사옵니까?"

나해는 눈을 크게 뜨며 물었다.

"일찍 부모상을 당해서 삼년상 치르느라 그랬다. 그리고 과거 준비도 해야 했고. 사실은 다른 일도 있었다."

만호가 부친상을 당하고 삼년상을 치르는 도중, 윤흥신이 한번 그의 집에 갔다.

"스승님!"

"오랜만이구나."

두 사람은 마주 보고 어색하게 웃었다.

"어떻게 지내느냐?"

"올해 무과를 준비하고 있사옵니다. 그날 이후, 척전도 계속 연습하였사옵니다."

"무과?"

윤흥신이 짐작한 대로였다.

"스승님은 어떠시옵니까?"

"뭐, 그럭저럭 지내고 있다. 그런데 아직 장가는 가지 않았나?"

윤흥신은 직접 술상을 봐 온 만호에게 물었다. 그는 형제도 없고 부모까지 일찍 여읜데다 집안 형편도 그리 좋은 편이 아니라 혼자 살고 있었다.

"부모님이 정해 주신 혼처가 있었사옵니다. 아버지 지인의 딸이었는데 작년(기축년, 1589)에 그 집안이 모두……."

만호는 말끝을 흐렸다.

기축옥사(己丑獄事), 조선 개국 이래 그러한 참변은 없었다. 정여립이라는 이가 대역죄로 전국에 수배되었다가 자살하고, 그의 친구는 물론 편지 한 장 주고받은 사람까지 모두 지독한 고신(拷訊, 고문)을 당한 뒤 죽임을 당했다.

문제는 이 사건이 엄연한 정치적 탄압이었다는 점이다. 거기다 정여립이 동인이었기 때문에, 서인 일파는 동인을 무자비하게 탄압하고 조정을 장악하였다. 이 일을 맡은 사람은 서인의 대표 중 하나인 우의정 정철(鄭澈)이었지만, 사실 이는 왕권 강화를 위해 당쟁을 이용했던 임금의 주도나 마찬가지였다.

거기다 임금은 교묘히 발을 뺀 뒤 정철에게 모든 걸 맡기고 책임까지 뒤집어씌웠다. 만호는 어렸을 적부터 일을 저지르고 책임은 남에게 떠넘기는 행위는 매우 비열한 짓이라고 배웠는데, 임금이 그런 짓을 하다니 믿어지지 않을 정도였다.

그 일로 인하여 수천 명이 죽거나 귀양 가는 등 여러 가지 일이 나서 국정은 완전히 마비된 상태였다. 거기다 그러니 만호로서도 조정이 원망스럽지 않을 수가 없었다. 원래는 만호의 아버지도 동인이었지만 일찍 죽었기 때문에 그 불똥이 그에게까지는 튀지 않았다.

"그나저나 자네, 이제 혼잔 건가?"

"그렇사옵니다."

만호는 아버지보다 어머니를 먼저 여의었다. 형제도 없으니 혼자였다.

"자네라면 반드시 급제할 걸세."

"뭐, 이럴 때에 무과 급제한들 무슨 소용이 있겠나 하는 생각이 들긴 하지만 말이옵니다……."

"그런데 조정이나 다른 데서 이야기를 들어 보니, 요즘 만주 오랑캐들도, 왜국도 심상치 않아. 자네 같은 사람이 필요하네."

"제가요? 누구에게 필요하옵니까?"

"백성들이지, 그걸 굳이 설명해야 하나?"

윤흥신은 왜 묻느냐는 표정으로 대답했다.

"그래서 과거에 급제하고, 전라 좌수영으로 발령받은 것이옵니까?"

"그래."

"전라 좌수영이 어디이옵니까?"

"여수지."

"여수에서 돈 자랑하지 마라"라는 말이 나올 정도로 비옥하고 해산물도 많이 나며 그만큼 시장도 크다, 따라서 왜군의 표적이 될 수 있기 때문에 성종 10년(1479)에 그곳에도 수군 본영을 세우고 전라 좌수영이라 하였다. 이곳 다대포는 경상 좌수영 소속이니 꽤 먼 거리였다.

"좋은 곳 아니옵니까."

"좋은 곳이지. 거기다 전라 좌수사가 좌상 대감(류성룡)의 친구의 아우라고 했는데, 만호 그 친구가 그러더구나. 전라 좌수사 영감이 정말 대단하고 자신이 모든 걸 걸고 따를 수 있는 사람이라고. 내가 다대포 첨사가 되게 해 준 사람도 좌상 대감이다."

"어머, 그렇사옵니까?"

"왜군이 그리로 갈 때 잘 막아줄 수 있는 사람인가 보다."

"참, 나리. 왜군 하니 생각나는데, 그들은 올 때마다 다른 깃발을 가지고 다닌다고 들었사옵니다. 왜 그렇사옵니까?"

"응, 제 나라가 통일되기 전에는 지방의 각 영주끼리 사병을 거느리고 전쟁이 끊이지 않았기 때문이다."

나해가 가끔 이렇게 엉뚱한 질문을 할 때가 있지만, 윤흥신은 친절히 대답했다.

"전쟁 때문이옵니까?"

"그래서 각 영주마다 자기 가문을 표시하는 깃발을 들고 다니면서 싸웠지. 전투 중 아군과 적군을 구분하기 위해서다."

"조선에는 집안을 나타내는 깃발이나 표시는 없지 않사옵니까? 양반 댁이라고 해도요."

"조선에서는 사병을 갖는 것 자체가 대역죄로 몰릴 수도 있는 일이니까. 개인이 허가 없이 창이나 활을 소지하는 일조차 불법이고 말이다. 조선은 계속 통일 왕조를 유지하지 않았느냐. 거기다 내년이면 벌써 건국 200주년이다."

윤흥신은 씩 웃었다.

"그렇다면 다시 쏴 보자. 활은 어떤 무예보다도 움직임이 적지만, 숨쉬기부터 시작하여 온몸을 다 써야 하기도 한다. 활에서 가장 중요한 것이 뭐라고 생각하느냐?"

"백발백중이옵니다."

"그래, 어떻게 하면 백발백중이 될까?"

"실력을 길러야 되지 않사옵니까?"

"백 번 쏴서 백 번 모두 맞히기란 어렵다. 하지만 백 번 모두 미리 맞히고 쏜다면 할 수 있다."

"어떻게 백 번을 모두 맞히옵니까?"

"마음을 비우고, 오로지 나와 표적만이 존재한 채, 표적에 정확히 맞았음을 마음으로 느끼고 쏘아야 한다. 그것이 하나의 자신감이다. 그리고 굳이 설명한다면 '깨우침'이다."

"깨우침이요?"

6. 전란

윤흥신의 말은 옳았다. 정말 세상일은 어찌 될지 몰랐다. 하지만 결코 좋은 일은 아니었다.

이듬해인 임진년(1592) 4월 14일이었다.

"이젠 편전도 꽤 익숙해졌구나."

윤흥신이 말했다.

"편전이 참 좋은 무기이옵니다!"

"그렇지? 사실, 너에게 전해주고 싶은 말이 하나 있다."

윤흥신은 손에 서찰을 들고 있었다.

"어머나, 쇤네 까막눈인 거 아시잖사옵니까!"

"장 초관이 보낸 거다."

"네? 잘 지낸다고 하옵니까?"

"장 초관이, 이번에 또 휴가를 받아서 곧 다대포에 온다고 한다. 보니까 오늘이나 내일쯤에 올 게다!"

"어머, 정말이옵니까?"

나해의 눈이 반짝이자, 윤흥신은 웃고 말았다.

"원 녀석."

"네?"

"아니다!"

윤흥신은 응봉 봉수대를 보며 말했다. 마침 봉화 연기가 올랐다. 봉수대에는 다섯 개의 아궁이가 있고 연기가 많을수록 긴급 상황임을 나타낸다. 하지만 봉화가 아예 오르지 않으면 이쪽이 적에 점령당한 줄 알 수도 있기 때문에, 매일 특정한 시간에 한 번은 연기를 올려서 이상 없음을 알려야 했다.

"아니? 봉화 연기가 오늘은 좀 거친 것 같은데? 평소보다 불을 더 세게 때기라도 했나?"

윤흥신이 조금 의아하게 여기며 말했다.

"설마, 무슨 일 났겠사옵니까? 일 있으면 알리러 내려왔을 것이옵니다."

"아니다. 정기 봉화는 늘 정량의 땔감만 쓰게 되어 있는데, 잘못해서 불이라도 난 건지도 모르겠다."

"쇤네가 가서 보고 오겠사옵니다."

"그래라."

나해는 조금 심심하기도 했기 때문에 한 관노와 둘이서 봉수대로 갔다. 그녀는 가끔 첨사가 내리는 별식을 그리로 날랐기 때문에 오장(伍長, 봉수군 지휘하는 사람, 봉수대 하나에 보통 두 명이 배치된다) 두 명과도 아는 사이였다.

"어머나?"

봉수대에 가니, 먼저 눈에 띈 것은 봉수대가 아니라 시커멓게 변해 있는 창고였다. 봉화를 올리는 땔감을 저장하는 곳이다.

"아니, 이게 어떻게 된 것이야?"

관노가 놀랐다. 봉수대를 늘 지키고 있어야 할 군사가 한 명도 보이지 않았다.

"나해 아니냐?"

누군가가 뒤에서 달려왔다. 나해는 뜻밖의 인물을 보고 놀랐다.

"스승님이 여긴 웬일이시옵니까?"

"나도 이 연기 보고 왔다. 그런데 이게 왜 불탔고, 군사는 한 명도 없지?"

도문 역시 그 창고를 보고 놀랐다.

"아니, 봉화를 올리는 곳 아니야? 왜 여기가 이 모양이지? 여기 아무도 없소?"

도문은 나해더러 가만히 있으라고 한 뒤 불 피우는 곳을 모두 살펴보았다. 봉수대에는 연기 피우는 곳이 다섯 군데 있고, 앞서 언급했듯 평소에는 특정 시각에 한 번만 피운다.

"어디에도 불을 피운 흔적이 없는데?"

아궁이를 다 만져 본 도문이 말했다. 즉, 아까 불을 피울 시각에 났던 연기는 이 창고에서 났던 것이 분명했다.

이곳저곳을 살피던 도문이 군사들 막사로 들어가더니, 히익 놀라며 뛰어나왔다.

"이, 이럴 수가!"

"어머나, 왜 그러시옵니까?"

"나해야, 보지 마라!"

"왜 아니되옵니까?"

나해는 억지로 밀고 들어갔다.

"꺄아아악!"

나해는 자신도 모르게 도문에게 달려들어 안기고 말았다.

막사 안에 들어가자, 눈보다 코가 먼저 그 안의 상황을 알려주었다. 바닥에 어지럽게 널려 있는 토사물과 피의 냄새가 그대로 머리까지 뚫고 들어오는 듯했다. 그리고 그녀의 눈에 보인 것은, 이곳저곳에 쓰러져 있는 군사들이었다. 살아 있는 사람은 한 명도 없었다.

"거봐, 스승이 말을 하면 들어야지!"

"빨리 돌아가서, 알려야겠어요! 스승님, 같이 가요!"

"그, 그래, 그러자꾸나!"

이들이 돌아가기도 전, 윤흥신에게는 다급한 소식이 전해졌다.

"첨사 나리! 큰일이옵니다!"

한 군사가 헉헉거리며 관아로 달려왔다.

"무슨 일인가?"

"왜구, 왜구이옵니다! 헤아릴 수 없을 만큼 많사옵니다! 서평진(오늘날 부산 사하구 구평동, 부산진과 다대포를 잇는 길목)이 벌써 함락당했사옵니다!"

"뭣이라? 그런데 왜 봉화부터 올리지 않은 건가?"

"모르옵니다! 부산에서 벌써 전투가 시작되었사옵니다! 허나 적이 너무 많아서 조금 있으면 함락될 것 같사옵니다!"

"정발 장군이 있으니 쉽게 당하지는 않겠지! 빨리 봉화부터 올려라! 네 개, 아니 다섯 개! 아까 봉수대 가라고 한 애들 어디 갔어? 군사, 백성들도 총동원하여 성문을 굳게 닫고 싸울 준비를 해라! 그리고 경상감영에도 알려라! 가덕 첨사에게 빨리 사람을 보내서 지원 요청을 하라!"

윤흥신은 백성들을 모두 모았지만, 다대포의 병력으로는 적들을 막아내기에 버거웠다.

"일단 성에서 최대한 버틸 준비를 해라! 근처의 대나무를 전부 베어서 죽창이랑 화살을 만들어라!"

성 근처에는 유사시 화살을 만들기 위해 대나무를 일부러 많이 심어두곤 했다.

잠시 후, 부산 첨사 정발이 보낸 군관이 달려왔다.

"뭐라고? 1만이 족히 넘는다고?"

"끊임없이 오고 있사옵니다!"

"그 정도야?"

윤흥신은 위기를 느꼈다. 저들이 단순한 왜군이라면 노략질만 하고 도망칠 텐데, 다대포와 서평진까지 온다면 이는 침략군이 분명했다. 앞서도 여러 차례 언급했듯 다대포는 낙동강과 연

결되는 군사적 요지다. 이곳을 점령하고 낙동강 수로를 이용할 속셈임이 분명했다. 하지만 다대포는 그 중요성에 비해 병력이 터무니없이 적었다. 8백 명이 전부였다.

"빌어먹을, 어젯밤에 배가 왔다면 판옥선을 출동시키면 되는 건데!"

판옥선을 끌고 나가 해상에서 적선을 요격할 수도 있었지만, 왜군들이 이미 상륙하여 이쪽으로 오고 있는 이상 성을 방어하는 일이 더 급했다. 전 병력을 동원해 지키는 방법밖에 없었다.

"나리!"

나해와 관노가 달려왔다.

"무슨 일이냐?"

"봉수대 지키는 군사들이, 전부 죽었사옵니다!"

"뭐라?"

윤흥신은 놀랐다.

"빌어먹을! 왜군 간자를 색출하기가 쉽진 않을 거라고 생각했지만, 역시 그랬구나!"

윤흥신은 왜군 간자가 미리 봉화를 막기 위해 일을 저질렀을 것이라는 생각을 하긴 했다. 그런데 조금 이상했다. 간자가 봉수대를 점령하고 있다면 명령을 전하러 간 나해와 그 관노도 죽었을 것이다. 그런데 그러지 않았으며 그 근처에는 아무도 없었다.

"나해야, 그 군사들이랑, 오장이랑 어떻게 죽었는지 아느냐?"

"쇤, 쇤네, 끔찍해서 제대로 보지 못했사옵니다! 거기다 어두 워서요!"

한 번에 12명이나 되는 사람이 죽었는데 그녀가 제대로 볼 수 있을 리 만무했다. 윤홍신은 이상하다고 생각했다. 12명의 군사를 모두, 이쪽에 신호할 틈도 없이 순식간에 물리치려면 적은 적어도 20명은 필요할 것이다.

"싸운 흔적은 있었느냐? 뭐, 화살이라도 날아왔다든지 말이다!"

"없었사옵니다! 처음에 왜 아무도 없나 했사옵니다!"

"혹시, 입에서 피를 토하고 죽지 않았느냐? 구토를 했거나."

"구토요? 네, 그랬사옵니다! 토사물이 여기저기 있었사옵니다!"

"그렇다면, 독을 먹였구나!"

봉수대 일은 매우 힘들고 무슨 일이 있을 때마다 산 밑에까지 오가야 했기 때문에, 가끔 내리는 별식은 군사들에게 큰 기쁨이었다. 누군가가 첨사의 명령을 빙자하든지 하여 이들에게 독을 먹였을 것이 분명했다.

"어머나, 그러면, 혹시, 그거 아니옵니까?"

"그거라니?"

"우리 군사들이 열 명이 넘으니까, 싸우려면 간자도 적어도 그만큼은 있어야 하지 않겠사옵니까? 그런데 독을 먹여서 다 죽였다면……!"

"간자도 한두 명 정도라, 그 말이구나? 그 많은 군사와 싸울 수 없을 테니까?"

"그러하옵니다!"

윤흥신은 그 순간에도 나해의 총명함에 감탄했다.

"그러니 찾아내기는 더 어렵지, 원. 좌우간 나해 너도 군복 입어라! 부녀자들에게도 군복을 입혀 우리 병력을 많게 보이게 하려고 한다! 모자라면 비슷한 거라도 찾아서 입고!"

오랜 시간이 지나지 않아, 수많은 깃발과 창의 숲이 다대포성 앞에 섰다. 저들은 적게 잡아도 2천은 될 것 같았다. 머리에 삿갓 모양의 보호구를 쓰고 갑옷을 들고 있었고 대다수가 창을 들고 있었다. 몇 사람은 낚싯대처럼 기다란 활을 들고 있기도 했다.

나해는 서둘러 군복을 입고 윤흥신에게 갔다. 그녀는 활쏘기 자체는 좋아했지만, 이를 사람을 죽이는 데 쓰게 될 줄은 몰랐다. 하지만 왜군이 쳐들어온 이상, 그녀도 싸워야 했다.

"나리, 그런데 어디로 가시렵니까?"

"저들은 안산(案山, 아군 진영의 방어벽 역할을 해 주는 낮은 산) 쪽으로 해서 우리 성을 공격할 테니, 거기 숲에서 매복했다가 적을 치려 한다! 우선 기습으로 저들이 놀라 물러가게 하면, 그만큼 시간을 벌 수 있다!"

"쇤네도 가겠사옵니다!"

"무슨 소리냐? 넌 가서 물이나 길어라! 성에서 여자들이 할 일도 많다!"

윤홍제가 말했다. 성에서 백성들도 모두 비상이 걸린 상태였다.

"그 활로, 사람을 죽여야 한다!"

윤홍신이 무거운 얼굴로 말했다.

"해, 해야 한다면, 하겠사옵니다!"

"형님! 저 애를 데려가시면 어떻게 하옵니까?"

"이 아이가 활 솜씨 하나는 너보다도 낫다!"

윤홍신은 나해더러 빨리 준비를 하라고 했다.

"사냥꾼들을 동원해서 덫을 놓으라고 하는 게 어떻겠사옵니까?"

"덫을 놓자니 시간이 부족하다. 우선 활 잘 쏘는 사냥꾼들은 매복 작전에 데려가고, 수성 준비를 단단히 시켜라!"

우다는 서평진으로 갔다.

"이제 오셨사옵니까?"

군관이 그를 맞이했다.

"마쓰무라는 어디 있나? 내가 온다고 기별을 보내지 않았나!"

"다대포로 갔사옵니다. 연락이 오기 전에 갔사옵니다."

"이런, 다대포 병력도 8백은 되는데, 그냥 가서 쓸어버릴 생각인가? 알았다. 당장 내가 그리로 가겠다! 고니시 장군께서 오시기 전에 우리가 거길 친다면 큰 포상이 따를 것이다!"

이 무렵, 푸른 갑옷을 입은 마쓰무라는 말을 탄 채 다대포 성을 향하고 있었다.

"장군, 우다 장군이 지금쯤 서평진에 도착하셨을 텐데, 합류한 다음에 치는 게 좋지 않겠사옵니까?"

군관 한 명이 말을 걸었다.

"그 조그만 성 치는 데 뭐가 그리 많이 필요한가? 저기 뒷산을 통해 성벽을 넘어간다면 간단히 없앨 수 있어! 그리고 지금쯤 거기는 우리가 온 걸 알고 수성 준비에 열을 올리고 있을 테니, 준비가 끝나기 전에 서둘러 함락시켜야 하네! 거기다 고토가 지금쯤 거기는 해치웠을걸세!"

"하오나 여기 숲속에서 매복을 하는 방법도 있지 않사옵니까?"

"그 정도야 나도 짐작하고 있었네! 하지만 척후병이 아무 일 없다고 보고하지 않았나. 여기서 자주 매복 훈련을 하고 있었다고 했는데 말일세."

다대포 성 뒷산의 길로 가면, 성 북문으로 갈 수 있었다. 위에서 보니, 성 군사들은 대부분 동문에 있었다.

"단박에 성벽을 넘으면 된다. 공격 준비!"

마쓰무라가 신호를 하려는 순간이었다.

"쏴라!"

갑자기 조선말이 들렸다.

"으, 응?"

선발대가 숲을 지나려는 순간, 갑자기 사방에서 화살이 날아들었다. 윤흥신은 일부러 매복하기 좋은 숲이 아니라 북문 바로 옆에 군사들을 숨기고 있었다. 이들이 매복이 없음을 알고 안심하고 길을 빠져나오기 직전에 쳐서 혼란에 빠뜨리려던 계획이었다.

"이, 이런? 수성이 아니라 매복이었나?"

"빨리 쏴라!"

윤흥신의 지시에 따라, 곧 더 많은 화살이 그쪽을 향해 날아왔다. 왜군들의 말이 놀라 날뛰고, 몇몇은 그 뒤에 따라오던 아군 쪽으로 후퇴하는 바람에 그들은 혼란에 빠졌다.

윤흥신은 저들의 눈을 속이기 위해 일부러 관속들에게 군복을 입혀서 성 위에 세워 위장하고, 군사들 대부분을 이 매복지에 끌고 나왔다.

"반격하라! 조총을 쏴라!"

마쓰무라가 외쳤지만, 숨어서 활만 쏘아대는 적군을 쉽게 찾아서 쏘기는 어려웠다.

"젠장!"

마쓰무라는 칼로 화살들을 쳐냈다. 그는 속검, 즉 빠른 검 마쓰무라라는 별명으로 불릴 정도로 빠르게 화살들을 막을 수 있었다.

"이, 일단 후퇴하라!"

그로서는 자존심 상하는 일이었지만, 일단 퇴각할 수밖에 없었다.

"쫓아가지 말고 우리도 성으로 돌아가자, 빨리!"

윤흥신이 외쳤다.

"편전 준비!"

조총의 사정거리가 활보다 길기는 했지만, 성 위에서 싸우는 만큼 적보다 유리한 사거리를 확보할 수 있었다.

윤흥신은 적을 무찔렀으니 하루 정도는 시간을 벌었다고 생각했는데, 그렇지 않았다. 곧 붉은 갑옷을 입은 장수 한 명이 금방 그들에게 합류했고, 그들은 얼마 가지 못해 성벽을 둘러쌌다. 매복 작전을 다시 쓸 수는 없으니 이제 성에서 최대한 오래 버티며 원군을 기다리는 수밖에 없었다.

"쏴라!"

윤흥신의 지시가 떨어졌다. 금방 그를 비롯하여 편전을 쓸 수 있는 군관들이 화살을 날렸다. 편전은 사정거리가 길어 싸우기 좋았지만, 앞서 밝혔듯 변방에서는 그 훈련을 금한 탓에 이를 쓸 줄 아는 사람은 몇 명 되지 않았다.

"윽!"

왜군들이 들고 있던 막대기에서 불꽃이 터지자, 조선 측 군사들이 하나 둘 쓰러지기 시작했다.

"이런, 저게 조총인가!"

윤흥신은 대마도주가 우리 조정에 조총을 바쳤다는 말은 들었지만, 이를 우리도 똑같이 만들어서 적을 막자는 말은 듣지 못했다. 그것을 실제로 사용하는 모습은 처음이었다.

조총의 위력은 상당했다. 한 지점을 향해 여럿이 동시에 쏜다는 점에서는 활과 다를 게 없었지만, 화살과는 달리 날아오는 모습을 볼 수가 없었으며, 총소리는 사람들에게 공포심을 안겨주었다.

"겁내지 마라!"

윤흥신은 군사들을 독려하며 자신도 계속 활을 쏘았다.

"총통에 조란환을 장전하라!"

조란환, 새알탄이라고도 불리는 이 새알만 한 탄환은 대인 전투용 화약 무기였다. 이것을 총통 안에 한꺼번에 백여 개를 넣고 한 번에 쏘면, 밀집된 적에게 큰 타격을 줄 수 있었다.

"지금이다. 방포하라!"

윤흥신이 외쳤다. 적이 한 번에 몰려들 때 되도록 많이 쓰러뜨릴 수 있도록, 총통은 일부러 감추고 있다가 재빠르게 밀어넣음과 동시에 불을 붙이도록 했다.

화약 소리가 요란하였고, 곧 그 못지않은 비명이 왜군들 사이에서 일어나기 시작했다. 한 번에 50알쯤 되는 쇠구슬을 동시에 화약에 넣어 발사하였으니, 이는 멀리 날아갈수록 탄착점이 넓어져 많은 왜군에게 큰 타격을 주었다. 조총 50발과 위력이 비

숫하였다.

"됐다! 이제 장전을 쏴라!"

윤홍신은 장전 발사 지시를 내렸다. 성벽 위에서 쏘는 화살은 조총보다 사정거리는 뒤떨어지지 않았지만, 적이 너무 많았다.

"윽!"

나해의 바로 옆에서 활을 쏘던 군사 한 명이 조총에 맞고 쓰러졌다.

"꺅!"

"뭐 하느냐? 계속 쏴! 그 죽은 그 녀석 전통에서 화살을 꺼내서 쏴! 안 쏘면 네가 죽는다!"

윤홍신이 평소와는 달리 매우 엄한 얼굴로 말했다. 나해는 서둘러 그의 말대로 했다.

앞서 언급했듯 활이나 조총을 쏠 때는 여럿이 한 지점을 향해 동시에 발사해야 했다.

"저기, 밀집된 곳을 향해 동시에 쏴라!"

처음에는 과연 자신이 사람을 죽일 수 있을까 했는데, 막상 전투가 시작되니 거의 생각도 하지 않고 쏘게 되었다. 맞았는지 아닌지 그 느낌조차도 오지 않았다.

화살 비가 퍼부어지다시피 했지만, 왜군의 기세는 조금도 줄지 않았다. 오히려 더욱 심해지기만 했다.

왜군들이 운반해 온 긴 사다리가 곧 성벽에 걸쳐졌다. 단병접

전이 벌어지면 수적으로, 실력으로도 부족한 조선군 쪽이 크게 불리하다.

"사다리를 막아라! 끓는 물!"

왜군들은 사다리는 물론, 민가에서 뜯어 온 대문짝 등을 들고 해자 위에 놓은 뒤 이를 다리 삼아 건넜다.

사다리를 타고 오르는 적에게 대항하려면, 역시 끓는 물이 좋았다. 적은 양으로도 큰 타격을 줄 수 있기 때문이다. 그 물에 맞은 왜군은 모두 비명을 지르며 떨어졌다.

"충차다!"

성문을 부수는 충차가 오자, 윤흥신은 빨리 짚단을 모아 그리로 던지라고 했다. 불을 붙이기 위해서였다.

"나해야, 저 충차에 빨리 화전을 쏴라!"

"예!"

나해는 빨리 화전에 불을 붙였다. 도화선이 타들어갈 때쯤, 활시위가 팅기며 화살이 그 짚더미에 명중하였다. 곧 화전에 달린 화약통이 폭발하며 불이 짚단을 태우기 시작했다. 그러자 충차를 밀던 왜군들이 놀라며 물러났다.

7. 도망

잠시 후, 해는 졌다. 다대포에서 보는 일출과 일몰은 매우 아름다웠지만, 그날의 해 지는 모습은 평소와는 달라 보였다는 느낌은 성안의 사람 모두가 받았을 것이다.

"우리 측 피해는 얼마나 되나?"

윤흥신이 부관에게 물었다. 원래는 전투가 끝나면 성 밖으로 나가 시체를 묻거나 태워서 부패 및 전염병을 막고, 아직 쓸 만한 무기를 수습하는 데 힘써야 했지만 그럴 여유가 없었다. 그랬다가는 금방 왜군들이 다시 몰려올 것이다. 아니, 내일을 기약할 수 있을지 모를 정도로 이쪽이 빈약했다.

"사망자, 부상자 합쳐 2백 명 정도 되옵니다!"

적의 사상자는 천 명 이상이고 격퇴하는 데 성공했으니 숫자상으로는 승리였다. 하지만 문제는 그다음이었다. 부산포는 함락되었고 첨사 정발은 전사하고 말았으며, 왜군의 수는 전혀 줄지 않고 오히려 늘어 가고 있었다. 약탈만 하고 물러가려는 의도가 아닌 모양이다. 여기 있는 이들도 다대포를 함락시킨 뒤 그리로 합류하러 갈 것이다.

"무기는?"

"화약은 오늘 거의 다 썼사옵니다. 내일까지 버틸 수 있을지 모르겠사옵니다!"

진 초관이 말했다. 조란환이 없으면 자갈이라도 주워다 쓰면 되지만, 쏠 화약이 없다면 소용이 없었다. 거기다 화살은 거의 다 쏘아 버렸다. 심지어는 돌까지 모자랄 지경이었다. 각 문의 지휘관들에게 화약이 부족하니 아주 위급할 때만 쓰라고 했지만, 윤흥신 자신이 있는 이 남문에서도 쏠 것이 모자랐다.

"고을의 기왓장을 전부 벗겨 와라."

이제는 기왓장이라도 벗겨서 적에게 던질 수밖에 없었다. 물론 그것도 돌만큼이나 단단했지만, 무기가 다 떨어졌다고 적에게 알려주는 일이나 마찬가지였으니 적의 기세가 더 오를 게 뻔했다.

"객사와 관아는 어떻게 하옵니까?"

"물론 관아 것도. 하지만 여기 장대 건 제일 마지막에 벗겨라. 왜군들이 우리가 무기 다 떨어진 걸 알아차릴 테니까. 아, 그리고 경상 좌병영, 좌수영은 어떻게 되었다고 하나? 지금이라도 왜군 함대의 뒤를 포격한다면 승산이 있다!"

"좌수사 영감은 배도 몽땅 자침시키고 도망쳤다고 하옵니다!"

"뭣이라?"

윤흥신은 충격을 받았다. 경상 좌수사 박홍(朴泓)은 무략이 뛰어나고 실적도 높았다. 그런 그가 배를 버리고 도망쳤다니.

"원군은 오지 않는 건가? 가덕첨사도 답이 없나? 빨리 와서 왜군들의 배를 포격하기만이라도 해도, 아직은 막아낼 수 있다!

경상 우수영에서는 답이 없나?"

"사람을 보냈지만, 아직 답이 없사옵니다!"

군관은 떨림을 감추지 않고 말했다.

"한심한 작자 같으니라고! 일단 경계를 철저히 해라! 밤 동안 왜군들이 해자를 메우려고 할지도 모른다!"

왜군들이 그런다고 해도, 나가서 공사를 방해하거나 할 수도 없었다. 성문을 열면 곧장 적이 쏟아져 들어올 게 뻔했다.

"그나저나 대체 봉수대 군사들은 대체 어쩌다 당한 게야?"

윤홍신의 마음에는 걸리는 점이 있었다. 봉수대 사건은 왜군 간자가 저질렀음이 거의 확실했지만, 어떻게 하다 그렇게 되었는지는 알 수 없었다. 간자가 누구인지만이라도 알고 싶었다.

나해는 물을 마시고 싶어졌다. 전에 만호와 단둘이서 바다를 향해 망가진 화살을 날렸을 때 이후, 이토록 필사적으로 쏘아 보긴 처음이었다. 자신이 오늘 몇 명이나 죽였을까 하는 생각이 들었지만, 일단은 성을 지키는 데 집중해야 했다.

'참, 장 초관 나리, 다대포 오신다고 했잖아? 잘못하면 오다가 왜군들한테 잡히기라도 하면 어떡하지?'

순간 그녀는 만호가 이곳에 올지 모른다는 생각이 들었다. 그가 함께 있다면 더 잘 싸울 수 있을 텐데. 그러면서도 그가 오면 위험하지 않을까 하는 생각이 들었다.

"나해 거기 있구나? 첨사 나리께서 부르신다."

진 초관이 갑자기 그녀를 불러 세웠다.

"예? 나리, 회의실에 계시지 않사옵니까?"

"그리로 오라고 하신다."

나해가 작전 회의실로 가 보니, 군관들이 모두 그 자리에 있었다. 그들의 표정만 보아도 상황이 좋지 않음을 금방 알 수 있었다.

"나리, 무슨 일이시옵니까?"

나해는 윤흥신이 자신을 야단치기 위해 불렀을 때보다도 더 주눅이 들었다. 윤흥신은 뜻밖에 온화한 목소리로 말했다.

"너에게, 어려운 명령을 하나 내리려고 한다."

"무엇이옵니까?"

"아무래도 내일 저들이 또 공격해 온다면 이 성은 함락될 것 같다. 부산이 함락되자 저들은 거기 있던 사람들을 남녀노소 가리지 않고 학살했다고 한다."

"끝까지 버티면, 어떻게 되지 않겠사옵니까?"

"아니다. 적은 증원되고 있는데 우리 쪽에는 방어선조차 구축되지 않고 있다. 하지만 지켜 줘야 할 사람이 있다."

"누구 말이옵니까?"

"이 성의 여자와 아이들이다. 몇 명씩 나눠서 피신시킬 것이다."

"지금, 사방이 적인데 어떻게 나가옵니까?"

"그 때문에 말하는 거다. 곧 결사대를 이끌고 나가서 야습할 것이다."

"예?"

"저들의 시선을 좀 돌려놓기 위해서다. 그리고 그 틈을 타, 여자와 아이들을 피신시켜야 한다."

윤흥신은 물론 군관들 얼굴에도 비장함이 가득했다.

"그, 그런데요?"

"몇 명씩 조를 짜서 여자와 아이들을 데리고 나가는데, 저 무관들의 처자는 네가 데리고 가려무나."

"가, 가다니요? 도망치란 말씀이옵니까? 그러면, 나리는 어떻게 하려고 하시옵니까?"

"말했잖느냐. 결사대를 이끌고 야습하겠다고."

"나, 나리랑, 같이 싸우겠사옵니다! 아니, 차라리 야습조에 끼워 주십시오!"

나해가 말했다.

"이건 명령이다! 백성들을, 저 무관들의 가족들을 지켜 줘야 한다."

윤흥신은 엄격한 목소리로 말했다.

"아무리 생각해도, 저 가족들은 너만이 살릴 수 있다! 자, 화살은 챙길 수 있을 만큼 챙겨라."

"여기서 쓸 화살도 모자라지 않사옵니까?"

"너한테도 필요할 것이다. 이건 화전, 우는살(명적鳴鏑, 화살촉 부분에 속이 비고 구멍 뚫린 통을 달아 날면서 소리를 내게 만든 화살. 신호용으로 썼다), 그리고 혹시 모르니 박두도 좀 가져가고, 편전 이랑 장전은 알겠지?"

윤흥신은 자신이 직접 그녀의 전통에 화살을 넣어 주며 말했다. 남은 화살을 겨우겨우 긁어모은 것이었다.

"나리……!"

나해의 눈에서 눈물이 흘러내렸다.

"다시 말하지만, 이것도 중요한 일이다. 응? 내가 그때 네가 활 쏘는 걸 보았던 것도, 그 인연으로 너에게 활을 가르쳐 준 것도, 다 이런 날을 위해서였을지도 모른다는 생각이 드는구나. 만남이 있으면 헤어짐도 있게 마련이다. 그게 원하든, 원하지 않든 말이다. 자, 울지 말고, 무사히 가라. 너라면 어디서든 꿋꿋하게 살아갈 수 있을 것이다."

"나해야!"

다른 군관들이 다가왔다. 평소 그녀를 보던 얼굴이 아니었다.

"우리 딸, 잘 부탁한다."

"우리 아들도 말이다."

이번처럼 엄숙한 느낌은 처음이었다. 윤흥신이 그렇듯, 이들도 모두 각오한 모양이었다.

"어, 어디까지 데려가면 되옵니까?"

"일단 울산으로 데려가라. 거기에서라면 경상 좌병영 군사들에게서 보호를 받을 수 있을 것이다! 부마께서 경상 좌병사랑 잘 아시니까, 보호를 받을 수 있을 것이다!"

윤홍신은 간단히 설명했다.

"왜군들은 우선 부산을 점령해 교두보를 확보하고, 이곳 다대포를 점령하여 낙동강을 이용할 수 있도록 할 것이다. 그러니 다음에 갈 곳은, 경상좌도에서 제일 큰 성인 동래다. 양산 군수, 울산 군수도 동래 부사 나리와 함께 거기서 싸울 것이야. 거기가 잘 버텨 준다면 다행이지만, 일단은 울산 쪽으로 가려무나."

나해는 그의 말대로 할 수밖에 없었다. 하지만 윤홍신의 말대로 해야 했다. 그녀 자신도 다대포에서 한 발짝도 벗어난 적이 없지만, 여기 있다가는 죽음을 피할 수 없다.

"나해야."

나해는 조금 넋이 나간 채 회의실을 나섰는데, 누군가가 그녀를 불렀다.

"나해야! 무슨 일이냐?"

나해가 정신을 차리니, 도문이 그녀의 앞에 서 있었다.

"아니, 왜 우느냐? 그리고 정신이 나가 있느냐? 무슨 일 있었느냐?"

"스승님, 어떻게 하실 것이옵니까?"

"어떻게 하다니?"

윤흥신은 아무에게도 말하지 말고 그들을 데려가라고 했다. 하지만 도문에게만이라도 말해야 할까 하는 생각이 들었다.

어린아이들을 데리고 나가니 30명 정도 되었다. 나해 외에도 길을 잘 아는 사람들이 몇 명씩 맡아서 이들을 인솔하기로 했다.

"꼭 가야만 되나?"

명이가 나서며 말했다.

"언니, 우리도 가요! 왜군들이 부산에서 강아지 한 마리도 남기지 않고 다 죽였대요!"

"하지만, 우리는 살려 줄지도 모르잖아!"

"끌려갈지도 몰라요! 왜국 가서 살고 싶으세요?"

"어디든 여기보다는……, 응?"

"아버지!"

저쪽에서, 나해 못지않게 눈물을 흘리는 사람이 있었다. 김 진사의 딸 선이였다.

"같이 가요!"

"소작농들을 전부 동원해서 싸우게 했는데, 나만 달아날 수는 없다."

김 진사는 결연한 얼굴로 자신의 활을 들었다. 사냥용이었지만 화살도 전통에 가득 채웠다.

"아버지, 같이 가요!"

"아직 희망이 없는 건 아니야. 여기서 며칠만 더 버티면, 경상좌병사 영감께서 군대를 몰고 올 거고 조정에서도 원군을 보낼 거다. 그때까지만 버티면 된다!"

"그러면, 여기서 여자들도 밥 짓고 물 긷고 하면 되잖사옵니까! 그 편이 오래 버틸 수 있을 것이옵니다!"

김선은 눈물에 섞여 거의 발음도 제대로 하지 못하며 말했다.

"군량이 적을 때는 백성들을 내보내는 편이 좋다. 군사들에게 더 먹이기 위해서다! 그리고 더 설명할 시간 없으니 빨리 나가라!"

"아씨, 마님 말씀대로 하시옵소서."

몸종이 김선을 강제로 끌다시피 하며 나왔다.

"왜 가야 하옵니까?"

슬프다기보다는 철없는 목소리가 나왔다. 누군가 했더니 박태형이었다. 부마의 아들이지만 다대포에서도 망나니라고 소문이 난 소년이다.

"이 옷도 입어야 하옵니까? 내가 머슴 자식입니까?"

박태형은 비단옷만 입고 살았으니 거친 베옷은 몸에 배길 것이다. 하지만 눈에 띄지 않아야 했다.

"가라, 애비가 나중에 다 설명해 줄 테니, 일단 저 아이를 따라가라!"

부마는 자신도 칼을 들고 나서며 말했다. 그날 전투를 보조하느라 그의 소작농들도 여러 명이 죽거나 다쳤다.

나해는 적의 눈에 띄지 않도록, 군복을 벗고는 사냥꾼 비슷한 복장으로 갈아입었다. 그런데 도문이 어디 갔는지 알 수 없었다.

윤흥신은 결사대 30명을 데리고 나왔다.

"괜찮으시겠사옵니까?"

"별수 없다. 해가 떠도 내가 오지 않으면 그대로 버텨라. 버티는 법은 너도 대충 알 것이다."

"형님!"

윤흥제는 뭐라 할 수 없었다. 윤흥신은 결사대를 보며 말했다.

"다들 생각해 봐라. 제군들 모두 그동안 세금으로 먹고 자고, 훈련도 하지 않았는가? 쌀 한 톨, 화살 한 대도 전부 백성들이 마련해 준 것이다. 그러니 이제 그들에게 빚을 갚는다고 생각하자. 목숨 걸고 우리 백성, 우리 처자를 지켜내자!"

"예!"

왜군들은 모든 문을 다 지키고 있었지만, 동이 트면 해를 등지고 싸우기 위해서 대부분 동쪽에 몰려 있었다. 윤흥신은 그 때문에 북서쪽 성벽에서 줄을 타고 밑으로 내려갔다.

그의 작전은 간단했다. 동쪽의 진지를 공격한다면 왜군들은 대부분 동쪽으로 시선을 돌릴 것이고, 서쪽을 지키는 왜군 병력은 산을 피하기 위해서라도 성의 남쪽 면을 돌아서 그쪽으로 갈 것이다. 그 틈에 북문을 통해 백성들을 피신시키기로 했다. 북쪽은 산으로 막혀 있으니 왜군들도 쉽게 쫓아오기 힘들 것이다.

윤홍신은 자신도 입에 하무(소리 내지 않기 위해 무는 나뭇가지)를 문 채 손짓으로만 갔다. 왜군들 몇 명이 여기저기에서 조총을 든 채 지키고 있었다.

동쪽 진지에 불을 질러 저들을 혼란스럽게만 한다면 몇 명이라도 어떻게 할 수 있었다.

"읍!"

왜군 한 명이 비명을 지르려는 찰나, 결사대원 한 명이 뒤에서 그의 입을 막으며 단도로 목을 찔렀다. 옆에 있던 다른 왜군도 마찬가지였다.

결사대 중 화전을 쏘기로 한 사람들은 미리 약간 높은 곳으로 가고, 윤홍신과 다른 사람들은 본진 쪽으로 갔다. 바람은 낮에는 바다 쪽에서 불지만 밤에는 그 반대이므로, 북쪽에서 불을 지르기로 했다.

결사대원은 모두 대나무 통 안에서 억새 화승(火繩, 심지)을 꺼냈다. 불씨를 보존하기 위해 일부러 그 안에 담아 왔다.

윤홍신은 활을 들어 우는살을 재었다. 이 소리가 화전 발사 신호였다.

"왓!"

갑자기 적들이 달려왔다. 모두 창을 든 채였다.

"아, 아니?"

윤흥신은 놀라고 말았다. 동시에 언덕 쪽에서도 조총 소리가 나기 시작했다. 창을 겨눈 왜군들 사이에서 나타난 왜장의 얼굴에는 웃음이 실려 있었다.

"이, 이런?"

"어떻게, 우리가 올 거란 걸 미리 알았지?"

윤흥신은 순간, 왜군 간자의 존재를 생각해 냈다. 혹시나 해서 이번 야습을 자기 측근들에게만 알렸는데, 혹시 그 군관 중에 그런 자가 있었나 하는 생각이 들 정도였다.

"하하하!"

왜장은 여유 있게 웃으며 윤흥신에게 왔다. 그가 일본 말로 했기 때문에 뭐라고 하는지는 알아들을 수 없었지만, 좋은 말이 아님은 분명했다.

"젠장, 백성들은 해치지 말라고 해라!"

윤흥신은 칼을 버리며 말했다.

8. 추격

그때였다. 불꼬리가 왜군 막사 쪽으로 날아갔다. 그리고, 폭음과 함께 불꽃이 솟았다.

"아니?"

왜군에게 쫓기던 몇몇 결사대원이 죽음을 무릅쓰고 작전대로 적의 막사에 불화살을 날린 모양이었다.

적이 놀란 틈을 타, 윤흥신은 신발에서 단도를 꺼내 만호에게 척전을 가르쳐 준 실력을 발휘하였다.

"컥!"

왜장이 목에 단도를 맞자 적들이 놀라고, 윤흥신은 빠르게 칼을 주워들어 왜군들을 베기 시작했다.

"쳐라!"

결사대원들도 모두 무기를 뽑아 들었다. 놀란 왜군들 몇 명은 그 칼에 쓰러지고 말았다.

"질려탄!"

윤흥신은 아직 화승을 갖고 있었기에 화약통에 불을 붙여 던질 수 있었다. 그러자 그쪽에서 폭발이 일어났다.

"빨리 퇴각하자!"

다른 대원들도 질려탄을 던지며 다대포 성 쪽으로 서둘러 도망쳤다. 뒤에서 왜군들이 조총을 쏘았지만, 그것은 달리면서 쏘면 맞히기가 어려우므로 일단 빨리 사정거리에서 벗어나야 했다.

왜군의 방해를 무릅쓰고 활을 쏜 사람들은 한 명도 살아 돌아오지 못했으며 후퇴하던 도중 조총에 맞아 죽은 사람도 있었다. 윤흥신은 간신히 10여 명을 데리고 성으로 돌아가는 데 성공했다.

"첨사 나리가 돌아오신다! 빨리 문을 열어라! 조란환!"

동문을 지키고 있던 군관이 지시하자, 금방 폭음과 함께 조란환 100여 발이 추격하던 왜군들에게 날아갔고, 돌격하던 적들은 모두 온몸이 찢어지다시피 하였다. 그 뒤로 조선군이 활을 쏘아 적을 저지하였다.

왜군들은 그 공격을 받았음에도 불구하고 돌격해 오기 시작했다. 거기다 해가 떠올랐다.

"빨리 마름쇠(4개의 가시가 있는 병기, 적군을 막을 때 쓴다)를 뿌려라!"

윤흥제가 지시했다. 곧 마름쇠가 성문 앞에 뿌려지고, 윤흥신은 서둘러 동문 장대로 올라갔다. 어차피 시작될 전투가 조금 앞당겨졌을 뿐이다.

"내가 돌아왔다! 겁먹지 말고 싸워라!"

윤흥신과 그 휘하 군사들은 죽을힘을 다해 싸웠다.

"저, 저기, 군대가 온다!"

윤흥신은 그쪽을 보았다. 공격하는 왜군들 뒤에서 다른 군대가 달려오고 있었다. 아군이라면 조선 측 사기가 크게 오를 것이다. 하지만 적의 증원부대, 아니 본진이었다. 고니시 유키나가가 이끄는 제1군이었다.

"비, 빌어먹을!"

저절로 욕이 나왔다.

"아직 함락시키지 못한 건가?"

고니시가 외쳤다.

"전날 밤에 산길에서 기습을 당하였사옵니다! 하지만 저들은 병력이 우리보다 훨씬 적으니, 곧 무너뜨릴 수 있을 것이옵니다!"

우다가 말했다.

"숨 쉴 틈도 주지 않고 몰아붙여라!"

고니시가 데려온 왜군들이 조총을 들고 성벽을 향해 일제 사격을 퍼부었다.

"이럴 수가!"

적은 증원된 데 비해 아군 측에서는 아무런 소식이 없었다. 조선군은 창칼이 다 부러지자 몽둥이와 죽창으로 싸웠지만, 결국 성문은 뚫리고 말았다.

"쳐라!"

우다와 마쓰무라 외에도 왜군들은 밀물처럼 성안으로 쏟아져 들어왔고, 그들의 창칼은 다대포의 군사와 백성을 가리지 않았다.

"얼마든지 와라!"

김 진사는 자신이 쏘던 화살이 떨어지자 활을 버리고 칼을 들어 왜군들에게 맞섰다. 하지만 문인인 그가 제대로 칼을 쓸 수 있을 리가 없었다. 그는 얼마 가지 못해 결국 그들의 창에 온몸이 찔리고 말았다.

"진사 나리!"

"빨리, 피하게들!"

평소 후덕하던 김 진사의 죽음에 분노한 소작농들이 왜군들에게 달려들었지만 그들도 창칼에 베어지기만 할 뿐이었다.

"피하라니까, 바보들같이……, 선아, 이 아비가 너 시집도 못 보내주고 가는구나……!"

부마 역시 마찬가지였다. 그 역시 곤방(곤봉)을 들고 왜군들과 맞섰지만, 제대로 싸울 수도 없었다. 곧 여러 개의 창이 그의 온몸에 겨눠졌다. 그가 부마이므로 왜군들이 인질로 쓰려는 모양이었다.

"할 수 없군!"

그는 결국 단도를 뽑아들고 자신의 목을 찔렀다.

윤흥신은 객사 위에서 이 모든 모습을 보았다.

"결국 나라의 관문을 지키지 못하고 가는구나. 이렇게 된 거, 한 놈이라도 더!"

윤흥신은 윤흥제와 둘이서 객사 지붕으로 올라가 기왓장을 벗겨 던지며 맞섰다. 이젠 항복한다고 해도 죽음을 면할 수 없다. 아니, 처음부터 항복할 생각도 없었으니 차라리 죽을 때까지 싸우는 편이 나았다.

그는 적을 한 명이라도 더 쓰러뜨리고자 기왓장을 던졌다. 그러다가, 가슴에 뜨거운 것이 느껴졌다.

"으윽!"

충격과 함께, 그의 몸뚱이는 객사 아래로 굴러 떨어지고 말았다. 조총이란 게 바로 이런 것인가, 하는 느낌이 왔다.

"이, 이런……!"

"형님!"

윤흥제는 객사 지붕에서 뛰어내려 형에게 달려갔지만, 곧 그마저 조총에 맞고 말았다. 이들은 이복형제였으나 같은 어미의 자식보다도 서로를 아꼈다.

"형님도 참, 이제 좀 편히 사나 했더니 이게 무슨 팔자인지 모르겠습니다. 그래도 형제가 이런 데서 같이 죽으니 오히려 영광이구려."

그는 마지막으로 놓치지 않겠다는 듯 형을 끌어안았다. 그동안 많은 고생을 했다. 이제는 쉬고 싶어졌다.

"다 됐습니다."

마쓰무라가 말했다. 그러자 우다는 장대에 서서 다대포 성을 둘러보았다. 곳곳에서 불길이 솟아오르고 있었다. 그들은 고니시 유키나가의 제1군 소속으로 다대포 점령이 이들의 임무였다. 하지만 생각보다 함락이 늦어지고 말았다.

"적장은?"

"조총에 맞아 죽었습니다."

마쓰무라가 말했다.

얼마 후였다. 겨우 학살과 약탈이 멈췄고, 왜군들은 살아 있는 사람들을 모두 성 한복판으로 모았다.

고니시가 다대포에 입성하자, 우다는 그리로 가서 인사했다.

"어제 안으로 함락시키지 못했다고 들어서 내 직접 왔는데, 그래도 이젠 함락시켰구먼."

"송구하옵니다. 녀석들이 발악을 해서 그랬사옵니다."

"뭐, 수고 많았네. 전장 일이 뭐 늘 계획대로만 되는 건 아니니 어쩔 수 없지. 거 참, 지독한 놈들이구먼. 부산 놈들도 그렇고 이것들도 그렇고……. 그래, 도자기는 얼마나 찾았나?"

고니시가 말했다. 그러자 우다가 대답했다.

"모을 수 있는 만큼 모으라고 했는데, 여긴 그리 큰 고을이 아니니 그리 많지는 않을 것이옵니다. 이곳 수비군을 급히 편성하겠사옵니다!"

"그 전에 찾아야 할 건 찾아야 하지 않겠나. 그 부마의 집이 어디라고 했지?"

고니시가 말했다.

"그 부마라는 자는, 자결했사옵니다!"

우다는 군관의 보고를 전했다. 그 군관은 자신이 직접 그 부마를 사로잡으려 했기 때문에 알고 있었다.

"그래? 그 부마의 아들이나 다른 사람들은 어디 갔나? 아, 그리고 고토는 어디 갔나?"

"장군!"

마쓰무라가 달려오며 말했다.

"왜 그러나?"

"부마의 아들이 산으로 도망쳤다 하옵니다! 고토도 그리로 간다고 하였사옵니다!"

"뭐라? 서문으로 도망친다고, 병력 거기에 매복시키라고 했잖나!"

우다가 마쓰무라에게 성을 냈다. 윤흥신의 명대로 나해를 비롯한 몇몇 사람들이 조를 짜서 백성들을 피신시켰지만 몇몇은 왜군에게 붙잡혔다.

"다른 문이었을지도 모르옵니다."

"젠장, 그렇다면 북문이었나? 아니면 다른 작은 문이라도 있었나?"

고니시는 손을 들었다.

"뭐, 지금은 일단 일정에 맞춰야 하니까, 나는 곧장 동래로 가겠네. 우다 자네는 자네 군사들을 데리고 저 산을 포위하도록 하게! 왕손이라면 중요한 인질이 될 수 있으니 잡도록 해야 하네! 나중에 동래성에서 보자고!"

"알겠사옵니다."

고니시가 떠나자, 우다는 마쓰무라에게 말했다.

"고토 혼자 갔다고? 뭐 하러 혼자 갔나?"

"고토 그 녀석이, 왕손이 도망친 곳이 서문이라고 했습니다. 그런데 잘못 알았으니 그 책임을 진다며 자신이 잡아 오겠다고 했습니다!"

"그렇다고 혼자 가?"

"전부 여자랑 아이들뿐이라고 하니, 혼자 가는 게 좋지 않겠 사옵니까? 왕손 얼굴 아는 사람도 자기뿐이라고 하옵니다."

"그래도 거기 지리는 그쪽이 잘 알 거 아닌가. 빨리 고니시 장군 께 합류해야 하니 자네도 정예 군사를 뽑아 산으로 쫓아가게! 전 부 여자랑 아이들뿐이면 잡기 쉬울 걸세! 나는 장군 명대로 산을 빙 돌아서 가겠네! 수비군 편성 끝나면 빨리 이동을 준비하게!"

"알겠사옵니다!"

"흠, 스승님께는 간단히 책 두어 권이고, 그 녀석은 아직도 활 쏘기에 힘쓰고 있으려나?"

주막에서 일어난 만호는 짐을 챙기다가, 자신이 산 활쏘기용 팔찌를 보았다. 나해에게 맞을까 하는 생각이 들었다.

"살다 살다, 계집아이 줄 선물을 챙겨 보긴 처음이네. 하하하."

헛웃음이 나왔다.

앞서 언급했듯 만호는 일찍 부모를 여의고 혼인 예정이었던 집이 몰락했기 때문에, 고향에 돌아간들 별다른 할 일이 없었고 선물이라도 사다 줄 아내도 없었다. 그 때문에 어렸을 적 스승을 찾아가는 일이 마치 고향을 찾는 것과 같다는 생각이 들었다. 거기다 윤흥신 외에도 보고 싶은 사람이 한 명 더 생겼다.

"점심때쯤이면 도착하겠지?"

만호가 길을 나섰을 때, 저편에서 한 무리의 사람들이 달려오는 모습이 보였다. 대부분이 여자와 어린아이였다. 그들을 보자 왠지 불길한 느낌이 든 만호는, 그들에게 말을 걸었다.

"이보시오들!"

"네?"

선두에 서 있던, 몽둥이를 든 남자가 만호를 보며 물었다.

"이른 아침에, 다들 어디로 갑니까? 무슨 일이 났습니까?"

"소식 듣지 못했습니까? 빨리 피하십시오! 왜군입니다! 새카맣게 몰려왔사옵니다!"

"뭐, 뭣이오?"

"부산 백성들은 전부 도륙을 당했고, 다대포 성도 지금쯤 함락됐을 것이옵니다! 빨리 피하십시오!"

몇몇 아이들은 걷기는커녕 서 있기도 버거울 지경이었지만, 선두에 있던 사나이는 억지로 잡아끌다시피 하며 달리라고 했다.

"빨리 피하라고요!"

만호도 달리기 시작했다. 바로, 그 사람들이 달려왔던 그 방향으로.

잠시 후, 만호는 다대포에 도착했다. 무슨 일이 있었는지는 성에서 솟아오르는 불길이 말해주고 있었다.

"이, 이럴 수가……!"

곳곳에서는 사람들이 시체를 한군데 모아 태우고 있었다. 왜군들은 메워서 진흙탕처럼 된 해자에 시체를 묻고 있었는데 그중, 유난히 눈에 띄는 갑옷을 입은 시체가 있었다.

"처, 첨사 나리, 아니, 스승님!"

만호는 소매 속에서 칼을 꺼냈다. 당장이라도 가서 저들을 죽이고 싶었다. 하지만 전라 좌수사가 했던 말이 떠올랐다.

"무관으로서 싸우다 죽는 건 영광이지만, 개인의 자존심 때문에 군사들까지 죽이지는 말고. 그리고 절대로 포기하거나 경거망동하지는 마라!"

만호는 겨우 마음을 진정시키듯, 한숨을 크게 쉬었다. 지금 거기에 뛰어들었다가는 자신도 살아남을 수 없다.

문득 나해가 떠올랐다. 그녀는 어떻게 되었을까. 죽었을까, 얼굴도 예쁜 아이니 왜장의 노리개가 되었거나, 아니면 벌써 왜국으로 끌려갔을지도 모른다. 그 생각을 하자 속이 뒤집히는 것 같았다. 만호는 일단 진정하고, 그 근처를 둘러보았다. 함부로 돌아다니면 왜군들에게 당할 수 있었다.

저편을 보니, 머리에 붕대를 감은 한 노인이 꺼이꺼이 울고 있었다.

"진사 나리! 하늘도 무심하시지. 데려가시려면 이 노인네를 데려가시지, 어떻게 나리를……!"

한 노인이 눈물을 흘리며, 진사의 시체를 옮기고 있었다. 만호는 그가 누구인지 알아볼 수 있었다.

"이보시오."

만호는 아무도 모르게 그 노인에게 갔다.

"누, 누구시옵니까?"

"나 기억하나? 작년에, 여기 관아에 왔을 때, 부마 분이랑, 진사 나리랑, 첨사 나리랑 만났잖나! 그대, 진사 나리의 청지기 아닌가?"

"혹시, 군관 나리시옵니까?"

"쉿!"

"아까 다대포 백성들도 달아났지만 상당수가 도로 잡혀 왔사옵니다. 그런데 선이 아씨는 아직인 것 같군요. 무사하셔야 할 텐데……."

"선이 아씨라니?"

"김 진사 나리 댁 따님이옵니다. 그 누구냐, 선이 아씨랑, 군관 나리들의 어린 자식들을 데리고 저쪽 산으로 도망쳤사옵니다. 그런데 왜군 한 부대가 그들을 쫓아갔습니다. 그 장수라는 자가 그런 명령을 하는 걸 들었습니다."

"그게 사실인가?"

만호는 순간, 반갑다는 생각이 들었다.

"쇤네가 한때 상단에 있었기 때문에 왜인들 말은 좀 할 줄 아옵니다. 저들 부대 장수 이름은 우다고, 그 부관은 마쓰무라라고 하옵니다. 헌데 관비가 활을 쏜다니 좀 이상하옵니다."

"그, 그게 무슨 말인가?"

만호는 순간 자신의 귀를 의심했다.

"관비 하나가 선이 아씨를 데리고 도망쳤다 하옵니다. 헌데 관비가 활을 잘 쏜다고 하더이다."

"그, 그래?"

"그리고 고토라는 자가 있는데, 그 자가 아씨 일행을 쫓아갔다 하옵니다."

"보통 백성들이 도망쳤는데 왜 쫓아가? 자기 나라로 끌고 가려고 그러나?"

"그 일행 중에 왕손이 한 분 계셔서 그럴 겁니다. 왕손이라면 좋은 인질이 될 수 있사옵니다."

"혹시 그 꼬맹이 말인가? 알겠네!"

더 이상 지체할 수가 없었다. 만호는 서둘러 길을 나섰다.

9. 무기는 활뿐

나해는 일단 북쪽 산으로 달아나기는 했지만, 봉수대 쪽에 이미 왜군들이 있다면 소용이 없을지도 몰랐다. 하지만 그렇다고 돌아갈 수도 없었다.

"빨리들 오십시오! 아씨! 그리고 그쪽은 몸종이야?"

둘러보니 나해 자신과 비슷한 또래는 김선과 그 몸종, 그리고 명이뿐이었다.

"내 이름은 분인데, 왜?"

"잘됐네. 나랑 명이 언니가 앞장설 테니까, 아씨랑 둘이서 제일 뒤에 서서 도련님, 아기씨들을 전부 살피면서 와 줘!"

"우리 아씨한테 그런 일을 시켜?"

"어쩔 수 없잖느냐."

김선이 말했다.

"아씨, 우선 우리는 양산까지 가야 하옵니다! 혹시 아버님이랑 아는 분이나 친척이라도 계신다면 그리로 가셔도 되옵니다."

"의령에 큰아버지가 계신다."

김선은 마음을 가까스로 다잡았는지 대답했다. 일단 그곳으로라도 피해야 했다.

문득 전에 윤흥신에게서 들었던, 이옥 장군 이야기가 생각났다. 그는 왜군들을 깊은 산속으로 유인한 뒤, 고려의 활이 그들의 활보다 사정거리가 길다는 점을 이용해 숲속을 뛰어다니며 한 명씩 쏘아 맞혀서 결국 그들을 도망치게 했다.

'나리, 설마, 이런 일이 일어날 줄 아시고 쉰네에게 편전을 가르쳐 주신 것이옵니까?'

나해는, 자신의 손에 들린 통아와 편전을 꽉 잡았다. 하지만 이옥에 비해 자신은 훨씬 불리했다. 그녀는 여자와 아이들을 데리고 있으니 이는 짐만 되었고, 거기다 이번의 왜군들은 긴 활도 있었지만, 조총이라는 신무기를 가지고 있었다. 조총은 험한 숲속에서는 활보다 오히려 더 쓰기 유리했다. 사정거리도 활보다 길 뿐 아니라 숨어서 쏘기 더 편하기 때문이다.

'그래, 조총과 싸울 수 있는 무기는 편전뿐이야!'

아침 해가 떠올랐다. 다대포 성을 돌아보니 성 안쪽에서 불길이 솟아오르고 있었다. 조금이라도 오래 버텨 주길 바랐지만, 함락당한 모양이었다.

"나리……!"

나해의 눈에서 다시 눈물이 흐르려 했지만, 그녀는 윤흥신의 얼굴, 자신에게 처자를 부탁하던 군관들을 떠올렸다.

'안 돼, 일단은 이분들을 빨리 피신시켜야 해!'

나해는 마음을 다잡았다. 적이 쫓아올지, 아닐지는 몰랐지만, 혹시 잡히기라도 한다면 이들은 죽거나 끌려갈 것이다.

"아니, 계속 가야 돼?"

한 소년이 짜증을 냈다. 누구인지 알 수 있었다. 박태형, 옹주의 아들이다.

"가셔야 하옵니다! 왜군들에게 잡히면, 큰일이옵니다!"

"마려워서 못 참겠단 말이야!"

"쉬, 쉿!"

나해는 태형의 입을 확 막으며 말했다.

"뭐야, 흙 묻은 손으로……!"

다른 사람들 모두 숨을 죽였지만, 어느새 저쪽에서 누군가가 그 목소리를 들은 모양이었다. 그쪽을 보자, 왜군 두 명이 조총을 든 채 오기 시작했다.

'맙소사! 왜 여기까지 왔지?'

나해는 별 수 없다는 생각이 들었다. 이제는 싸워야 한다.

두 왜군은 서로 몇 마디씩 주고받으며 이쪽으로 왔다. 나해는 왜인들의 말을 전혀 몰랐으니 알아들을 수는 없었지만, 아마 '여기서 무슨 소리가 났다'라는 말인 것 같았다.

'저 도련님 때문에 이렇게 된 거잖아?'

저들이 온다면, 여기에는 30명이나 되니 들키지 않을 수 없다. 나해는 나지막이 말했다.

"아씨, 일단 숨으십시오. 쇤네가 유인해 보겠사옵니다."

총알은 화살과는 달리 보고 피할 수가 없지만, 대신 총알을 다시 재는 시간이 오래 걸린다. 그 점을 생각하면 어떻게든 해

볼 수 있을 것 같았다. 문제는, 저들이 총을 쏘면 다른 왜군들이 총소리를 듣고 몰려올 수 있다는 점이었지만.

나해는 장전 두 발을 꺼내 오른손에 잡고는 돌을 주워 저편 풀숲을 향해 던졌다. 거기서 바스락 소리가 나자 왜군 둘은 그리로 총을 겨누었다.

휙 소리와 함께 날아간 화살은 정확히 왜군 한 명의 겨드랑이 쪽에 명중하였다. 그가 쓰러지자 다른 왜군이 곧장 조총을 반대편으로 돌렸지만, 나해는 이미 피한 다음이었다.

그 왜군은 쓰러진 동료를 일으키려 했으나 소용없음을 보고, 조총을 든 채 풀숲에 엎드렸다. 그러자 나해는 당황하였다.

'어, 어디로 갔지?'

나해는 서둘러, 분이에게 손으로 신호하였다. 입은 다물고 저쪽으로 가라는 신호였다.

"나해야, 뒤!"

그때 김선이 외쳤다. 나해가 뒤를 돌아보자, 엎드려 있던 왜군이 그녀 쪽으로 달려오고 있었다.

"꺅!"

가까스로 피했지만, 조총이 곧 그녀의 얼굴에 겨누어졌다.

"이야!"

누군가가 그 왜군에게 돌을 던졌다. 뒤통수에 맞은 그가 당황하자, 나해는 재빠르게 조총을 잡아 위로 향하게 했고, 그 바람에 총이 발사되었다. 다행히 그녀는 맞지 않았다.

"칙쇼(젠장)!"

왜군은 그녀를 걸어차고는 환도를 뽑아 들었다. 그 바람에 나해는 활을 놓치고 말았다.

"꺅!"

다행히 환도는 피했지만, 왜군은 재빠르게 칼을 치켜들었다. 그녀는 땅에 누우며 왼손으로 활을 줍고는 한 번 구르며 그 탄력으로 활을 당겼다.

"크, 큭!"

가슴에 화살을 맞은 왜군은 칼을 든 채로 쓰러지고 말았다. 바닥에 쓰러진 사람을 베려면 칼을 머리 위로 치켜들어야만 했으니 그 순간이 빈틈이 되었다.

"괘, 괜찮아?"

김선이 달려오며 말했다. 돌을 던진 사람은 분이였다.

"괜찮사옵니다."

나해는 비틀거리면서도 말했다. 피는 전날에 충분히 봤다고 생각했는데, 성벽 위에서 여럿이서 활을 쏠 때와 이렇게 적과 마주한 채 싸우는 심정은 다를 수밖에 없었다.

'전란이란 게, 이런 거구나! 죽이지 않으면 내가 죽는!'

지금은 30명의 목숨이 자신에게 달려 있으니, 마음을 굳게 먹어야만 했다.

"나해야, 빨리 가자! 총소리가 났으니 이제 왜군들이 올 거야!"

분이가 나해를 잡아끌었다. 하지만 아직 어두워 쉽게 빠져나가기는 어려웠다.

"이름이, 뭐라고 그랬지?"

"나해라고 하옵니다. 관비라 성은 없고요."

"나해?"

"혹시, 소라젓갈 상상하셨사옵니까?"

나해가 말하자, 김선은 처음으로 웃는 얼굴을 보였다.

"빨리 가야 하옵니다!"

"그러자꾸나."

김선은 태형에게 갔다.

"태형아, 미안하지만, 지금, 여기서 이러면 안 돼. 아까도 너 때문에 들킬 뻔했잖아!"

"아, 그러면 어떡해? 마려워 죽겠는데!"

태형은 미안한 기색이라고는 전혀 없이 말했다.

"좌우간 여기 온 이상, 저 아이 말을 들어야 해!"

"왜 천한 관비 말을 들어?"

"지금은 저 아이가 활을 들고 있으니까! 쟤만이 우릴 지켜줄 수 있단 말이야!"

'적이 몇 명이나 될까? 그리고 여긴 여자랑 아이들뿐인데 왜 자꾸 쫓아오지?'

나해는 의아했지만, 혹시 여기 왕손이 있기 때문이 아닐까 하는 생각이 들었다. 왜군들도 사전에 간자를 보내 이곳의 사정을 파악했을 테니 다대포 고을에 왕손이 산다는 사실 정도는 알 것이다. 더욱이 여기서는 유명하니 말이다. 나쁜 뜻으로.

"혹시, 왜놈들 말 아는 분 없으시옵니까?"

나해가 물었다. 이 중에는 한 명도 없었다. 분이나 김선, 나해 자신도 마찬가지였다.

"저 사람들이 뭐라고 하는지 알 수만 있어도 어떻게 하겠는데……."

"그런데, 왜 산길로만 가야 하느냐? 길은 저쪽에 있을 텐데."

태형이 한마디 했다.

"어쩔 수 없사옵니다. 길로 가면 왜군들에게 잡히옵니다."

"대체 언제까지 이렇게 가야 하느냐?"

"도련님, 지금은 떠들어도 아니 되옵니다!"

나해는 솔직히 마음 같아서는 한 대 때려주고 싶었다. 하지만 태형은 양반 중의 양반인 왕손이고 자신은 천민 중의 천민인 관비다. 신분 차는 하늘과 땅 차이다.

"이름이, 나해라고 했느냐?"

"그, 그렇사옵니다!"

"밥은 언제 먹어?"

"예?"

나해는 순간, 자신이 뭔가 잊었음을 깨달았다. 새벽같이 사람들을 데리고 달아났지만 아무리 그래도 사람이 식사와 배설까지 잊어서는 안 된다. 더욱이 여기는 전부 어린아이들뿐이다.

태형은 늘 비단옷만 입고 지내다가 눈에 띄지 않기 위해 허름한 베옷을 입었으니 몸이 간질간질한지, 연신 여기저기를 긁고 있었다.

"자네는 빠지게. 오히려 짐이 된다고!"

"아니옵니다. 나리 마님을 모시지도 못했는데, 아씨라도 무사히 피신시켜 드려야 하옵니다! 여기 길 잘 모르시죠? 나리를 안내해 드리는 일 정도는 할 수 있사옵니다!"

만호는 일단, 나해의 뒤를 쫓기로 했다. 김 진사의 청지기도 따라왔다. 그는 전투 중 머리를 얻어맞았지만 죽지 않았는데, 그의 상전은 죽었으니 원수를 갚고 싶어 했다. 그는 만호를 응봉봉수대로 안내했다.

"왜군들이 그 왕손이라는 아이를 쫓아간다고 했잖나? 자네는 그 도련님을 아나?"

"우리 마을에서 그 도련님을 모르는 사람은 없사옵니다."

청지기는 좋지 않은 뜻이라는 표정으로 만호를 보았다.

"거기다 부마께서, 나리 마님과도 친분이 있어서 우리 집에도 자주 놀러 왔사옵니다."

"헌데 나는 그 왕손을 모르네, 왕족임을 뜻하는 증표라도 있나?"

"옥패가 있사옵니다. 작년 설엔가, 나이 어리신 왕족들이 궁에 초청을 받아서 전하 앞에서 서예 대회를 했는데, 그 도련님이 장원하셔서 전하께서 상으로 옥패를 내리셨다 하옵니다. 옥새가 찍혀 있사옵니다."

"잘 아는구먼."

"잠잘 때 빼놓고는 그 도련님이 늘 그걸 가지고 다니셨기 때문이옵니다."

청지기는 씩 웃다가, 갑자기 만호를 잡아끌었다.

"나리!"

조총을 든 왜군 두 명이 주변을 살펴보고 있었다.

"전투가 어젯밤부터 오늘 아침까지 이어졌다가 함락됐다고 했나?"

"그러하옵니다."

앞서 언급했듯 다대포는 최전방이고, 조선의 봉화 전달 경로 5개 중 2경로의 시발 지점이었다. 다대포, 양산, 경주, 영천, 안동, 단양, 충주, 광주, 도성의 남산 순서로 전달되니까 이곳에서 봉화를 올리면 반나절, 적어도 한나절이면 한양에까지 연락이 가야 하는데 이를 하지 못했다. 왜군들이 전투 전에 이미 그곳을 장악하였다는 말이 된다.

"조금 이상한데 그래?"

"봉수대를 왜군들이 미리 습격했을 거란 말씀이시옵니까?"

"봉수대에 적이 왔다면, 아무리 기습이었다고 해도 성에 누군가가 알렸을 걸세. 봉수대 군사들은 조를 짜서 교대해 가며 근무하니까!"

만호는 잠시 망설였다. 이대로 나해와 그 일행을 쫓아가야겠다는 생각도 들었지만, 봉화를 올려 적의 침입을 알리는 일도 그 못지않게 중요했다.

"두 명이니, 내가 어떻게 해봐야겠네!"

"어떻게 하옵니까?"

청지기가 놀란 듯 말했다.

"자네 왜놈들 말 좀 할 수 있잖아?"

잠시 후, 청지기가 나섰다. 곧 왜군 둘은 그에게 조총을 겨누었다.

"쏘, 쏘지 마십시오!"

청지기는 왜인 말로 외쳤다.

"호오, 우리 말 할 줄 아나?"

"그, 그러하옵니다!"

"잘 됐네. 통역할 사람이 더 필요했는데, 장군께 데리고 가자!"

"옷이나 내놔라!"

만호가 육모방망이를 든 채 재빠르게 뛰어나왔다.

"이들은 습격으로 죽은 것 같지 않은데?"

왜군 둘을 순식간에 제압한 만호는 봉수대에 있던, 조선 군사들의 시체들을 보았다. 입가에 아직 피와 토사물이 묻어 있는 군사도 있었다. 청지기는 서둘러 왜군 군복으로 갈아입고 왔다.

"군사들을 미리 독살한 건가?"

"어떻게 아시옵니까?"

"내가 이래 봬도 검험(檢驗, 검시)하는 법을 배웠네. 증세를 보니, 아주 강력한 독뱀에 물린 것과 비슷해 보여서 그러네. 물론 몇 명은 칼에 맞아 죽기도 했지만."

과연 어떻게 12명에게 모두 독을 먹였을지 의문이었다. 봉수대 경비는 늘 세워둬야 하기 때문에 식사도 번갈아 가며 하고, 경비도 교대한다. 하지만 가끔 군기가 해이할 때는 그러지 않을 수도 있다.

지난해, 만호는 전라 좌수영에서 왜군 간자가 벌인 살인사건을 해결했고 그 공으로 감찰 및 첩보 담당 군관으로 임명되었다. 그 일로 인하여 그는 검험하는 법도 배웠고 독에 대해서도 알아 뒀다.

"이 사람들에게 누가 별식인 척하면서 독을 먹였을 수도 있네. 가끔 군사들에게 별식이 지급될 때가 있으니 말일세."

"누가 그랬단 말이옵니까?"

"모르지! 왜군 간자일 확률이 높네. 그래도 여기 오려면 군호

(암호)를 대야 할 텐데, 어떻게 그걸 알아냈는지 모르겠구먼. 그런데 좀 이상한데?"

"뭐가 이상하옵니까?"

"여기 경비 병력은 반드시 교대해 가며 식사를 하네, 즉 열두 명이 동시에 식사하지는 않았을 테니까 말일세. 아니, 잠깐? 혹시 독버섯을 쓴다면 가능할지도 모르겠네!"

"독버섯 말이옵니까?"

"독버섯 중에는 먹고 며칠 후에 증세가 나타나는 것도 있으니까. 하지만, 증세가 늦게 나타난다면 오히려 독은 약할 텐데……? 아, 어쩌면 그 방법을 썼을지도 모르겠네!"

"무엇이옵니까?"

"증상이 늦게 일어나는 독버섯 같은 걸 무슨 수를 써서 미리 밥에 탔다가, 그 때문에 나중에 이 군사들이 모두 배탈 나자 그 틈에 들어가서 모두 죽인 걸세! 배탈이 난 사람이라면 싸울 수가 없을 테니, 간자가 들어가서 모두 없앴을 걸세! 확실한 증좌(證左, 증거)는 없지만 십중팔구 맞을 걸세."

"맙소사."

왜군 간자가 누구인지는 몰라도 잘 훈련받았고, 지극히 냉정하고 무술 솜씨도 뛰어난 이가 분명하다는 생각이 들었다.

봉수대의 창고를 보니, 그곳에는 다 타고 남은 재만 있을 뿐이었다. 매일 정기적으로 봉화를 올린다는 점, 다대포는 전방이라서 아침에 연기를 피운다는 사실을 모르는 사람은 없을 것이다.

즉, 아침에 이상 없다는 뜻으로 한 개의 봉화를 올린 사람이 우리 군사일 수도 있지만, 왜군 간자일 수도 있다는 말이다. 만호는 가만히 생각해 보았다.

10. 추격을 피하는 법

"나리, 그런데 이상하지 않사옵니까? 왜 여긴 병력이 하나도 없겠사옵니까?"

"알겠네, 일단 여길 벗어나자고! 그들이 간다면 어디로 갔겠나?"

"봉수대보다 북쪽에 있는, 저 산으로 갔을 것이옵니다! 만약에 다른 길로 갔다면 왜군들에게 붙잡혔을 것이옵니다!"

청지기는 설명해 주었다.

"좌우간 땔감도 없고, 아궁이는 왜군들이 전부 부숴 놓았으니 어쩔 수 없네! 빨리 쫓아가세!"

만호는 자신이라도 봉화를 올리려던 미련을 버리고, 일단 나해를 쫓기로 했다.

"아니, 나리!"

"왜 그러나?"

청지기가 가리키는 쪽을 보자, 산의 서쪽에서 왜군들의 진이 이동하고 있었다. 물자를 실은 수레들까지 여러 대 있었다.

"아니, 저쪽은 동래로 가는 길이 아닌데 이상하옵니다."

"그럼, 김해로 가나?"

"아닐 것이옵니다. 저들 본진이 동래성으로 간다는 말을 들었사옵니다!"

"동래성이 관건이구먼!"

조선의 군 체계는 제승방략 제도였다. 적이 침략했을 경우 여러 진의 군사들이 모두 한 군데에 모이고, 중앙에서 파견한 장수가 이들을 지휘한다. 하지만 전방에서는 군사를 모을 시간이 없으니, 경상좌도 군사들은 동래에 모이곤 했다.

"동래에서 적을 막아 주기만 한다면 좋으련만! 자네는 왜군이 몇 명이나 되는지 들었나?"

"부산에 간 자들만 1만이 넘었고, 후속 부대가 계속 도착하고 있다고 하옵니다!"

"아니, 그러면 그것들을 빨리 바다에서 분멸했어야지! 경상좌수군은 뭐 하고 있단 말인가? 벌써 가서 그들을 포격했어야지!"

만호는 이를 갈았다. 왜군들의 배가 한꺼번에 다 오지 않고 차례로 왔을 테니, 중간에 그들의 배를 공격하기만 해도 상당한 타격을 줄 수 있었을 것이다. 전라 좌수사는 그 때문에 배를 타고 총통을 이용해 적선을 파괴하여 육지 백성들에게는 되도록 피해가 가지 않게 하라고 늘 강조하곤 하였다.

"그 아이들이 갈 만한 곳이 어디라고 생각하나?"

"울산에 가면 경상 좌병영이 있으니 보호를 받을 수 있지 않겠사옵니까?"

"울산에?"

"그도 아니면 양산이나 그쪽으로 갈 수도 있고, 아니면 의령이나 진주로 갈지도 모르옵니다."

"의령에? 왜?"

"나리 마님의 형님이 의령에 사시옵니다."

"그런데 자네는 왜 그런 걸 모르나? 의령, 진주, 울산이 바로 옆 동넨가?"

만호는 자신도 모르게 그를 추궁하듯 말하고 말았다.

"쇤네야 남기로 했는데, 어찌 알겠사옵니까?"

청지기는 한숨을 쉬었다. 만호 역시 마찬가지였다.

"이럴 줄 알았으면 차라리 쇤네가 아씨를 모시고 갔어야 했는데 말입니다. 차라리 나리 마님 옆에서 싸우다 죽는 게 나을 줄 알았는데······!"

"이제 와서 그런 말 해봤자 무슨 소용인가, 일단은 쫓아가 보자고! 빨리 따라잡는 게 우선일세!"

나해는 거리를 재 보았다. 왜군 다섯 명이 근처에 있었다. 모든 무예에서 가장 중요한 것은 눈이라고 해도 과언이 아니지만, 활쏘기는 특히 더 그렇다. 눈대중으로 거리를 짐작하는 일이 중요했다.

'괜찮을까?'

화살을 아껴야 했다. 윤흥신은 모자란 화살을 거의 긁어모아 모두 그녀에게 주었다. 적의 화살을 노획하여 쓴다면 가능하겠지만, 왜군들도 바보가 아니니 이런 산에서의 수색이라면 활보다는 조총을 주로 쓸 것이다.

문득, 나해의 눈에 하나의 표시가 들어왔다. 전에 도문에게서 배운 것이다. 사냥꾼들은 짐승을 잡는 수단으로 주로 덫을 쓰는데 자칫하면 사람이 걸릴 수도 있으므로, 조심하라는 표시를 근처에 두기도 한다. 왜군들을 덫에 걸리게 할 수 있을지 모른다.

그 표시 주변을 둘러보니, 벼락틀이 보였다.

'참, 소리가 나지 않을까? 무너지는 소리가 벼락 치는 것 같아서 이름도 벼락틀이잖아?'

이곳에서 소리가 난다면 오히려 다른 왜군들을 끌어들이는 효과가 있지 않을까 하는 생각이 들었지만, 저들을 놀라게 한다면 기회가 있을 수 있다.

왜군 한 명이 벼락틀을 보고 살펴보기 시작했다. 저들 나라에서도 비슷한 덫을 쓰는지는 알 수 없었지만, 알아차린 모양이다. 다른 왜군이 그것을 건드리지 말라는 시늉을 했다.

'좋아, 지금이 기회다!'

나해는 전통에서 박두를 꺼내 그리로 쏘았다. 박두는 뭉툭한 나무 촉이라 살상 능력은 없지만, 저 기둥을 밀어 넘어뜨릴 수도 있을 것이다. 되도록 조총 든 자가 깔리기를 바라며 나해는 빠르게 이동하였다.

숨어서 쏜 다음에는 재빠르게 자리를 옮겨야 했다. 나해의 바

람과는 달리, 벼락틀은 무너지지 않았다. 왜군들은 화살이 날아
오자, 곧 나해 쪽으로 조총을 겨누었다. 그녀는 곧 다른 화살을
아무거나 집어서 쐈는데, 이번에도 박두가 잡히고 말았다.

"어머나?"

순간, 뜻밖의 일이 나고 말았다. 나해가 쏜 박두가 제일 오른
쪽에 있던 왜군의 머리에 정확히 맞았는데, 그가 그것에 맞고
쓰러지다가 벼락틀 기둥 쪽으로 넘어지고 말았다.

"와!"

벼락이 치는 듯한 소리와 함께 벼락틀 위에 있던 돌들이 굴러
떨어지며, 왜군들의 비명이 들렸다. 나해는 서둘러 돌아가기로
했다. 다른 한 사람이 그때 그녀를 발견하고 조총을 쐈지만,
이번에는 그녀의 유엽전이 곧 그의 가슴을 관통하였다.

돌에 깔리지 않은 왜군 둘은 칼을 들었지만 나해가 쏜 화살을
보고 주변을 둘러보다가, 둘 다 도망가고 말았다.

"휴, 다행이네."

나해는 한숨을 푹 쉬었다. 쫓기는 중이긴 하지만 저들을 죽이
기는 싫었다.

"빨리 가요!"

나해가 일행 쪽으로 몸을 돌리며 말했다. 벼락틀 소리 때문에
적들이 몰려올 게 뻔했다.

"한 명도 빠지지 않았나요?"

이들은 모두 도망쳤지만, 여자와 어린아이들이 산에서 빨리 움직이기란 쉬운 일이 아니었다. 한참 달린 후, 나해가 물었다.

"하나, 둘, 셋……, 전부 왔어!"

분이가 대답했다. 나해는 이 산의 길을 잘 알고 있지만, 이토록 길고 험하게 느껴지기는 처음이었다.

"두세 명씩 짝을 지으세요, 절대로 놓치면 안 됩니다!"

해는 점점 높아졌고, 따라서 숲도 밝아졌다. 움직이기는 편해졌지만, 문제는 왜군들이었다. 이들이 눈으로 볼 수 있다면, 그들도 마찬가지다.

"나해야."

"네?"

"다들 지친 것 같지 않아?"

김선이 말했다. 사실 그녀도 꽤 힘들어 보였다. 나해는 여기 있는 사람들이 다 어린아이들이라는 걸 잊었다.

"여기서, 주먹밥이나 먹고 가요!"

주먹밥 한 덩어리가 이들 한 끼였다.

"거기, 나랑 바꾸자!"

"네?"

"왜 내 것보다 네 게 더 커 보이냐?"

"원래 남의 게 더 커 보이는 법이야."

김선이 또 태형을 말렸다. 나해는 다시 주변을 살폈다.

"나해야, 너도 와서 먹어!"

"아니옵니다. 근처에 뭐가 있는지 봐야 하옵니다."

나해는 긴장해서인지 슬퍼서인지, 둘 다인지 몰라도 배고픔도, 피로도 느껴지지 않았다. 왜군들이 온다면 무조건 쏴 버리고 싶었다.

"그러지 말고, 너도 좀 쉬어야 할 거 아니냐. 어제도 종일 활 당기며 싸웠다면서? 앉으려무나. 분이랑, 거기 명이라고 했지? 너희들이 가서 좀 보려무나!"

"알겠사옵니다."

나해가 앉자, 김선은 그녀에게 주먹밥을 내밀었다.

"나해 너, 활 솜씨 정말 대단하구나. 계집아이가 웬일로 활을 그렇게 배웠느냐?"

"첨사 나리 덕택이옵니다."

"그러고 보니, 전에 그것 때문에 도둑으로 몰렸던 적도 있지?"

김선은 갑자기 나해의 아픈 상처를 헤집었지만, 놀리는 투는 아니었다.

"아버지도 활 연습을 평소 많이 하셨다. 선비의 예(藝) 중 하나라고 말이다. 그래서 엄지손가락에 너처럼 굳은살이 박이셨다."

"쇤네보고, 관비 대신 관기를 하라고 하는 게 어떻겠느냐, 이렇게 묻는 분들도 있었사옵니다."

"하긴, 그럴 만하긴 하구나. 별로 꾸미지도 않았는데······."

"하오나, 쉰네는 그건 싫었사옵니다. 우리 어머니가 관기셨사옵니다. 그래서 쉰네는 아버지가 누구신지도 모르고, 어머니가 잘 알지도 못하는 어른들이랑 웃으며 술 따르는 것도 정말 싫었사옵니다."

"그랬구나."

"그런데 활 쏘는 것을 보니, 화살이 거침없이 날아가는 모습이 오히려 일종의 자유를 느끼게 했사옵니다. 조금 우스운지 몰라도, 쉰네는 활이 가장 좋았사옵니다. 거기다 활만큼 정직한 것도 없었사옵니다. 제 몸이 어떤지, 마음이 어떤지, 화살이 그대로 보여주더군요."

"뭐, 이번에 계속 네 활 덕택에 우리가 살고 있잖느냐."

"첨사 나리께서 그러셨사옵니다. 쉰네가 활을 알게 된 것도, 나리와 만나서 활을 배우게 된 것도, 인연이라고요. 이렇게 쉰네가 아씨와 같이 가게 된 것도 마찬가지인 듯하옵니다."

나해는 한숨을 푹 쉬었다.

"인연에 끝이 있다는 건 슬픈 일이긴 하지만 말이옵니다."

김선 역시 그 말에 동의하지 않을 수 없었다.

"거기, 너!"

왜군 군관이 한 군사를 가리키며 말했다.

"예?"

"이거, 당한 것 같다."

화살에 맞은 아군을 본 왜군들은 모두 같은 생각인 모양이었다.

"여자랑 아이들뿐이라고 한 것 같은데?"

"호위무사 한 명이 있었을지도 모르옵니다."

"그래? 그렇다면, 일부러 벼락 소리를 내서 우리를 끌어들였나? 간교한 것들 같으니라고. 가지!"

말하던 군관은, 한 명의 왜군을 보았다.

"잠깐, 그런데 이쪽 조는 여기 죽은 사람까지 합쳐 전부 다섯인데, 자네는 누군가?"

"우, 우리 조도, 전부 죽었사옵니다!"

그가 약간 어눌하게 말하자, 군관이 다가왔다.

"소속 부대, 아니, 어젯밤 군호를 대라! 비둘기!"

만호는 대답 대신 척전을 던졌다. 그것이 그 군관의 얼굴에 꽂히자, 다른 왜군 두 명이 그에게 몸을 돌렸으나 곧 그의 칼에서 빛과 피가 동시에 튀다시피 했다. 왜군들은 갑옷을 입고 있었지만 만호는 짧은 순간에 그 틈새를 정확히 베었다.

"잡아!"

저편에서 총소리가 들렸다. 만호는 서둘러 나무 뒤로 몸을 피했다. 자신도 왜도를 쓰고 있으니 저들이 자신을 알아보지 못했

174

을 것 같았다.

'몇 놈이지? 다섯 명이 한 조라고 했으니까, 그 중 조총 든 놈은 두 명인가?'

방금 한 명이 쐈으니, 다른 한 사람은 총을 든 채 다가오는 중일 것이다. 다른 셋은 칼을 쓸 것 같았다. 만호는 재빠르게 대나무 대롱에 화살촉을 꽂았다.

"얍!"

만호의 바로 옆에서 왜군 한 명이 뛰어나오며 창을 들이댔다. 하지만 만호의 척전 쪽이 빨랐다. 그가 주춤하자, 만호는 창을 빼앗고는 그를 걷어차 버렸다.

"탕!"

두 번째 총탄이 발사되었지만 이번에도 맞지는 않았다. 만호는 뛰어나오며 조총을 든 왜군에게 척전을 던지고는 약간 넓은 곳으로 나왔다.

왜군 두 명이 칼을 들었다. 만호는 창으로 칼을 막으며 파고들었다.

"이익!"

척전에 맞았던 왜군이 칼을 들고 만호의 옆에서 달려들었다. 장창은 정면에서 돌격하는 적을 막을 때는 좋지만 측면 공격에는 약하다. 하지만 만호 역시 이를 예상하고 있었다. 그는 창 자루 손잡이 쪽을 일부러 밑으로 휘둘러 달려오던 왜군의 다리를 때렸다. 그가 넘어지자 창끝은 그의 허리를 찔렀다.

"칙쇼!"

왜군 한 명이 만호에게 칼을 휘두르다가 그가 들고 있던 창 자루를 두 동강 내고 말았다. 하지만 창 자루는 부러져도 충분히 쓸 수 있었다.

"억!"

만호는 잘린 창을 교차시켜 적의 칼을 막았는데, 그만 그 칼이 창 자루에 박히고 말았다. 만호는 그 틈을 타 창을 비틀어 그의 손에서 칼을 놓치게 한 뒤, 그가 당황하자 창날로 턱을 찔렀다.

"휴, 큰일 날 뻔했다."

방금 조총 소리가 났으니 곧 적들이 이리로 몰려올지 몰랐다. 일단은 이곳을 벗어나야 했다. 하지만 만호는 이 산에 대해 잘 알지 못했다. 나해라면 이곳 출신이라 괜찮겠지만.

그 와중에도 만호는 다행이란 생각이 들었다. 처음에 이곳에서 화살에 맞은 왜군 둘을 발견했을 때, 누군가가 활로 이들과 맞섰다면 나해가 분명하다는 생각이 들었기 때문이다.

"여기까지 몇 놈이 와 있을까?"

적이 몇 명이나 되는지가 문제였다. 그들이 모두 나해 일행을 쫓는다면 무슨 일이 생길지 모른다. 자신이 먼저 가야만 했다. 더욱이, 다른 왜군들이 여기서 동료들의 시체를 발견한다면 일

이 더 커질 게 분명했다. 만호는 근처를 둘러보았다. 아직 날이
밝지는 않았으니 내려가기보다는 올라가는 편이 나을 것이다.

"나리, 괜찮으시옵니까?"

왜군 복장을 한 청지기가 말했다.

"나는 아무렇지도 않네! 빨리 가지!"

"대단하시옵니다."

11. 배신

해가 떠오르면서 하늘은 점점 밝아졌지만, 숲속은 여전히 어두웠다.

"나해야!"

분이가 말했다. 누군가가 뒤에서 오는 것 같았다. 나해는 서둘러 활을 들고 일행의 뒤로 갔다. 그쪽을 보자, 두 사람이 보였다.

"여, 여기일 것이오!"

둘 중 앞장 선 남자가 말했다. 그를 보자 나해는 다행히 안심할 수 있었다.

"나리!"

"아, 나해냐?"

그가 그녀를 소라 외 다른 말로 부르다니 오랜만이었다.

"쇤네이옵니다! 그런데, 어떻게 여기 오셨사옵니까?"

진 초관은 민간인 복장을 한 채 활만 들고 있었다. 그런데 그 뒤의 사람은 누구인지 알 수 없었다.

"나해, 이 녀석, 내가 너를 지켜주러 온 거다!"

진 초관은 헉헉거리며 말했다.

"나리, 거기서 어떻게 했사옵니까?"

"어떻게 하긴, 왜군 놈들이 성문 열고 새카맣게 들어오더구나. 그래서 첨사 나리께서 성문에다 마름쇠 잔뜩 뿌리고 남은 군사들 모아서 돌격했지. 그러다가 전부 죽었지, 뭐."

"다 보셨사옵니까? 저분은 누구시옵니까?"

"아니, 왜, 내가 살아온 게 못마땅하냐?"

진 초관은 성질을 내며 말했다. 솔직히 나해로서는 그랬다. 막판에 끝까지 싸우다 전사해서라도 백성들을 지켰어야 했는데, 그는 도망친 게 분명했다.

"첨사 나리께서, 나보고 너희들을 지키라고 했단 말이다. 그러니까 왔지! 내가 이렇게 차려 입고 온 이유? 굳이 설명해야 하느냐?"

"그, 그렇긴 하지만!"

"그나저나, 우리 성안에 간자가 있었던 게 분명하다!"

"간자요?"

나해가 눈을 크게 뜨며 물었다.

"이상하잖아. 아까 첨사 나리께서 돌아가시기 전에 내게 말씀하셨다. 야습 부대를 이끌고 가셨을 때 길목에 왜군이 매복 중이었다고. 그게 무슨 뜻이겠느냐? 누가 그 계획을 알려준 거 아니겠느냐! 그래서 나보고 빨리 피해서 너희들을 보호하라고 하셨다! 사실 빠져나간 사람들 중 잡힌 사람들도 많을 것이다!"

진 초관은 활을 들어 보였다.

"이 강궁으로 왜군 놈들, 오는 대로 쏴버리겠다! 네가 지금 들고 있는 연궁보다 나을 것이다!"

"나리, 편전은 가져오셨사옵니까?"

"편전? 아니, 없다."

"통아라도?"

"없다."

나해는 답답했다. 앞서 언급했듯 전방에서는 편전 훈련이 금지되어 있기 때문에 이를 쓸 수 있는 사람은 군관들뿐이다. 그런데 그것을 챙겨 오지 않았다니 이해할 수 없었다.

"오는 길에 왜군 몇 명이나 보셨사옵니까?"

"무슨, 죄인 문초하느냐?"

진 초관은 언성을 높였다.

"아, 알겠사옵니다. 그런데 이분은 누구시옵니까?"

"이 사람은, 나랑 같이 도망쳤고 다대포 백성이다."

"아는 분이시옵니까?"

"이제 초면일세. 내 이름은 춘돌이라고 하네."

남자가 말했다.

"그건 그렇고, 이제부터는 내가 앞장서겠다. 나해 너는 뒤에서 활로 왜군들을 견제하면서 따라와라!"

"알겠사옵니다."

진 초관이 과연 윤흥신의 명대로 여기까지 왔을까 했지만, 사실 그녀는 그런 생각이 들지 않았다. 그는 민간인 복장을 하고 있었다. 그래도 활이라도 두고 오지 않았다는 점을 다행이라 여겨야 하나 하는 생각이 들었다.

"박태형 도령 어디 있느냐?"

진 초관이 물었다. 그러자 금방 태형이 나섰다.

"여기 있소!"

"무사해서 다행이구먼!"

진 초관은 당장 따라오라며 이들을 데리고 산길을 가기 시작했다.

"나리, 어디로 가시옵니까?"

"일단 산을 빠져나가야 한다. 왜군들이 박태형 도령을 잡기 위해 지금 산에 오고 있으니까, 사실 몇 명이나 왔는지는 모르겠다."

"나리, 그런데 왜군 간자가 누구이옵니까?"

"내가 알면, 진작에 베지 않았겠느냐?"

진 초관은 별 이상한 소리를 하지 말라는 듯 나해를 흘겨보고는 발길을 옮겼다. 춘돌은 별다른 이야기를 하지 않고 뒤에서 따라오기만 했다.

"계집아이가, 활을 쏠 줄 아느냐? 얼굴은 고운데 말이다."

춘돌이 나해에게 슥 다가오며 말했다.

"첨사 나리께서도 그 아이 활 솜씨를 인정해 주셨다네!"

진 초관은 반쯤 비웃는 투로 말했다.

"나리, 그런데 이쪽은, 동쪽 아니옵니까? 저쪽에 해가 있사옵니다!"

이 산의 남쪽에는 봉수대가 있고, 그보다 남쪽에는 다대포 성이 있다. 성이 점령당한 이상 동쪽으로 가면, 왜군들이 동래로 가는 길로 가게 된다.

"왜군들은 지금 동래로 가는 것 같다. 그러니 들키지 않고 저쪽으로 가면 된다. 보니까 서쪽에도 왜군 한 부대가 가고 있다."

"정말이옵니까?"

"그러니, 적당한 데 숨어 있다가 빠져나가는 게 좋을 것이다."

"어디 숨습니까?"

"찾아봐야지."

진 초관은 강궁을 든 채 주변을 둘러보며 말했다.

"내 정신 좀 봐라. 여기 나해 너까지 하면 몇 명이냐?"

"30명이옵니다! 아니, 31명이옵니다!"

김선이 말했다.

"좋습니다. 그 정도면 뭐, 잡혀가도 좋은 값 받겠네."

"그, 그게, 무슨 말씀이시옵니까?"

나해가 눈을 크게 떴다. 곧 춘돌이 태형을 어깨에 메었다.

"아, 아니, 무슨 짓이냐?"

춘돌이 갑자기 저쪽 부대에 대고 몇 마디 했다. 그러자 왜군 세 명이 동시에 조총을 들고 나타났다. 그 뒤에서는 군관인 듯, 붉은 갑옷의 남자가 칼을 들고 나왔다.

"나리, 이게 무슨 짓이옵니까?"

"아, 그러면, 목숨이라도 건져야지 어떻게 하냐?"

"이 도련님, 아씨들이 다 누구 자제분인지 아시면서, 그런 말씀을 하시옵니까? 저승에 가서 그분들을 무슨 면목으로 보실 것이옵니까!"

"왕손을 찾는 걸 도와주면 살려 준다고 했단 말이다! 네가 무엇 때문에 내 저승 간 다음 걱정까지 해 주는……, 윽!"

진 초관은 말을 잇지 못했다. 춘돌이 태형을 어깨에 멘 채 칼을 들어 그의 목을 베었기 때문이었다. 순간, 나해 일행은 모두 놀랐다.

"내, 조선 말 할 줄 안다. 너!"

갑자기, 춘돌이 나해를 가리켰다.

"군관께서, 너보고 잠깐 오라시는데?"

"네?"

나해는 손을 든 채 나갔다.

"보니까, 좋은 거 하려고 하는 것 같다? 저분이 그런 걸로 유명하지."

춘돌은 씩, 아니, 음흉하게 웃으며 말했다. 나해가 나가자마자, 군관은 그녀의 팔을 잡고는 숲속으로 갔다.

군관은 춘돌에게 뭐라고 했다.

"여기서 잠깐 기다리랍신다!"

"나, 나해야!"

명이가 눈을 크게 뜨며 말했다. 그녀 역시 짐작한 모양이었다.

숲에 들어가자, 군관은 투구를 벗고 씩 웃었다. 자기 부하들에게 이런 모습을 보이기는 싫었던 모양일까. 그는 주변을 살짝 둘러보더니, 나해를 확 넘어뜨렸다. 그녀는 이런 데는 둔감했기에, 이제야 그가 원하는 게 무엇인지 알 수 있었다.

"꺅!"

"애들한테도 좋은 구경 한번 시켜줄걸 그랬나? 히히히."

"저기, 나, 당신 말 몰라!"

나해는 주변을 손으로 더듬다가, 다행히 묵직한 돌을 하나 잡을 수 있었다.

군관은 나해의 손목을 잡았다.

"아!"

"아픈가?"

그는 오히려 웃었다. 그때, 나해는 재빠르게 돌로 군관의 눈 부분을 때렸다.

"으악!"

군관이 비명을 지르자, 그녀는 그를 확 밀고는 달렸다.

'크, 큰일 났네, 활도 없는데?'

이럴 줄 알았으면 어디 칼이라도 숨겨 올걸 하는 생각도 들었으나, 이미 늦은 일이었다.

그 군관이 비명과 함께 뭐라 소리를 질렀는데, 그게 무슨 말인지는 알 수 없었으나 일단 달아나기부터 해야 했다.

"꺅!"

뒤에서 총소리가 들렸다. 화가 난 군관이 조총을 들고 쫓아오라고 한 모양이었다. 나해는 혼자서 도망칠 수도 있었지만, 자신이 부탁받은 그 아이들을 반드시 구해야 했다.

'오, 나리!'

나해의 마음속에서는 저절로 만호가 생각났다. 그녀는 벌벌 떨다가도 한 가지가 생각났다.

잠시 후, 나해는 진 초관의 시체가 놓여 있는 곳으로 갔다. 뜻밖에도 진 초관이 갖고 있던 강궁과 전통은 물론, 자신이 아까 버렸던 것까지 그대로 있었다. 순간, 저들이 왜 이것들을 두고 갔을까 하는 생각이 들었다.

나해는 긴 막대기 대신 쓸 만한 나뭇가지를 하나 주웠다. 그리고 그것으로 그 강궁을 건드려 보았다. 왜군들이 혹시 그것을 망가뜨리지 않았을까 했는데, 다행히 멀쩡했다.

순간, 나해에게 눈을 맞았던 군관이 뛰어나왔다. 옆에는 조총을 든 왜군이 있었다.

"이, 이런, 함정이었구나!"

군관이 여기 숨어 있을 거라고는 짐작도 못 했다.

"나해야!"

뒤쪽에서, 갑자기 다른 목소리가 들렸다. 김선이었다. 그녀와 다른 아이들은 놀라서 이쪽으로 달려오는 중이었다. 그러자 군관도 잠시 고개를 돌렸다.

그때가 기회였다. 나해는 서둘러 강궁과 전통을 잡았다.

"야!"

군관은 창을 들었다. 단숨에 찌를 듯 달려왔지만 나해는 재빠르게 다시 길 밖으로 뛰어나갔다. 그러고는 활을 당겼다.

"큭!"

그 군관은 정통으로 얼굴에 화살을 맞았다. 옆에 있던, 조총 든 왜군이 나해를 향해 달려와 총을 쏘았다. 하지만 다행히 빗맞았다.

조총은 활보다 장전하는 시간이 오래 걸리기 때문에, 군사들이 세 줄로 서서 첫 줄의 사람이 쏜 다음에 두 번째, 세 번째 군사들이 쏘는 동안 첫 줄 군사들은 장전하는 방식을 쓴다. 하지만 조총 든 군사가 한 명뿐이라면 쏜 다음에는 활이 유리하다.

"크윽!"

나해의 화살에 관통당한 왜군이 그대로 땅에 누워 버렸다.

"나해야, 괜찮아?"

김선이 달려오며 말했다.

"괜찮사옵니다! 아씨는, 어떻게 도망치셨사옵니까?"

군관과 군사 한 명이 나해를 찾는 동안 춘돌이라던 남자와 다른 두 명은 김선과 아이들을 끌고 밑으로 내려가려 했다. 그런데, 갑자기 춘돌이 뭔가에 맞고 픽 쓰러지고 말았다. 다른 두 왜군이 경계하였지만, 그들도 마찬가지로 쓰러지고 말았다. 이들은 놀랐지만, 그 기회를 보아 서둘러 달리기 시작했다.

"누가, 그런 것이옵니까?"

"모른다! 도망치느라 확인도 하지 못했다!"

"이거, 네 거지? 혹시 네가 살아 있을 것 같아서 가져왔어!"

분이가 나해의 연궁과 전통까지 주며 말했다.

"다행이네."

나해는 진 초관의 유품이 되어버린 그 강궁을 두고 갈까 했지만, 결국 분이에게 들려서 가져가기로 했다.

나해의 마음은 복잡했다. 진 초관, 그는 짓궂긴 해도 나쁜 사람은 아닐 거라고 생각했는데 자신의 목숨을 구하고자 이들을 넘기다니. 첨사의 명령을 받고 이들을 지켜주러 왔다는 말도 거짓이 분명했다.

"아씨, 그래도 다들 무사해서 다행이옵니다!"

"좋아!"

나해는 전통에서 우는살을 꺼냈다. 이게 날아가는 소리라면 왜군들의 주의를 돌릴 수 있을 것이다. 세 명의 왜군은 모두 조총을 들고 있었다. 우는살이 울며 날아가자, 그들이 곧장 나해가 있는 쪽으로 총을 돌렸지만, 나해는 활을 쏜 뒤 금방 이동하여 그중 가운데에 있던 사람을 쏘았다.

"왁!"

가운데 사람이 다리에 화살을 맞고 그 자리에 쓰러지자, 동료 둘은 나해 쪽으로 달려왔다.

"얍!"

두 왜군이 달려오자, 갑자기 바닥에서 밧줄이 떠올랐다. 명이와 분이가 양쪽에 숨어서 줄을 늘어뜨려 뒀다가 당겨서 그 둘을 넘어뜨린 것이다.

"에잇!"

명이와 분이는 굵은 나뭇가지로 그 두 왜군의 머리통을 사정없이 내려쳤다. 잠시 후 그 둘은 축 늘어졌다.

"주, 죽었을까?"

"모르죠, 빨리 가요!"

분이는 서둘러 김선을 잡아끌었다. 이들은 산 동쪽 면에서 서쪽 면으로 이동했다. 하지만 그곳 역시 왜군들이 있었기에, 싸울 수밖에 없었다.

나해는 얼마 후, 바닥에 누워 있던 춘돌, 아니 왜군 간자의 시체를 찾을 수 있었다.

"으윽!"

김선이 눈을 돌렸다. 나해 역시 시체에 가까이 가기가 꺼림칙했지만 슬쩍 다가가 보았다. 그의 관자놀이 부분에 둥근 송곳 같은 것이 박혀 있었다.

'이게, 뭘까?'

순간, 그녀의 머릿속에 만호의 얼굴이 떠올랐다. 그는 척전, 던지는 화살의 명수이므로 그가 한 일일 수도 있었다. 거기다 그가 곧 다대포에 올 수도 있다.

'아닌데, 나리께서 오셨다면, 내 앞에 금방 나타나셨을 텐데?'

나해는 머리를 갸우뚱했지만, 무슨 일이 났을지 몰랐다.

"나해야, 빨리 가자!"

분이가 그녀를 잡아끌었다.

12. 박랑사

"그, 명이 언니란 사람은 어디로 갔어?"

잠시 숨을 돌리는데, 분이가 물었다.

"모르겠어. 일단, 도련님들 쪽으로 가 봐!"

나해는 명이가 아까부터 보이지 않자, 근처를 돌며 찾다가 왜 군들을 보고 몸을 숨긴 참이었다. 다행히 그녀는 멀지 않은 곳에 있었다.

"어머, 명이 언니!"

"저기, 왜인들 말이 들려서 그래!"

"그래서, 어떻게 하려고요? 빨리 도망쳐야죠!"

"나해야, 우리, 차라리 항복하지 않을래? 계속 오고 있잖아! 도망칠 수 없을지도 몰라! 아까 진 초관 나리도 그랬잖아. 대부분 잡혔다고!"

명이의 말에, 나해는 경악하지 않을 수 없었다.

"언니, 무슨 말씀이세요? 왜군들한테 잡히면 어떻게 될지 몰라요! 다, 당장 욕을 당할 거예요! 그리고 배신한 사람 말을 어떻게 믿어요?"

"장군한테 가면 괜찮을지도 몰라!"

명이는 성을 냈다.

"조선이란 데가, 우리한테 해 준 게 뭐니? 나라가 백성을 지켜 주지도 못하는데, 차라리 항복해서 목숨을 건지는 게 나을 거야!"

"언니, 지금은 항복해도 죽어요! 제가 지금까지 계속 활을 쐈잖아요!"

"그러니까 활을 버리고 항복하자고! 네가 쐈다고 누가 알겠어? 왕손이랑 다 넘겨주면, 우리를 죽이지는 않을 거야!"

"명이 언니, 왜 그러세요?"

"나, 이래봬도 궁녀였다고! 너도 알지?"

명이는 억울함과 분함이 가득 찬 얼굴로 말했다.

"알아요."

"그런데, 기축년에 잠깐 의금부 근처에 갔다가 문초를 받는 죄수 한 명이 안타까워서 물 한 바가지 가져다 줬더니, 그 일 때문에 나까지 정여립 패로 몰려서 곤장을 몇 대 맞았는지 알아? 고향 부모님 댁까지 풍비박산 났어! 그리고 여기서 관비가 됐고, 매일같이 군사들의 음흉한 시선만 받으면서 살아야 했어! 그런데 왜군까지……!"

"언니……!"

"그러니 차라리, 왜군한테 항복하는 게 나아! 근거도 없이 사람을 죽이고 그 집까지 망치는 나라, 뭐 하러 충성해야 해?"

명이는 눈물을 흘렸다.

"그리고, 그 망할 양반들이나 모조리 척살하라고 해!"

"언니, 그 마음 이해한다고는 하지 않을게요. 하지만, 저 왜군들이 다대포랑 부산에서 무슨 짓을 했죠? 그것까지 못 보진 않으셨죠?"

"뭐?"

"항복한다고 해도, 왜군들한테 농락만 당하다가 죽을 수도 있어요! 설마, 여기보다는 나을 것 같아요? 말도 통하지 않는 나라에 끌려갈 거예요!"

나해는 명이를 붙잡았다.

"언니, 저기 저 도련님들이랑, 아씨들한테 무슨 죄가 있나요? 저 사람들까지 전부 왜놈들 나라로 끌려가면 좋겠어요?"

"그러면 나한테는? 나는 무슨 죄가 있는데?"

"저, 첨사 나리께 들은 이야기가 있어요."

"첨사 나리?"

전날 밤, 나해는 물을 마시러 가다가 윤흥신과 그 동생의 이야기를 들었다.

"형님, 피하는 게 좋겠사옵니다! 오늘 전투만 해도 충분히 좋은 전과를 올린 것이옵니다!"

윤흥제가 말했다.

"그럴 수 없다."

"왜 그럴 수 없사옵니까!"

"포위당했으니 나갈 수도 없고, 나는 이 나라의 무관 아니냐."

"대체 왜, 이 나라에 충성하려는 것이옵니까!"

윤흥제가 분노에 차 외쳤다.

"나라가 형님에게 해 준 게 뭡니까? 현감 하다가, 글을 모른다는 이유로 파직을 당하셨잖습니까! 형님이 글을 모르시는 이유가, 30년도 넘게 관노 생활을 하느라 그런 거 아닙니까!"

"뭐, 뭣이옵니까?"

나해가 놀라며 물었다. 윤흥신이 관노였다니, 금시초문이었다. 순간 두 사람은 나해 쪽을 돌아보았다.

"아니, 나해야, 듣고 있었느냐?"

"나, 나리."

"끼어들지 마라!"

윤흥제가 말했다.

"아니다. 나해야, 그렇지 않아도 오늘 밤 할 일이 있어서 말하려고 했다. 그래, 나는 관노였다."

"예?"

"내 아버지는 인종 임금의 외삼촌이셨다. 하지만, 을사년(1545년)에 윤원형(尹元衡) 세력의 모함을 받아 대역죄로 사사되셨다. 형님들도 전부 그렇게 되었다. 하지만 나랑 여기 흥제는 나이가 어려 죽지는 않고, 30년이 넘게 관노로 살았다. 그러다가 15년쯤 전에 신원되고 무과에 급제했다."

"어머나, 세상에……."

"현감 벼슬을 얻었지만, 관노 생활하는 동안 글을 잊어버렸기 때문에 파직되기도 여러 번이었다. 그러니 내가, 세상이 어찌될지 모르니 재주가 있으면 가끔이라도 갈고닦으라고 네게 말한 거란다. 그래서 너한테 활도 가르쳐 준 것이다."

그제야 나해는 윤흥신이 왜 그녀의 재능을 격려해 주었는지알 수 있었다. 그는 아우에게로 고개를 돌렸다.

"나는 피하지 않겠다. 나는 살 만큼 살았고, 몰락했던 가문이복권된 것만으로도 여한이 없다. 첨사로서, 무관으로서 나라의관문을 지키지 않고 피한다면, 사람들이 '역시 역적의 자식은어쩔 수 없다'고 손가락질하지 않겠느냐? 겨우 되찾은 가문 명예를 다시 떨어뜨릴 것이다! 너는 피해라!"

"혀, 형님……! 안 됩니다. 어찌 형님을 두고 가옵니까?"

"첨사 나리는, 제가 관비 주제에 활을 좋아한다는 걸 알고, 신분의 높낮이에 상관없이 재주는 갈고 닦는 게 중요하다면서 활까지 가르쳐 주셨어요."

"그런데?"

"만약에 첨사 나리께서, 관노였다가 신원된 데에 취하기만 하시고 자기 일을 게을리하거나, 우리 같은 낮은 것들을 깔보셨다면 어땠겠어요? 저는 전혀 은혜를 입지도 못했을 거예요. 그런데, 그분들이 우리더러, 저 자제분들을 꼭 부탁한다고 하셨는데, 어찌 그걸 무시할 수 있어요? 자기에게 해를 입힌 사람만 생각하지 마시고, 은혜를 베푼 분들도 생각해야죠!"

"……."

나해의 눈에서는 눈물이 나왔다.

"명이 언니, 제발……!"

그때였다. 나해는 왜인들의 말을 전혀 몰랐지만, 가까이서 들렸다. 그런데 웃는 목소리였다.

"헉!"

나해는 서둘러 김선과 그 일행이 있는 곳으로 돌아갔다가 나무 뒤에 숨었다.

"꺅!"

"아, 아씨!"

왜군 한 명이 김선을 붙잡고 있었다.

"거 보라고, 아직 꼬맹이들만 있으니 데려가 봤자 쓸 데도 없다. 하지만 이 계집은 제법 반반한데?"

"아씨를 놔 줘!"

분이가 달려들었다. 왜군 한 명은 칼질로 대답했다.

"분이야!"

"아, 아씨……!"

분이는 바닥에 그대로 누워 버렸다. 그녀의 몸에서 이미 생명은 피와 함께 뿜어져 나온 다음이었다.

"부, 분이야!"

김선은 지금 순간이 믿어지지 않는 듯, 눈을 희번덕거리며 분이 쪽으로 갔다. 외부 출입도 거의 하지 못하는 반가의 딸들에게 친구란 몸종뿐이라고 해도 과언이 아니다. 그 때문에 일부러 두세 살 많은 여종에게 몸종을 시키곤 한다. 그런 친구를 그 자리에서 잃었다.

"저기, 다들 가만히 있어라. 여기 한 줄로 서라! 말만 잘 들으면 죽이지는 않겠다고 하신다!"

왜군 중 통역을 맡은 사람이 말했다. 그럴 필요도 없이, 아직도 피를 뿜고 있는 분이의 시체는 사람들의 혼마저 뺀 듯 멈추게 했다.

"이 중 왕손이 있다면 나와라!"

아이들은 겁을 먹은 채 주변을 살펴보았다.

"그나저나, 호위무사도 없나?"

나해는 그쪽으로 갈 수도 없었다. 차라리 숨어서 저 지휘관을 활로 쏜 다음에 저 아이들을 데리고 도망쳐야 할까 하는 생각이 들었다.

"이봐, 나해!"

뭔가가 나해를 붙잡았다. 그녀는 놀라 비명을 지를 뻔했다. 누군가 보니 태형이었다.

"뒷일 좀 보려고 했는데, 그 틈에 저렇게 됐네! 우리, 우리끼리 도망치자!"

태형이 나해를 잡아끌었다.

"아니되옵니다!"

"명령이다!"

"도련님, 생각 좀 해 보세요!"

"뭐라고?"

"저 도련님들, 아가씨들은 도련님이 보시기에는 별거 아닐지도 모르겠지만, 저들은 모두 군관 나리들의 귀한 자식들이옵니다. 쇤네, 그들을 보호해 달라는 명을 받았사옵니다. 그러니 저들이 왜군들에게 끌려가게 할 수는 없사옵니다."

"어찌 감히, 천한 관비에 도둑이!"

"쇤네를 언제까지, 도둑이라 부르실 것이옵니까? 쇤네는 선이 아씨랑, 다른 사람들을 구할 것이옵니다!"

"어떻게 구한단 말이냐!"

"도련님이 조금만 도와주시면 되옵니다! 선이 아씨는 어떻게 할 것이옵니까?"

태형은 김선을 보았다. 그가 그녀를 보는 눈이 다른 사람과는 다름을 알 수 있었다.

"그래, 왕손이, 백성을 돌봐야지! 그런데, 어떻게 도와?"

나해는 왜군이 몇 명이나 되는지 파악했다. 자신이 그동안 활로 쓰러뜨린 왜군도 여럿이지만 지휘관과 통역을 맡은 자까지 합쳐 다섯 명은 아직 있었다.

"이분은 우다 장군의 부장, 마쓰무라 장군님이시다! 이분만 따라가면 너희들 살 수 있다. 하지만 도망가거나, 괜히 울고 떼쓰고 그랬다간, 아무리 어린아이라 해도 벨 것이다!"

통역은 칼까지 빼들었다. 그 동작만으로도 어린아이들을 겁먹게 하는 데는 충분하다.

나해는 숨어서 활을 쏠까 했지만, 저기에는 인질이 여러 명 있다. 그녀가 활을 쏘면 아이 두세 명이 죽음을 당할지도 몰랐다.

'좋아, 이렇게 된 거, 방법은 하나뿐이야!'

나해는 자신이 마침 이 산의 서편에 있음을 깨달았고, 편전을 꺼냈다.

윤홍신은 그녀에게 화전을 두 발 주었다. 나해는 그 중 하나에서 화승을 뽑아 편전의 살깃 바로 위에 묶었다. 실이 급했기 때문이었다.

"도련님, 혹시 박랑사 저격사건 아시옵니까?"

"네가 어찌 그런 것을 다 아느냐?"

태형은 아는 모양이었다. 윤홍신은 그녀에게 활을 가르쳐 주다가 가끔 옛 이야기를 해주곤 했다.

"박랑사 저격사건이라고 아느냐?"

198

윤흥신이 말했다.

"무엇이옵니까?"

"천 년도 더 전, 중원이 여러 나라로 나누어져 매일같이 싸움만 했고 마침내 7개의 나라만 남았다. 이들을 전국 칠웅이라 하지. 그중 가장 강한 진(秦)나라가 다른 여섯 나라를 멸하고 중원을 통일하였다. 그 통일한 이를 진시황이라고 한다."

"와, 다른 나라들이 힘을 합쳐 대항하지도 못했사옵니까?"

"다들 국력이 약해져 있었고, 미리 수를 써서 힘을 합치지 못하게 했으니 그렇지. 진시황은 천하를 통일한 뒤에 전국 순행을 자주 다녔는데 어느 날, 박랑사라는 곳에서 옛 한(韓)나라 출신인 장량이라는 이가 진시황을 죽이기로 하고는, 이 방법을 썼다."

나해는 고개를 갸우뚱했다.

"어떤 방법을 썼사옵니까?"

"너라면 어떻게 하겠느냐?"

윤흥신은 웃음 실린 얼굴로 물었다.

"황제니까 호위 병력이 어마어마했을 것이옵니다. 뚫고 들어가서 칼로 찌를 수는 없을 테니까 활로 쐈사옵니까?"

"하하하, 수레를 타고 다니는데 어떻게 활을 쏘느냐? 뚫고 들어가기도 어려울 텐데."

"아주 강한 활이라면 되지 않겠사옵니까? 아니, 여럿이 동시에 쏘면 되지 않겠사옵니까?"

"아무리 강한 활이라고 해도, 그걸로 수레 안에 타고 있는 사람을 정확히 맞힐 수는 없다. 그리고 여럿이 쏘다니, 그랬다가는 금방 들키지! 그래서 장량은 커다란 나무 기둥이나 바위를 들어서 수레째로 박살을 내는 방법을 썼다."

"그렇게 멀리서 그런 걸 던질 수 있는 장사가 있었사옵니까?"

"그런 사람을 구했지. 바로 창해 역사라고 한다. 그 사람이 강릉 출신이라는 말이 있지만 정확히는 모른다."

"어떻게 했사옵니까?"

나해는 눈을 반짝이며 물었다.

"창해 역사는 철추 던지기의 명인이었다. 장량은 매일같이 그에게 정확히 던지는 연습을 하도록 하고는, 공격하라고 했다."

"성공했사옵니까?"

"막상 가 보니, 진시황은 그런 일을 대비해 똑같은 수레를 다섯 대나 준비해 뒀지 뭐냐. 그러니 어디에 그 사람이 타고 있었는지 알 수 없었지."

"어머나, 세상에……."

"그렇다. 나해 너라면 어느 수레에다 그 철추를 던지겠느냐?"

"으, 음……."

나해는 한참 생각했다.

"세 번째이옵니다!"

"왜 그렇지?"

"첫 번째랑 마지막은 속임수일 것이고, 그렇다면 세 번째가 안전할 것 같사옵니다!"

"하하하. 장량도 그때 너처럼 생각했다면 좋았을 텐데."

"어머, 실패했사옵니까?"

"장량은 너무 복잡하게 생각했고 그래서 두 번째를 치라고 했는데, 세 번째였다. 내 생각이지만 진시황은 일부러 수레를 바꿔 가면서 탔을 것이다."

나해가 박랑사 사건 이야기를 떠올린 이유는, 산 서편을 돌아서 가고 있는 왜군 본진에도 물자를 실은 듯한 수레가 다섯 대 있었기 때문이다. 내용물을 눈에 띄게 하지 않으려 했는지, 모두 짚으로 덮어둔 채였다.

'저 중 하나에는 화약이 실려 있을 거야. 불화살로 그걸 쏴서 폭발시키면 저긴 혼란에 빠지겠지? 물론 여기 있는 왜군들도?'

"도련님, 저 중에서 어느 수레에 화약이 실려 있을 것 같사옵니까? 수레를 폭발시키면 저 왜군들도 놀랄 것이옵니다!"

태형은 바위 위에 올라가서 그 수레들을 보았다.

화전을 쏠 경우 불을 붙이도록 부싯돌도 받아왔으므로, 불 붙이기는 어렵지 않았다. 문제는 자신도 창해 역사처럼 기회는

단 한 번이라는 점이다. 어느 수레든 화전으로 쏘면 짚으로 덮었으니 불이 붙을 테고, 그러면 곧 왜군들이 이쪽으로 달려올 것이다.

13. 절벽에서의 혈투

태형은 나란히 줄 지어 가고 있는 다섯 대의 수레를 보았다.

"저 중에서, 화약이 실린 수레를 찾아야 한다고?"

"그러하옵니다!"

"저것만 보고 어떻게 알아? 아, 잠깐!"

"네?"

"아버지가 그러셨다. 빈 수레가 요란하다는 말도 있잖느냐!"

"그게 무슨 말씀이옵니까?"

"하긴, 무식한 관비가 알 리가 없지. 화약은 곡식이나 무기보다는 훨씬 가볍다고 들었다!"

나해는 다섯 대 수레의 들썩거림을 보았다.

곡식이나 칼 등 무기를 실었다면 더 무겁지만, 화약은 위험하기 때문에 통들의 간격을 최대한 떼고 충격을 막기 위해 짚으로 채워야 한다. 그만큼 가벼울 것이다.

나해의 눈에 문득, 가장 들썩임이 심한 수레가 보였다. 세 번째였다. 편전에 묶인 화승은 어느새 다 타들어 가고 있었다. 다른 방법을 생각할 시간도 없었다.

"좋사옵니다!"

나해는 활을 당겼고, 활시위가 퉁겨짐과 동시에 편전이 불새처럼 불꼬리를 그리며 저편을 향해 날아갔다. 그것은 정확히 세 번째 수레를 뚫듯이 들어갔다.

"맞았나?"

그 수레가 다시 들썩이자, 수레에 실려 있던 짚에서 갑작스럽게 불길이 확 치솟았다. 옆에 있던 왜군들이 불을 끄기 위해 놀라 짚을 두드리기 시작했다.

"으, 으앗!"

"쾅!"

곧, 태형의 판단이 옳았음이 밝혀졌다. 세 번째 수레에 불이 붙고 얼마 지나지 않아, 거기에서 눈이 부실 정도의 불꽃이 솟아올랐고 그것은 다섯 대의 수레와 그 주변 왜군들을 모두 삼켜 버렸다.

"뭐, 뭐야!"

혼란에 빠진 이들은 저쪽 본진만이 아니었다. 이쪽의 왜군 장수와 그 일행도 마찬가지였다.

"우, 욱!"

청지기와 만호는 그 자리에서 쓰러질 뻔했다. 그들이 있는 곳까지 강한 빛과 열기가 날아들었다.

"세상에, 저게, 어떻게 된 것이옵니까?"

청지기가 물었다.

"나해, 나해다!"

"네?"

"그 활 잘 쏜다는 관비, 그 애가 한 짓이다! 분명하다!"

만호는 서두르자고 했다.

"저거, 잘못하면 본진 군사 전원이 이 산으로 올 수도 있는데, 바보 같으니라고!"

"뭣이냐?"

갑작스러운 폭음에 놀란 마쓰무라와 왜군들은 그쪽으로 몸을 돌렸다. 나해는 재빠르게 편전을 뽑아 조총을 든 왜군 한 명에게 쏘았다.

"끅!"

두 번째 편전이 다른 왜군의 가슴을 뚫었다.

"선이 누나! 이리로 와!"

태형이 소리쳤다. 나해와 태형은 화약 수레를 쏜 뒤 서둘러 반대쪽으로 돌아가, 왜군들의 시선이 폭발 장소 쪽으로 쏠린 틈을 타 그들을 처치하고 이쪽 일행을 구출하기로 했다.

"이것!"

마쓰무라는 조총을 들어 자신이 직접 나해를 향해 쏘았다. 하지만 울창한 숲에서 사람을 정확히 맞히기는 쉽지 않았다.

"젠장! 저기 있구나!"

마쓰무라는 요도를 양손에 잡고는 남은 왜군 세 명에게 지시했다.

"저기, 왕손만 잡으면 된다! 너는 여기서 조총 들고 지켜! 너랑 너는 나를 따라와라!"

국궁의 사정거리는 120보, 기병을 태운 말 한 마리가 그 거리를 달리는 동안 습사수 한 명은 최대 두 발을 쏠 수 있다. 이는 다시 말해, 그 두 발을 맞히지 못한다면 그 습사수는 기병에게 당할 수밖에 없다.

나해가 그 생각을 한 이유는, 자신을 쫓아오던 왜장이 마치 말처럼 빨리 달려왔기 때문이다. 그 큰 몸집의 남자가 그 정도로 빠를 줄은 몰랐다.

나해는 그에게 활을 쏘았지만, 마쓰무라의 칼은 정확히 그 화살을 두 동강냈다.

"어머나?"

왜장은 그녀도 이처럼 잘라 주겠다는 듯 그 칼을 들고 재빠르게 달려왔다. 나해는 우선 도망쳐야 했다.

"에잇!"

나해는 서둘러 나무가 많은 쪽으로 갔다. 이곳에서 활을 쏘아 정확히 맞히기는 어렵다. 거기다 왜장은 혼자 오지 않았고 다른 왜군 두 명이 따라왔다.

"좋아, 이것도 막을 수 있나 봐라! 어머나?"

나해는 재빠르게 전통을 뒤졌다가, 중요한 점을 깨달았다. 편전이 더 이상 없었다.

"그, 그래, 그렇다면!"

나해는 재빠르게 한 가지 방법을 생각해 냈다.

다시 화살이 마쓰무라 쪽으로 날아갔다. 그는 이번에도 가볍게 그것을 공중에서 칼로 튕겨냈다. 어렸을 때부터 날아오는 화살을 손으로 잡는 훈련을 몇 번이나 한 덕에, 그는 화살쯤은 막을 자신이 있었다. 그의 바로 옆에 있던 왜군 역시 그 솜씨를 보고 감탄하였다.

그때였다.

"쾅!"

"으악!"

마쓰무라의 옆에 있던 왜군 한 명이 갑자기 피투성이가 되어 나가떨어졌다. 나해가 쏜 것은 그냥 화살이 아니라 화전이었다. 칼로 막아 떨어뜨린다고 해도 도화선까지 쳐낼 수는 없었으니, 화전에 달린 화약통은 그 왜군의 발밑에서 폭발하고 말았다.

"아, 아!"

왜군은 화상을 입고 데굴데굴 굴렀다.

"저기다!"

다른 왜군이 조총을 나해 쪽으로 겨누자, 그녀는 재빠르게 다시 한번 그를 쏘았다. 그의 가슴에 화살이 명중하였다.

"이, 이런, 얼간이 같으니라고!"

마쓰무라는 화가 난 나머지 다친 왜군을 그 자리에서 베고는, 옆에 있던 다른 사람에게 말했다.

나해가 다른 쪽으로 피했을 때, 마쓰무라도 빨리 달려왔다. 곧 그 요도가 그녀를 두 동강 낼 듯한 기세로 떨어졌지만, 다행히 이번에는 피할 수 있었다.

"뭐야, 계집애야?"

나해는 우선 돌을 들어 마쓰무라에게 던졌지만, 그것은 갑옷에 맞고 튕겨 나갔을 뿐이다. 그는 씩 웃었다.

'나리!'

갑자기 만호가 생각났다.

나해가 전통에 손을 가져가는 순간, 뭔가가 마쓰무라의 뒤에서 나타났다.

"으, 응?"

"명이 언니!"

"나해야, 피해!"

명이는 마쓰무라를 붙잡고 늘어졌다. 그는 가소롭다는 듯 그녀를 보았다. 곧 그의 손끝에서 빛이 났다.

"며, 명이 언니!"

"나, 해야!"

명이는 자신의 몸에서 흘러나온 피를 보자 놀랐지만, 그녀의 눈은 나해를 향했다.

"빨리, 도망가!"

마쓰무라는 웃더니, 뜻밖에도 칼을 도로 집어넣었다.

"계집애가 활까지 쏠 수 있나?"

나해가 서둘러 활을 화살에 재려는 찰나, 그가 달려와 그녀를 붙잡고는 활을 빼앗았다.

"명이 언니!"

"히히!"

마쓰무라는 나해를 두 손으로 번쩍 들었다. 그녀는 발버둥쳤지만 힘도 몸집도 워낙 차이가 났다.

"조선 계집애들은 전부 밖에 나가지도 못하고 산다고 들었는데, 잘못 알았나? 그런데 제법 반반하구먼!"

"어머, 난 당신들 말 몰라!"

"히히히! 하지만, 너 정도 실력의 쿠노이치(여자 간자)는 일본에 차고 넘친다."

마쓰무라는 경사가 심한 곳으로 나해를 번쩍 든 채 갔다. 그녀는 발로 그를 차려고 했지만, 거의 타격을 줄 수 없었다.

"여기서 네년을 던져 버리면 그냥 가는 건가? 아니, 이 정도 높이라면 살 수도 있겠네. 아니, 저 돌에 머리라도 부딪히면 갈 수도 있고!"

"저기, 난 당신들 말 모른다니까!"

나해는 외쳤다. 하긴 마쓰무라 역시 조선말을 몰랐다.

"계집아이가 활을 잘 쏘는 건 좋지만, 반반하게 생겼으니 끌고 가서 내 첩 삼아 주랴?"

나해는 허리춤에 손이 갔다. 만호가 준, 동으로 만든 척전이 손에 잡혔다.

"활만이 무기는 아니거든!"

순간, 마쓰무라의 입에서 비명이 터져 나왔다. 나해가 척전을 던지기가 아니라 찌르는 데 사용했기 때문이다. 그녀는 그의 목이나 머리를 노리면 투구 때문에 실패할 확률이 높아 겨드랑이를 찔렀고, 그는 놀라고 말았다. 나해는 그 틈에 재빠르게 내려와서 자신도 놀랄 힘으로 그를 차 버렸다.

"이건 명이 언니 몫이야!"

"아, 아!"

순간, 균형을 잃은 마쓰무라는 그 바위에서 밑으로 떨어지고 말았다. 그리고, 자신이 방금 말했던 대로 되었다.

나해는 순간, 자신도 굴러 떨어질 뻔했다. 그런데 뭔가가 그녀를 붙잡았다.

"꺅!"

"나해야, 나다!"

그녀를 붙잡은 사람은 뜻밖에도 도문이었다.

"스승님? 어디 갔다 오셨사옵니까?"

"나해야, 무사했구나! 정말 다행이다!"

도문은 놀라울 정도로 힘껏 나해를 끌어안았다.

　"성 함락됐을 때, 다른 사냥꾼 형님이 크게 다치셔서 내가 일단 어디로 좀 숨겨 주고, 너를 찾아왔다."

　"어머, 세상에."

　나해는 절벽 밑을 내려다보고는 자신도 모르게 고개를 돌렸다. 나해는 밤새도록 저들과 싸웠지만, 자신이 직접 벼랑에서 사람을 떨어뜨리기는 처음이었다. 피투성이가 된 바위에 움직이지 않는 왜장이라니.

　"휴, 생각하지 말자. 살아남자고. 살아남고, 아씨들이랑 저 사람들을 지켜줘야 해!"

　"나해야."

　"선이 아씨랑, 다른 도련님들이랑 찾아야 하옵니다! 아니, 왜군 한 명 더 있었사옵니다!"

　"염려 마라, 그 녀석은 내가 이 칼로 베었다!"

　도문은 환도를 하나 들어 보이며 말했다.

　"칼은 어디서 나셨사옵니까?"

　"군관 건데, 주웠지! 나도 무기는 있어야 되지 않겠느냐."

　윤흥신의 얼굴이 다시 눈앞에 떠올랐다. 나해는 절벽을 타고 내려가려고 했다.

　"아니, 어디 가느냐?"

　"나리께서 쇤네에게 주신 것이옵니다. 중요한 겁니다!"

"바보냐? 이럴 때 빨리 도망쳐야지, 시간 낭비 말고!"

도문은 나해를 억지로 잡아끌었다. 결국 나해는 서둘러 김선이 숨어 있는 쪽으로 가야만 했다.

"나해야, 무사한 것이냐?"

"그러하옵니다!"

김선은 달려와 나해에게 안겼다.

"분이가, 죽었다!"

"명이 언니도요……!"

"누가 죽었다는 이야기는 나중에 해야 한다. 빨리 피하자!"

도문이 말했다.

"너는 누구냐?"

태형이 물었다.

"야, 박태형!"

김선은 그 자리에서 뛰어나와 태형의 뺨을 때렸다.

"아니, 누나?"

"세상에, 아까도 네가 뒷일 보러 간다고 해서 가는 바람에 우리끼리 기다리다가 들킨 거잖아! 분이가 죽었다고!"

"아씨, 고정하십시오. 도련님, 이분은 제 스승님이고 사냥꾼입니다."

"이도문이라 하옵니다."

"아니, 이건?"

만호의 눈이 커졌다. 청지기는 머리가 깨진 채 죽어 있는 남자를 보고는 놀랐지만, 그의 갑옷을 보고 군사가 아님을 알아차렸다.

"이건, 왜군 장수 같은데? 저 위에서 떨어진 모양이네그려. 그렇게 높진 않은데 이 바위에 머리가 부딪혀서 죽었구먼!"

"이, 이 자는, 마쓰무라라는 잡니다! 제가 봤사옵니다!"

"정말인가?"

"그러하옵니다. 우다 장군의 부관이라고 했사옵니다! 이 사람, 그 관비 아이가, 활로 쏘아 없앤 것 같사옵니다."

"화살에 맞은 것 같지는 않다!"

왜군, 그것도 장수의 갑옷은 화살에 그리 쉽게 뚫리지 않았다. 청지기는 위쪽을 쳐다보았다.

"아니?"

"왜 그러시옵니까?"

"이거, 척전 아닌가!"

겨드랑이에는 동으로 만든 척전이 박혀 있었다. 만호가 그것을 몰라볼 리 없었다.

"나해가 분명하네! 이건 내가 그 아이에게 준 걸세!"

만호는 절벽을 기어오르기 시작했다.

14. 재회

만호가 여덟 살 때였다. 그는 돌팔매를 좋아했다.

"어때?"

"도련님, 금방 배우시는군요."

윤흥신이 손뼉을 치며 말했다. 만호는 멀리 떨어진 곳에서 정확히 표적을 맞혔다. 바위에 돌로 금을 긋고, 그 금 안에 돌을 던져 맞히는 일을 해야 했다.

"하지만, 실전에 들어가면 돌보다는 표창이나 칼, 이런 걸 던져야 할 수도 있습니다. 그래서 도련님 드리려고 만들어 둔 게 있사옵니다."

"그게 뭐야?"

"척전이라는 것입니다. 투호랑 비슷한 것이라 할 수 있사옵니다. 쇤네가 쇠를 구하지는 못했으니, 일단은 대나무로 만든 것으로 한번 해 보십시오. 물론 이거 가지고 장난하시면 아니 되옵니다. 이것도 화살이니까요."

윤흥신은 자신이 나무를 깎아 만든 화살을 꺼내 보이며 말했다.

"이런 것까지 만든 것이냐?"

"그렇습니다. 쇤네가 시범을 보이겠사옵니다."

윤흥신은 두꺼운 천으로 만든 과녁을 나뭇가지 두 개에 묶은 뒤 그것을 땅에 꽂았다. 그리고 거기에 그 화살을 던졌다.

앞서 언급한 대로, 윤흥신은 원래 외척이자 조선에서 손에 꼽는 명문가에서 태어났다. 하지만 을사사화로 가문이 몰락한 후, 그의 생활은 달라졌다. 어렸을 적부터 총명하다는 말만 들으며, 형님들의 귀여움을 받으며, 충청수사를 지냈던 아버지의 무예를 보며 자랐지만, 그런 그가 관노로 전락하고 말았다.

그는 여러 사건으로 인하여 얻은 울분을 돌 던지기로 풀다가 어느덧 상당한 실력을 갖게 되어 젓가락을 던져도 정확히 표적을 맞힐 수 있게 되었는데, 그 일로 인하여 본의 아니게 제자까지 얻게 된 셈이었다.

"대단하구나!"

대나무 화살이지만 천 정도는 가볍게 뚫었다.

"도련님도 해 보십시오. 사실 이것은 비밀무기에 해당하니, 품속에 숨기고 있다가 비상시에 쓰는 것이옵니다."

"좋아!"

만호는 돌팔매와 같은 자세로 그 화살을 던져 보았다. 하지만 천을 뚫지는 못했다.

"이런!"

"가서 정확히 꽂히도록 해야 하옵니다. 쇤네가 일단 한 벌(12개)만 만들었으니 잘 던지는 연습을 해 보십시오."

"윤흥신 공!"

그때 뒤에서 갑자기 다른 목소리가 들렸다. 나타난 사람은 만호의 아버지이자 이 고을의 수령이었다. 윤흥신은 자신의 이름보다, 그 뒤에 들려온 호칭에 놀랐다.

"나리, 윤흥신 공이라니, 무슨 말씀이시옵니까?"

"아버지, 흥신이가 왜요?"

"녀석, 흥신이라니! 이젠 그렇게 부르면 안 된다!"

"무슨 말씀이옵니까?"

윤흥신과 만호가 동시에 물었다.

"축하드립니다. 아버님이 신원되셨습니다. 이제 공께서는 더 이상 관노가 아닙니다. 그리고 공께서 그동안 내 아들 녀석에게 돌팔매를 가르쳐 주신 것도 알고 있었습니다. 만호야, 앞으로는 스승님이라고 불러라! 너에게 무술을 가르쳐 주셨잖느냐!"

정축년(1577년)이었다. 선조 임금은 을사사화(1545년) 때 대역죄로 처형된 윤임을 복권했고, 관노로 전락한 그 가족들도 모두 원래 신분을 되찾았다.

며칠 후, 만호는 눈물을 흘리고 말았다.

"스, 스승님!"

"도련……, 아니, 만호야. 이것도 인연이라면 인연이다."

윤흥신은 관노 신분에서 풀려나자, 가족들을 찾고 집안을 수습하기 위해 한양으로 올라가야 했으므로 만호와는 작별할 수밖에 없었다.

"네가 정녕 무과에 뜻이 있다면, 내가 준 그 척전으로 연습 꾸준히 하려무나. 언제든 다시 만날 수 있을 게다."

"스승님!"

그 뒤로 윤흥신에 대해서 몇 번 소식을 들었다. 진천 현감을 하다가 파직당했다는 말도 들었고, 가끔 찾아가기도 했다.

"이건 내가 그래서 우리 동네 대장장이에게 가서 똑같이 동으로 만들어 달라고 부탁한 걸세. 그 뒤 계속 그걸로 연습했으니까!"

"몇 개나 만드셨사옵니까?"

"두 갤세."

"그런데도 한 개를 그 계집아이에게 주신 겁니까?"

청지기는 의아해했다.

"그 아이가 하나 달라고 하는데 원, 그렇다고 거절하기도 그렇고 했네."

"응? 나리!"

청지기가 먼저 그리로 갔다.

"이건, 왜군 놈 시체이옵니다!"

"그런가?"

그 왜군은 고통에 시달리다가 누군가에게 목을 베인 것 같았다. 보니까 화상 자국이 다리에 가득 있었다.

"화전인가? 그런데 맞지는 않은 모양이네!"

"나리, 여기 시체가 하나 더 있습니다!"

"쉿!"

"그런데, 화살이 없사옵니다!"

만호는 그리로 갔다. 그 왜군은 방금 전 본 이와는 달랐지만, 역시 고통스럽게 죽은 것 같았다. 딱히 외상이 없어 보이는데도 고통스러웠다면, 이는 독살일 확률이 높았다. 그것도 뱀 중 가장 물렸을 때 빨리 죽게 되는, 까치살무사의 독일 것 같았다.

"뱀에 물린 건가? 아니, 잠깐!"

"이게 무엇이옵니까?"

청지기도 이상하다 여겼는지 죽은 왜군의 옆구리에 박혀 있는, 뭔가 검은 것을 보고 말했다.

"아니, 이건 봉 수리검이란 것이다. 이상한데? 이 녀석도 왜군데?"

"그게 무엇이옵니까, 봉 수리검이?"

"일본의 간자들이 주로 쓰는 암기 중 하나일세, 내가 쓰는 이 척전이랑 비슷한 거지! 독을 바르면 치명적이야!"

"간자요? 그런데, 왜 왜군이 이것에 맞아 죽었사옵니까?"

"나도 모르지! 내분이라도 났나?"

봉 수리검은 철 막대(원형, 네모, 세모 등 여러 모양이 있었다)의 한쪽 끝을 뾰족하게 만든 것으로, 젓가락보다 조금 굵은 정도라

휴대하기 좋은 암기였다.

문제는, 왜군들의 갑옷 틈인 옆구리를 정확히 맞힐 정도라면 만호 자신에게도 절대 뒤지지 않는 수준의 무예를 가진 자가 분명히 있다는 점이다.

"그나저나, 밑에 떨어진 저자가 왜장이니 이제 다른 녀석들은 이 산에서 내려가지 않겠사옵니까?"

"아닐세, 저기 서쪽에 있는 본진을 보라고. 저기 상황 수습되면, 저 녀석들이 바짝 약이 올라 이리로 몰려올 걸세!"

만호는 고개를 들었다.

잠시 후, 이들은 조금 평탄한 곳으로 갔는데 거기에 왜군 세 명의 시체가 있었다.

"두 명은 편전에 맞아 죽었군!"

"헌데, 이 자는 칼에 맞은 것 같사옵니다!"

"아니, 이걸 보게!"

만호는 칼 맞은 왜군의 시체 옆에 있던 것을 주웠다. 그것은 아까 보았던 봉 수리검이었다.

"그렇다면 이걸 쓰고도 달려와서 칼로 베었단 말이옵니까?"

"그런 것 같네. 그렇게 한 이유는……, 이 자가 조총을 갖고 있어서 그런 모양이구먼!"

만호는 주변을 보았다.

"나리, 그 활 잘 쏘는 관비……, 나해라고 했습니까? 그 아이가 우릴 보면 왜군인 줄 알고 쏠지도 모르니 이 갑옷은 벗는 게 어떻겠습니까?"

청지기가 말했다.

"그러지!"

만호는 갑옷을 벗어 내팽개쳤다.

나해는 다시 사람 수를 세어 보았다. 명이와 분이가 죽었지만, 아직 김선과 다른 사람들은 있었다.

'놀라서 혼자 달아나기라도 하지 않은 게 다행이네, 참.'

"그렇다면, 아까 왜군 쪽에서 일어난 폭발을 네가 일으킨 것이냐?"

도문이 물었다.

"그러하옵니다."

"나도 같이 했다!"

태형이 휙 나섰다.

"도련님이요?"

"어느 수레에 화약이 실렸는지 내가 맞혔지 않느냐!"

"도련님도 대단하시옵니다. 하지만 나해야, 이제 왜군들이 더 성이 나서 산으로 막 올라올 것이다. 그러니 이쪽으로 가자."

"스승님, 거긴 북서쪽 입구인데, 그쪽으로 가면 왜군 본진이 있지 않사옵니까?"

"저기 밑으로 가면, 늙은 소나무 한 그루에 흰 수건을 매어 둔 데가 있다. 그 덤불 근처에 사냥꾼들이 쓰는 동굴이 있으니까, 거기 가서 입구를 막고 기다리면 왜군들이 지나갈 거다. 다들 지쳐 있다."

도문이 대답했다.

"다행이옵니다. 스승님을 만나서!"

나해는 겨우 안심할 수 있었다. 조금 전까지만 해도 죽을 뻔했으며 너무도 많은 죽음을 목격했다.

잠시 후, 이들은 흰 천이 매어진 소나무를 발견했다. 도문은 얼른 그 천을 푼 뒤, 그 뒤에 있던 덤불을 걷었다.

"다들 이 안에 들어가시오!"

"스승님은요?"

"나는 주변을 좀 살펴보고 오마."

만호와 청지기는 나해 일행이 어디로 갔을까 방향을 알아보았다.

"저쪽으로 내려가면, 지금 왜군들이 지나가는 행렬이랑 마주치게 될 테니, 그쪽 길은 아닐 것이옵니다."

"아닐세!"

"네?"

"여기 흙을 보라고, 아이 발자국들이 이렇게 많이 있잖나."

"아니, 그러면, 알아서 호랑이 입으로 들어갔단 말이옵니까?"

"이상하네그려."

만호도 고개를 갸우뚱했다. 일부러 거짓 흔적을 남기기 위해 발자국을 남겼다 해도, 30여 명이 동시에 위장하기는 어려울 것이다.

"참, 혹시 아까 봉 수리검을 던진 자 말인데, 아까 봉수대에 있던 군사들을 죽인 자가 아닐까?"

"예?"

"그렇지 않나, 자세히 보지 못했지만, 배탈이 난 군사들에게 이 봉 수리검을 던진다면 순식간에 몇 명이고 없앨 수 있었을 걸세! 그 녀석이 도로 뽑아 갔으니 그 현장에는 없었지만!"

"혹시, 그 고토라는 자일지도 모르옵니다! 왜군 장수들이 이야기하는 걸 들었사옵니다!"

"그럴 수도 있겠구먼!"

그때였다.

"아, 아니?"

만호는 재빠르게 피했다.

"윽! 나, 나리……!"

청지기의 몸에 박혀 있는 것은 다름 아닌, 봉 수리검이었다.

"저, 정신 차리게!"

"나리!"

곧, 청지기가 만호를 확 밀었다. 그러자 그의 어깨에 또 하나의 수리검이 박히고 말았다.

"이런!"

만호는 그쪽을 향해 척전을 던졌지만, 그자는 이미 도망친 다음이었다.

"나, 나리, 반드시, 아씨를, 구해……!"

청지기는 그 말만 하고 축 늘어지고 말았다. 수리검에 독을 매우 진하게 바른 모양이다.

"이, 이보게, 그러고 보니, 자네 이름도 모르는구먼!"

만호는 자신의 요도를 뽑았다.

"나리!"

나해는 도문이 아무래도 걱정되어 자신도 활을 들고 나왔다. 그러다가 어딘가에서 누군가의 다급한 목소리, 조선말을 들었다.

"나리!"

만호는 눈을 들었다. 자신이 여기까지 쫓아온 이유가 오고 있었다.

"나해야! 오지 마라! 왜군이다!"

"네?"

나해는 나무에 기댄 채 활을 들어 주변을 살폈다. 만호가 조심하라니 그 말을 따라야 했다.

만호는 재빠르게 이 나무에서 저 나무로, 등을 기대 가며 이동했다.

"앗, 저기!"

나해의 화살이 저편에 움직이는 이에게 곧 날아갔으나, 맞히지는 못했다.

"나리, 이리로 피하시오소서!"

15. 깨우침

"나리, 오신다고 들었는데, 오시면 큰일 날 것 같았는데, 여기까지 오신 것이옵니까?"

"그래도 다행이구나. 무사해서. 다른 사람들은 어떠냐? 왕손, 그 박태형 도령이란 사람은 어디 있느냐?"

"저기 동굴에 숨었사옵니다."

"동굴? 용케 거길 알았구나!"

"스승님이 알려 주셨사옵니다."

"스승?"

만호는 동굴 쪽으로 갔다. 가 보니 김선이 진 초관의 강궁을 손에 든 채 나와 있었다.

"아씨, 숨어 계시라니까요!"

"너까지 나가니 불안해서 나왔다. 그런데 그쪽은……?"

"나리, 김 진사 나리 따님이시옵니다. 이분은 전라 좌수영, 장만호 초관이시옵니다!"

나해는 서둘러 서로를 인사시켰다. 김선은 김 진사라는 말만 듣고도 눈물이 나는 듯했다.

만호는 청지기가 여기까지 오다가 죽었다는 말을 전할까 했지만, 그러지 않기로 했다. 괜히 여기서 슬픔을 더해 줄 필요가 없다.

"나해야, 저쪽으로 가면, 왜군 본진이 있다! 왜 그리로 가려는 것이냐?"

"예? 여기서 숨으려고 하옵니다!"

"그래? 본진이 지금 서북쪽 입구를 포위하고 오고 있다! 도망쳐도 늦었다. 그리고 스승님이라니?"

"그, 사냥꾼……."

"이도문?"

"기억하시는군요!"

"그런데 내가 보니까, 본진이 움직이지 않고 오히려 산으로 오려는 것 같던데? 이대로 가다간 다 잡힌다!"

"예?"

"이제 어떻게 하나……, 어? 나해야, 너 통아가 있구나! 그렇다면 한 가지 방법이 있다! 편전은 있느냐?"

"편전은 다 썼사옵니다!"

"뭐라? 야단났군. 편전 말고는 방법이 없는데……?"

"나리, 만들면 아니 되옵니까?"

나해가 박두를 꺼내며 물었다. 앞서 언급했듯 박두는 연습용 화살이라 촉 대신 둥근 나무 추가 달려 있다. 실전에서는 쓸 수 없다.

"만들다니?"

"이 박두를 자른 뒤, 나리가 늘 가지고 다니시던 척전 촉을 꽂으면 어떻겠사옵니까?"

나해가 의견을 내자, 만호는 무릎을 탁 칠 뻔했다.

"좋은 생각이다!"

만호는 나해더러 박두를 손에 들고 있으라고 한 뒤, 요도를 뽑아 단숨에 그것을 잘랐다.

"원래는 제대로 쇠심줄로 묶어야 되지만!"

"헌데, 편전으로 무엇을 하시려고요?"

"김윤후 스님이 썼던 방법 알지? 왜장을 쏘려고 한다! 숨어서!"

만호는 품속에서 화살촉을 꺼내 나해가 들고 있던, 잘린 화살 대에 끼웠다. 편전은 원래 화살보다 짧다는 점 외에는 다른 차 이가 없으니, 간단히 만들 수 있었다.

"됐다. 통아를 이리 다오! 거기, 김선 아씨라고 했죠? 그 강궁 을 내게 주시오!"

그때였다. 저편에서 뜻밖의 인물이 나타났다.

"나해야! 빨리 이리로 가자니까? 응? 나리?"

"응? 자네는 그때, 나해한테 활 가르쳐 준 사람이라고 하지 않았나?"

만호가 놀라며 말했다.

"기억하시는군요. 이도문이라 하옵니다. 어떻게 하다 보니 도 련님과 아씨를 모시게 되었사옵니다."

도문은 나오며 인사했다.

"그래? 그런데 잘못 인도했군그래."

"예?"

"지금 저쪽으로 내려가면, 3천이 넘는 왜군 본진이 이리로 오는 중일세. 다대포 성을 지나 이 산을 돌아서 왔단 말이네."

"그래서, 여기 동굴로 일단 다들 피신시키려고 했사옵니다!"

"자네 말이야, 일부러 이쪽으로 이 일행을 끌고 왔지?"

만호의 말에 분노가 실렸다.

"나리, 그게 무슨 말씀이옵니까!"

나해가 외쳤다.

"이도문, 아니, 고토!"

만호는 그를 가리켰다.

"뭐, 뭐라고요? 고토가 무엇이옵니까?"

나해가 놀라며 말했다. 자신에게 활을 가르쳐 준 스승이 바로 왜군의 간자였다니.

"네놈, 왜군 간자지? 네가 일부러, 이쪽으로 이 사람들을 데려온 거 아니냐!"

"그래서, 다들 피하게 하려고 했잖사옵니까!"

"호오, 이제 알겠구먼? 네 녀석이 응봉봉수대 군사들을 모두 죽이고, 창고에 불을 질렀지? 사냥꾼이니까 남는 고기 하나 주면서 그쪽이랑 미리 안면을 틀 수도 있으니까! 그리고, 화살 만들 깃털이나 짐승 가죽 같은 것을 바친다는 명목으로 관아에도 드나들며 상황을 살필 수 있었을 것이고!"

만호가 말했다.

"그, 그게 무슨 말입니까!"

도문은 눈을 크게 뜨며 말했다.

"야습 작전!"

갑자기 나해가 소리쳤다.

"그, 그러면, 야습 작전을 미리 적에게 알려준 사람이 바로, 스승님이었습니까?"

"뭣이라?"

만호는 눈을 크게 떴다.

"첨사 나리께서 결사대를 이끌고 나가 적의 주의를 끄는 동안, 쉰네보고 사람들을 데리고 피하라고 하셨사옵니다! 그런데 진 초관 나리께서, 가 보니 왜군이 매복하고 있었다고 했사옵니다! 쉰네, 그 일을 스승님 말고 다른 사람에게는 말하지 않았사옵니다!"

도문, 아니 고토는 환도를 뽑아들며 다른 손에도 단도를 들었다. 만호 역시 요도를 뽑았다. 고토가 나해마저 죽이지 않은 이유를 짐작할 수 있었지만, 모른 척하기로 했다.

"빌어먹을, 내 뜻대로 했으면 여기 꼬맹이들 목숨은 건졌을 것을! 까짓것, 난 저 왕손만 데려가면 된다! 어차피 가려면 네놈은 없애야 하니까!"

"나, 나리!"

나해가 소리쳤다. 만호는 편전과 강궁을 나해에게 휙 던졌다.

"나해야, 왜장은 네가 쏘는 수밖에 없다! 저기 올라가서 쏘면 된다! 빨리 가라!"

"조선 군관이 우리 칼을 쓰다니, 갈 데까지 갔구먼?"

"어느 칼을 쓰느냐도 문제지만, 누가 누구를 상대로 쓰느냐가 더 문제지! 이 칼이 원래 왜군 간자의 것이었고, 내가 그 녀석을 잡고 포상으로 받았다는 말 했나?"

조선 군관이 일본의 요도를, 왜군 간자가 조선 환도를 쓴다는 점이 조금 우스워 보일 수도 있지만, 두 사람의 표정은 전혀 그렇지 않았다. 나해는 만호가 걱정되었지만, 일단은 그의 말대로 해야만 했다.

"네 녀석을 아주 요절을 내 주겠다!"

고토의 칼이 금방 만호의 목을 노리듯 날아들었다. 상상 이상의 실력이었다. 간자라 불리는 왜군 간자들은 어렸을 적부터 계속 혹독한 훈련을 받아 가며 큰다더니, 역시 고토도 예외는 아니었다. 서로의 칼이 부딪칠 때, 그 진동만으로도 그의 실력을 알 수 있었다.

"이익!"

"당신도 양반 아냐? 천민은 사람 취급도 않는 인간! 그런데 여기까지 뭐 하러 온 거냐? 혹시 저 아이에게 마음이 있어서인가? 하긴 겉만 보고 좋아하는 양반들이니, 그럴 만도 하지!"

고토가 말했다.

"네가 그걸 그렇게 다 아나?"

두 사람은 칼을 대고 서로 밀었는데, 고토는 오히려 밀리는 척하며 슬쩍 뒤로 물러났다. 그러자 만호 쪽이 균형을 잃었다.

"앗!"

고토가 그 틈을 타 만호의 목 쪽으로 칼을 휘둘렀지만, 그는 몸을 굴리다시피 하여 피했다.

"발악을 하는구나!"

이럴 줄 알았으면 아까 갑옷을 벗지 말았어야 했다는 생각이 들었지만 후회하긴 늦었다.

나해는 만호가 가리킨 곳으로 올라갔다.

"궁사가 자신에게 딱 맞는 활을 만나기란 쉽지 않은 일이다. 명필이 붓을 가리지 않는다고 했으니, 활을 가리지 마라!"

만호의 목소리가 들려오는 듯 했다.

나해는 강궁을 들고 높은 곳으로 올라가서 보았다. 왜군 부대는 산의 북쪽 입구 중심으로 포위하고 있었다. 아까의 폭발 때문에 왜군들은 약이 바짝 오른 모양이었다. 고니시의 부대에 합류하기 전에 사고가 났으니 나중에 무슨 문책이 올지 모른다.

마음이 떨렸다. 자신보다 밑에서는 고토와 만호가 목숨을 걸고 싸우고 있었으니, 그쪽으로도 신경이 쓰였다.

지난 밤 동안 목숨이 오가는 상황이 한두 번이 아니었지만, 이번처럼 중요한 일은 없었다. 유리한 점이라면, 저쪽이 이편에서 보면 서북쪽이기 때문에 이쪽에서는 해를 등지고 있고 바람 또한 동쪽에서 불고 있다는 점이다.

그 와중에도 갑자기, 윤흥신에게서 활을 배울 때가 생각났다.

"활은 어떤 무예보다도 움직임이 적지만, 숨쉬기부터 시작하여 온몸을 다 써야 한다는 점에서는 마찬가지다. 활에서 가장 중요한 것이 뭐라고 생각하느냐?"

"백발백중이옵니다."

"그래, 어떻게 하면 백발백중이 될까?"

"실력을 길러야 되지 않사옵니까?"

"백 번 쏴서 백 번 모두 맞히기란 어렵다. 하지만 백 번 모두 미리 맞히고 쏜다면 할 수 있다."

"어떻게 백 번을 모두 미리 맞히옵니까?"

"마음을 비우고, 오로지 나와 표적만이 존재한 채, 표적에 정확히 맞았음을 마음으로 느끼고 쏘아야 한다. 그것이 하나의 자신감이다. 그리고 굳이 설명한다면 '깨우침'이다."

"깨우침이요?"

"이익!"

고토의 칼이 만호의 것보다 긴데다, 그는 왼손에 단도까지 하나 들고 있었다. 두 번째로 칼이 부딪쳤을 때, 고토는 옆으로 빠지며 팔꿈치로 만호의 얼굴을 쳤다.

"우욱!"

"가라!"

만호는 땅에 나가떨어졌지만, 고토가 칼로 그 배를 찌르려는 순간 가까스로 피하며 다시 칼을 고쳐 잡았다.

"이런!"

만호가 두 번째로 휘두른 칼이 빗나가고, 고토는 파고들어 만호의 배를 쳤다. 이번에는 놓치지 않겠다는 듯 정수리를 향해 칼이 내리꽂혔지만, 이번에 만호는 옆으로 칼을 휘둘러 그 공격을 흘려냈다.

"군관 나리께서, 솜씨는 별로이신 모양이옵니다?"

고토는 비꼬듯 말하며 칼을 휘둘렀다. 그가 칼을 두 자루 쥐고 있으니 하나로 막으며 다른 하나로 찌르는 방법을 쓰고 있으니, 쉽게 상대할 수 없음은 당연했다.

고토는 두 칼을 교차시켜 칼을 막았으나, 만호는 오히려 그 틈을 이용해 뛰어올라 깎음다리(태껸의 발길질 중 하나, 상대의 다리를 깎아내리듯 차서 균형을 잃게 하는 기술)로 그의 허벅지를 공격했다. 하지만 고토가 더 빨랐고, 오히려 그의 돌려차기 발길질이 만호의 허리를 강타했다. 눈앞이 아찔해질 정도의 충격이었다.

"꺅!"

김선이 비명을 질렀다.

"가라!"

고토는 칼을 높이 치켜들었으나, 만호는 쓰러지면서도 신발에서 척전을 뽑아 그에게 던졌다. 고토는 칼로 그것을 튕겨냈지만 그 바람에 잠깐 멈칫했고, 그 순간 만호는 일어나 다시 칼을 휘둘렀다.

"이이익!"

고토는 왼손에 든 단도를 만호에게 던졌다. 만호는 그것은 칼을 들어 막았는데, 곧 고토가 펄쩍 뛰어 만호의 가슴을 정확히 찼다.

"우욱!"

만호는 그 자리에서 나가떨어졌는데, 이번에는 나무에 머리를 세게 부딪치고 말았다. 고토는 만호뿐 아니라 그가 기댄 나무까지 벨 기세로 칼을 치켜들었는데, 순간 뭔가가 고토의 옆얼굴에 날아왔다.

"억!"

태형이었다. 그가 자신이 늘 갖고 다니던 옥패를 고토에게 던졌다. 그것은 용케도 그의 뒤에 맞았지만 별다른 타격은 주지 못했다. 하지만 만호는 그 기회를 놓치지 않고 뛰어오름과 동시에 돌면서 칼을 휘둘렀다.

"차앗!"

"아, 아니?"

옆구리를 크게 베인 고토는 경악하였고, 그가 칼을 떨어뜨리기도 전에 만호의 요도는 정확히 그의 심장을 뚫었다.

"이, 이럴 수가……."

"네 실력은 인정하겠다. 하지만, 마음을 전달하는 방법은 인정하지 못하겠다."

칼을 뽑음과 동시에 고토의 가슴에서는 피가 폭포처럼 쏟아져 나왔고, 곧 그는 그 자리에 푹 엎어지고 말았다.

"오는 길에, 너희 군사, 아니 군관들 목에서 봉 수리검이 박힌 걸 봤다. 네가 한 짓이지? 그 사람들이 나해에게 해를 끼칠까 봐. 너는 결국 아군까지 배신한 자다. 그 아이에게 마음이 있었으면 차라리 자수를 하지 그랬느냐."

나해는 윤흥신이 말한 '깨우침'을 다시 떠올려 보았다. 이런 상황에서 과연 마음을 비울 수 있을까. 만호 혼자서 저 많은 적을 당해낼 수 있을 리도 만무하다.

오로지 자신이 잡고 있는 이 강궁과 작은 화살, 편전 하나에 모든 게 걸려 있다. 아까 화약 수레를 쐈을 때와 마찬가지로, 기회는 오직 한 번뿐이다. 실패한다면 누구도 살아남을 수 없다.

아니, 살아남는다고 해도 저들에게 끌려갈 뿐이다.

앞서 언급한 대로 활은 다른 어떤 무예보다 움직임이 적지만 가장 멀리 봐야 한다. 마음을 비워야 한다. 숨을 고르게 해야 한다. 모든 것을 잊고, 표적과 활만 생각해야 한다.

"그래, 그거야!"

나해는 숫깍지를 고쳐 끼우고는 활시위가 거의 끊어질 정도로 당겼다. 밤새 활을 쏘았지만 이번에는 뭔가 의식을 행하는 듯한 느낌이 들었다. 그녀는 몸과 마음을 모두 자신의 오른쪽 눈과 활을 잡은 손, 또 적진 한가운데의 왜장에게 집중시켰다. 아무 생각조차 들지 않았다.

편전은 일반 화살과는 달리 작고 가벼워 빠른 만큼 눈에 쉽게 띄지도 않는다는 점이 강점이다. 나해의 느낌과 왜장의 얼굴이 일치하는 순간, 그녀는 활시위를 놓았다. 자그마한 편전도 새장에서 풀려난 새처럼 빠르게 날았다.

순간, 모든 게 느려지는 것 같았다. 바람을 타고 빙글빙글 돌며 날아가는 편전도, 말을 타고 주변을 둘러보던 왜장도 마찬가지였다.

우다는 근처를 둘러보았다.

"마쓰무라, 고토, 다들 소식이 없는 건가? 빨리 고니시 장군과 합류해야 하는데, 화약을 몽땅 잃었으니 이걸 어떻게 하라는 거야? 왕손을 잡지 않으면 문책을 면할 수 없다!"

그때, 뭔가 소리가 들렸다. 화약 소리와는 비교도 할 수 없이 작았지만, 그에게만은 섬뜩할 정도로 뚜렷했다. 그의 눈앞에 바로 그 정체가 날아오고 있었다.

"크악!"

"아, 아니?"

젓가락처럼 짧은 화살이 정확히 우다의 목을 뚫었다. 주변의 부장들이 모두 경악하기도 전, 그는 말에서 떨어지고 말았다.

"나리! 아씨!"

나해는 서둘러 밑으로 뛰어 내려갔다.

"나리!"

그쪽으로 가자, 피투성이가 된 만호가 먼저 눈에 띄었다.

"나해야."

"나리, 괜찮으시옵니까?"

나해는 자신도 모르게 그에게 안기고 말았다.

"나리."

"나해야, 해냈구나!"

"어떻게 아시옵니까?"

"척 봐도 알겠다."

왜군 진영 쪽을 보자, 혼란스러움이 눈에 띄었다. 진입 직전에 대장을 잃었으니 그들로서는 우왕좌왕할 수밖에 없다.

"나리, 다치지 않으셨사옵니까?"

"나는 괜찮다. 빨리 가자!"

순간, 쓰러져 있던 도문, 아니 고토가 눈에 들어왔다. 저절로 나해의 눈에서는 눈물이 나왔다.

"어떻게, 스승님이……!"

"빨리 가자니까!"

만호가 나해를 잡아끌었다. 이들은 곧 모두 북쪽을 향해 누가 먼저랄 것도 없이 달렸다.

16. 이별

"나해야, 미안하다."

"어인 일로 미안하다 하시옵니까?"

"내가 진작 왔으면, 첨사 나리도 살릴 수 있었을 텐데……."

"첨사 나리는 각오하셨을 것이옵니다."

윤흥신을 생각하면 나해도 마음이 아팠다. 뿐만 아니라 그녀의 마음을 아프게 하는 일은 따로 있었다.

"스승님이 왜군 간자였다니, 쇤네는 저도 모르게 간자를 도운셈이옵니다! 거기다, 야습 작전을 말하지만 않았어도……."

"너도 말했잖느냐, 첨사 나리는 각오하셨을 거라고. 설령 야습 작전을 몰랐다고 해도, 함락을 피할 수는 없었을 것이다."

"하, 하오나! 쇤네처럼 천한 관비에게 처음으로 관심을 보여주고, 가르침까지 준 분이……, 역시 사람은 다른 사람에게 뭔가를 바라야만 친절해지는 것이옵니까?"

나해는 도문, 아니 고토의 일로 인하여 매우 성이 났는지, 슬픈지, 아니면 둘 다인지 알 수 없었다.

"아무것도 바라지 않고, 순수한 마음으로 자기만 좋아해 주는 사람을 만나기가 그리 쉬운 게 아니지 않느냐."

"무슨 말씀이옵니까?"

"내 말은, 그, 그런 사람을 만나기가 어렵단 말이다. 양반들도 사실 다, 부모가 정해준 혼처를 따라 혼인을 할 뿐, 그다음에는 서로 맞춰 나가면서 살아가고 있다. 내, 내가…….”

"거기, 정지!"

만호가 고개를 돌리자, 조선군 부대가 보였다. 그들은 나해 일행을 보고는 경계 태세를 갖췄다.

"왜군 때문에 다들 도망치는데, 너희들은 누구냐?"

"전라 좌수영 소속 초관, 장만호라 하옵니다!"

만호는 앞으로 나서며 말했다.

"왜군 간자가 있다는 소문을 들었다. 혹시 초관을 사칭한 간자 아니냐?"

"무슨 간자가, 여자랑 아이들을 떼로 데리고 다니겠사옵니까?"

"보통 백성으로 위장한 간자가 너무 많아서 그렇다."

"잠깐!"

갑자기 우렁찬 목소리가 뒤에서 나왔다.

"내가 누군지 아느냐? 여기 장수 오라고 해라!"

태형이었다. 그는 옥새가 찍힌, 옥패를 내밀었다.

"아, 아니!"

옥새를 본 군관이 저쪽으로 가자, 잠시 후 장수 복장의 남자가 왔다.

"나는 경상 좌병사 이각(李珏)이다!"

"장만호 초관이옵니다."

"전라 좌수영 초관? 거기서 왜 여기까지 왔나? 아니, 자세한 건 나중에 말하고, 왕손을 모셔오느라 고생 많았다. 다들 저쪽으로! 우리는 왕손을 모시고 피해야 한다!"

태형은 나해를 보았다.

"같이 가자꾸나. 너에게는 나중에 내가 큰 상을 내리겠다!"

"황송하옵니다."

겨우 이들은 휴식을 취할 수 있었다. 나해는 그제야 전신에 피로감이 쏟아지는 듯한 느낌을 받았다. 그녀는 체면 가릴 것도 없이 깊은 곳에 들어가 풀숲에 누워 버렸다.

잠시 후, 만호가 이각에게 상황 보고를 마치고 돌아왔다.

"나해야."

"나리, 이제 왜군을 소탕하는 것이옵니까?"

뜻밖에, 만호의 표정은 좋지 않았다.

"소탕은 무슨, 나해야, 빨리 여기서 피해야 한다!"

"예?"

만호는 간단히 설명했다.

"빨리 여길 피해야 하네!"

이각이 말했다.

"아니, 피하다니요? 동래성을 지원해야 하옵니다!"

"왕손까지 여기 있지 않나! 데리고 피해야 하네!"

"지금 무슨 말씀을 하시는 겁니까? 동래성에서 버티는 동안, 경상 좌병영에서는 성 밖에서 적을 맞아 싸워야 하잖사옵니까!"

병마절도사나 감사는 병력이 모여 있는 성이 공격을 받으면, 포위하고 있는 적의 뒤를 치는 일이 원칙이었다. 물론 지휘관의 판단에 따라 성에 들어가 싸울 수도 있었다. 하지만 이각은 두 방법 중 하나도 택하지 않고, 도망치려 했다.

"적이 목전인데, 피하면 금방 추격을 받게 되옵니다! 이 사람들을 성으로 피신시키고 싸울 준비를 하셔야 하옵니다! 당장 동래성으로 가야 하옵니다!"

"동래성으로? 자네 혼자 갈 건가? 왕손을 모셔야 한다고 했잖나!"

만호는 당장에라도 이 자를 자기 손으로 베고 싶었다. 이각은 비겁하기 짝이 없었다. 동래성에 갔다가 적의 기세를 보고는 달아나려 하다니, 거기다 왕손을 보호한다는 구실까지 생겼으니 한양으로 도망칠 수도 있게 되었다. 어찌 이런 자가 경상좌도 병마절도사라는, 나라 최전방을 지키는 장수로 임명되었을까 하는 생각이 들었다.

"그게, 말이 되는……!"

만호는 어쩔 수 없었다. 애당초 왜군들이 올 때 그 배들을 서둘러 포격으로 침몰시키고, 그동안 부산, 동래 등에서 방어선을 형성했다면 왜군들을 막을 수 있었을 것이다. 그런데 수군은 제

몫을 해내지 못했다. 하지만 여기서 이런다면 경상도도 금방 뚫릴 것이다.

"나해야, 너도 알겠지만 난 이제 전라 좌수영으로 복귀해야 한다. 가서 여기 일을 알리고, 싸울 준비를 해야 한다."

"예, 그렇겠지요."

"같이……, 가지 않겠느냐?"

"네?"

"나랑 같이 여수로 가자꾸나! 이 사람들은 좌병사 영감께서 데리고 가실 거다!"

다대포 관아를 떠나 본 적도 없는 나해로서는 이제 갈 곳도 없었다. 하지만 그녀는 그러지 않기로 했다.

"아니되옵니다."

"응?"

만호는 당황하며 물었다.

"쉰네가 나리랑 같이 가면, 나리는 전장에 여자를 데리고 갔다는 말을 들으실 수도 있사옵니다."

"그 정도는 내가 해결할 수 있다. 피난민을 데려온 거라고 하면 되지 않느냐. 뭣하면, 좌수영이나 순천부에서 관비로 일하게 해 줄 수도 있다."

"저 자제분들도요?"

"뭐?"

"첨사 나리께서 쉰네에게 군관 나리들의 자제분들을 맡기셨으니, 지금은 의령까지 저분들을 모시고 가야 하옵니다. 의령에 그, 김 진사 나리의 형님이 살고 계시다 하옵니다. 마지막 약속이옵니다."

나해 역시 그와 헤어지긴 싫었다. 거기다 적이 앞으로 어떻게 할지 몰랐다.

"나리, 첨사 나리께서 이렇게 말씀하셨사옵니다. 쉰네가 활 쏘는 걸 우연히 보신 것도, 활을 가르쳐 주신 것도 이렇게 될 인연 때문이었다고요. 첨사 나리와 다른 군관 나리들의 유언은 꼭 지켜 드려야 하옵니다. 나리와 이렇게 만난 건 무슨 인연인지 모르겠사옵니다만……."

"그래, 그렇구나. 인연이란 게 무엇인지……. 아, 잊어버릴 뻔했네!"

만호는 소매에서 물건을 하나 꺼냈다.

"어머나?"

"절벽 밑에서 주웠다. 이젠, 잃어버리지 말거라."

"나리……."

영영 잃어버린 줄 알았는데, 만호가 줬던 동 척전이었다. 그는 거기 묻어 있던 피까지 깨끗이 닦아서 내밀었다.

"나는 꼭 다시 널 만나고 싶다. 아니, 만날 거라고 생각한다! 인연이 이런 데서 끝날 거라고 생각하지는 않는다!"

"나리, 또 만나면, 그때처럼 밤새 활을 쏘아보지 않겠사옵니까?"

나해는 눈물을 억지로 참으며 말했다.

"원, 녀석. 우리 본영이 여수에 있는 건 알지? 언제든 오너라."

만호는 뒤돌아섰다.

은혜 갚은 두꺼비

만호는 옥포항을 지켜보았다. 곧 그곳에서는 적선의 접근을 알리는 나팔 소리가 높게 울려 퍼졌고, 왜군들은 자신들이 타고 온 배에 올랐다. 그 함선들은 모두 온갖 깃발과 휘장으로 덮여 있어 눈이 어지러울 정도였다.

"적이 온다! 절대로 망령되이 행동하지 말고 정중하기를 태산같이 하라!"

전라 좌수사 이순신(李舜臣)이 외쳤다. 왜군 함대는 큰 배와 작은 배를 합쳐 약 30척이었다. 판옥선들은 곧 일자진(一字陣, 한 일 자로 늘어선 진)을 펼쳤다.

"방포하라!"

사거리가 확보되자, 전라 좌수영 기함에서 포를 쏘라는 깃발이 올랐다. 늘어선 적을 향한 집중 사격이었다. 전통적으로 왜 수군의 전투 방식은 적의 배에 빨리 접근하여 올라가 칼로 승부를 낸 뒤 전리품을 챙기는 일이었지만, 조선 수군은 적이 다가 올 때 총통을 쏘아 적선을 박살내기로 했다. 적을 향해 활을 쏘듯, 한 곳을 향해 동시에 집중 타격을 가하는 방식이었다.

"왁!"

적선에서의 비명이 여기에서까지 들릴 정도였다. 처음에는 이물에서 발사한, 거대한 장군전(將軍箭, 화살형 포탄)이 회전하며 날아가 적의 갑판을 뚫었다. 이순신은 적의 배를 격침시키려면 하단을 주로 쏘라고 했는데, 운 좋게도 적선의 이물 가운데를 정확히 뚫은 장군전도 있었다. 적선은 고개를 숙이듯 엎어지고 말았다.

"빨리 배를 돌려라! 2차, 철환!"

사정거리가 긴 장군전이 먼저 왜선을 파괴하고, 적이 더 가까이 접근한다면 배를 돌린 뒤 측면에 있는 총통들에서 둥근 공 모양의 포탄을 발사하도록 했다. 두 번째 타격이다. 이 역시 적선을 뚫고 들어가 격군들에게 맞았다. 노를 저을 사람이 없어지면, 배는 기동력을 잃게 된다. 몇몇 배들이 휘청거리기 시작했다.

"3차, 조란환(鳥卵丸, 새알탄이라고도 한다)! 쏴라!"

왜군의 조총은 조선의 총통보다 훨씬 사거리가 짧았기에, 서둘러 접근해야 했다. 군사들은 각 판옥선의 현자총통(세 번째로 큰 총통)에 마치 새알처럼 작은 쇠구슬을 여러 개 장전해 넣고는, 왜선이 다가오자 쏘았다. 이는 격침이 아니라 인마살상용이었다.

"끄아아악!"

수백 개의 쇠구슬이 갑판에 비처럼 쏟아지자, 갑판에 있던 왜적들이 지른 비명 소리가 이편에까지 들려왔다. 조총을 한 번에 여러 발 쏘는 것보다도 더 강한 타격이었다. 사거리가 확보되었을 때 쓰는 방법이다.

"4차, 화전(火箭, 불화살)!"

조란환 때문에 적이 모두 쓰러진 배 위에 화약통을 단 화살이 날아갔고, 곧 그곳에서는 불길이 치솟았다. 마무리로 적의 배를 불태우는 공격이다. 적의 배에 있던 휘장과 깃발들은 아주 좋은 불쏘시개가 되었다. 곧 적선은 모두 불타거나 바다에 가라앉고, 뛰어내린 적군들만이 허우적거리고 있었다.

적선 여러 척이 완전히 널빤지 조각이 되어 바다에 뜬 가운데, 여러 군데가 부서지고 돛대도 부러진 배 네 척이 겨우 빠져나갔다.

"저게 대장선인데 말이옵니다!"

"그러게 말일세, 필사적으로 달아나는구먼. 하지만 쫓아가지는 마라!"

"예? 쫓아가서 수급을 취합시다!"

군관들이 외쳤다. 하지만 이순신은 손을 내저었다.

"아니다. 몽땅 부수면 저들이 육지로 가서 백성들을 해칠 수도 있다! 그러니 배를 타고 달아나게 하는 편이 낫다! 그리고 저 배는 판옥선보다 빠르니 쫓아가기도 어렵다!"

곧 바다 위에서 조선 수군의 함성이 울려 퍼졌다.

"저것들이라도 쫓아가서 수급을 취합시다!"

몇몇 살아남은 적군이 육지로 헤엄쳐 가는 모습을 보자, 군사들이 외쳤다.

"아니되느니라! 거제도는 산이 험하고 숲이 우거진 곳이라, 쫓아갔다가 우리 배 사부(射夫, 활 쏘는 군사)를 잃기라도 하면 나중에 큰일이다! 우리도 이제 철수한다!"

잠시 후 조선 함대는 합포에서 적선 다섯 척을 발견하고 쫓아가 모두 격침시켰으며, 다음 날 아침에는 적진포에서 적선 13척을 부수는 데 성공했다. 1차 출동에서 벌어진 세 번의 해전에서 크게 이긴 것이다. 조선 수군은 배 한 척도 잃지 않았으며, 사상자는 부상자 1명이 전부였다. 이토록 완벽한 승리를 거두다니, 만호도 믿어지지 않을 정도였다.

만호로서도 걱정되는 점이 있었다. 옥포에 있는 적들이 육지로 도망친다면 거제도의 조선군과 의병이 그들을 소탕해 주기로 했지만, 성공할 수 있을지의 문제였다.

옥포 해전 이틀 전이었다.

"아무도 들어가지 못하게 하십시오! 첫 발견자가 누구이옵니까?"

은혜 갚은 두꺼비 **251**

만호가 물었다. 방에는 이부자리가 펴져 있었지만, 이불을 덮고 있던 사람의 몸에서 생명은 이미 빠져나간 다음이었다. 이불 위에는, 뜻밖에도 그의 눈에도 낯설지 않은 뭔가가 박혀 있었다.

"이것은, 수리검이옵니다!"

만호가 말했다. 거제 현령 김준민(金俊民)이 눈을 크게 떴다.

"아니, 박 군관 아닌가? 그렇다면, 왜적 자객이 성안에 들어왔다는 말인가?"

"제가 봤을 때, 독에 당한 것 같사옵니다."

만호가 말했다. 수리검에 독을 묻혀서 표적을 향해 던지기는 왜군 간자들이 흔히 쓰는 방법이다. 제대로 검험(檢驗, 검시)할 도구도, 시간도 없었지만 대충 보니 사망 시각은 최소한 자정이었을 것 같았다. 죽은 박 군관의 손을 보니 뜻밖에 먼지가 묻어 있었다.

"나리께서는 늘 이 방에서 주무시옵니까?"

"그렇다네. 하지만 어젯밤에는 섬돌이의 침소에서 전략을 논의하다 잤다네."

"섬돌이? 그게 누구이옵니까?"

"거제도에서는 꽤 유명한 광대일세!"

"예?"

전란 중에 광대라니 무슨 말인가 했다. 김준민은 만호의 생각을 읽은 듯 말했다.

"광대라고 매일 놀이만 하겠나? 그 친구가 거제도나 영남 쪽 지리에 밝아서 내가 옆에 두고 싸움을 돕도록 하고 있네!"

그건 그렇고, 만호는 아무래도 신경이 쓰였다. 만약 누군가가 현령의 처소에서 자고 있던 박 군관을 죽였다면, 그를 김준민인 줄 알고 죽였을 수도 있다.

"나리, 아무래도 나리가 이 자객의 원래 표적이었을 수도 있사옵니다! 나리께서, 박 군관더러 여기서 대신 자라고 명하셨사옵니까?"

"그게 무슨 소린가?"

김준민은 정색했다.

"그런데 관아 현령의 방에서 사람이 죽도록 아무도 몰랐다니, 관아에 경비는 세우지 않으셨사옵니까?"

"군사들이 모자라서 관아 지키는 병력도 모두 성벽에 세웠다네!"

"관노들이라도 불침번을 세우셨어야죠! 관속들을 모두 불러서 조사해야 하옵니다. 어젯밤에 뭔가 본 거라도 있는지!"

"송구하오나, 이곳의 책임자는 현령 나리신데 왜 나리께서 이래라 저래라 하시옵니까?"

한 남자가 불만에 찬 얼굴로 만호를 보며 물었다. 복장으로 보아 고을의 이방 같았다.

"나는 이런 일에 조금 경험이 있기 때문에 그러는 것이네! 내부에 왜적의 간자가 있다면 성이 통째로 무너질 수도 있다네!"

"이방, 무슨 말을 그렇게 하나? 그 인장은 쉽게 위조할 수 있는 게 아닐세! 일단 말이나 들어 보세나!"

김준민이 나섰다. 만호는 이야기를 계속했다.

"시체 발견자는 누구입니까?"

"쇠, 쇤네이옵니다! 점례라고 하옵니다!"

스무 살 정도 되어 보이는, 허름한 차림의 여자가 나왔다. 아마 관비인 것 같았다.

"관비인 모양이구먼? 자네는 어디에서 잤나? 지난 밤 자정 무렵에 누굴 봤나?"

"밤에 말이옵니까? 쇤네가 물 좀 마시러 나왔는데, 키가 큰 사람이 지나가는 것 같았사옵니다! 아, 이방 어른인가 하고 인사하려고 했는데 가 보니까 그냥 가셨사옵니다!"

"그 말 맞나? 자정에 관아에는 무슨 일이었나?"

김준민이 이방에게 물었다. 그는 점례의 말대로 키가 꽤 컸다.

"그냥 쇤네도 성벽을 살피다가 돌아가는 중이었사옵니다!"

만호는 골치가 아파졌다. 거제도 상황을 살펴보고는 빨리 보고해야 하는데 여기서 뜻밖의 살인 사건에 마주치게 되다니, 그것도 거제도의 모든 성이 다 무너지고 이곳만 남아 있는데 그 지휘관을 노린 살인이니 더욱 그랬다. 거기다 적이 다시 공격할 준비를 하고 있는 것 같았다.

"나리, 소관이 그리 오래 머물지는 못하겠사옵니다. 적의 첩보를 알아내서 보고하는 일 또한 중요하옵니다."

"그게 더 중요하지."

김준민은 한숨을 깊게 쉬었다.

"허나, 간자가 나리를 암살하기라도 하면 금방 이 성이 무너질 테니 잠깐만이라도 살펴보겠사옵니다. 동료랑 나중에 만나려면 아직 시간이 있사옵니다."

만호는 주변을 둘러보기 시작했다.

며칠 전, 왜군은 대대적으로 침략해 오기 시작했다. 만호는 휴가를 중단하고 서둘러 자신이 근무하는, 전라 좌수영으로 복귀했다. 이미 이곳에도 비상이 걸려 있었다.

"장 초관, 자네는 어디 갔었나? 자네 집에 사람 보냈는데 없던데."

선배 군관 한 명이 물었다.

"지금 휴가 중에 어디 갔는지가 중요한가? 빨리 장 초관도 자네 위치로 가서 대비를 하게!"

이순신이 말했다.

"경상 좌도, 다대포에 다녀왔사옵니다."

"뭐라?"

순간, 이순신은 물론 주변 사람들 모두 멈칫하며 그를 보았다.

"빨리 회의 소집하고, 장 초관, 가서 장수들 앞에서 경상도 상황을 보고하게!"

잠시 후 군관들이 모두 모였지만, 만호는 이미 이곳에 들어온 소식과 자신이 알고 있는 바가 크게 다르지는 않음을 알 수 있었다.

"우리도 빨리 출동해야 하옵니다!"

만호가 말했다. 그러자 이순신은 손을 내저었다.

"자네는 왜적 침입한 숫자를 보았다고 하지 않았나? 우린 지금 출동할 수 있는 판옥선만 해도 스무 척 정도인데, 그걸 갖고 4백여 척이나 되는 왜 함대와 싸우기는 어려울 걸세! 가는 데만도 며칠이 걸리겠는가? 또, 우리가 나가 있는 동안 빈 우리 수영이 공격당하기라도 하면 어떻게 하나?"

"허나!"

"자네는 첩보 담당 군관일세. 그러니 적정을 잘 살펴야 하고, 잘 살피려면 신중해야 한다네! 무작정 나가자고 하면 어떻게 하나?"

"아, 송구하옵니다."

만호는 자신이 너무 급했음을 깨달았다.

"일단은 그쪽 상황을 더 면밀히 살펴야 하네. 장 초관, 자네는 첩보 부대를 데리고 나눠서 가 보게. 경상 우수영 측에서 적을 막았다는 소식이 온다면 좋겠지만, 각 관포에 사람을 보내 방비

256

를 튼튼히 하라고 했네. 그리고 조정에다가도 경상도를 구원하겠다는 장계를 올렸네."

이순신이 말했다.

만호는 이른 아침에 거제읍성에 가까이 갔다. 이곳에는 거제현의 관아가 있어 섬의 중심지라 할 수 있지만, 성벽의 높이가 13척(4m)에 둘레가 3038척(약 921m)이므로 그리 큰 성은 아니었다. 그래도 성에 휘날리고 있는 조선군 깃발이 반갑게 느껴졌다.

이순신이 만호에게 지시한 임무 중 가장 중요한 것은, 왜 수군이 이제 흩어져서 경상도 남부의 군영을 점령해 나갈 테니 그들의 방향을 알아보는 일이었다. 분산된 적 수군을 각개 격파하기 위해서였다.

만호는 곳곳을 조사해 나가던 도중, 뜻밖에 거제 현령 김준민이 아직 항복하지 않고 거제읍성을 지키고 있다는 사실을 알게 되었다. 그 성을 치려면 그 동쪽에 있는 옥포를 쳐야 하는데 그곳의 만호인 이운룡(李雲龍)은 원균과 함께 피했지만, 김준민은 그들을 따르지 않고 단독으로 농성 중이었다.

"왜적들이 벌써 두 번이나 공격했지만, 점령하지 못했다 하옵니다!"

만호가 거느린 첩보 군사가 보고했다. 그 말을 듣자, 그는 조금 이상하다는 생각이 들었다. 김준민은 거제도 안에 있었으니 원균의 명을 받았을 텐데, 그 말을 듣지 않고 농성하고 있다고 했다. 무슨 일일까.

"누구시오?"

군사 한 명이 활을 겨누며 물었다.

"나는 전라 좌수영에서 온 군관일세! 현령 나리를 만나 뵙게 해 주게! 왜적이 언제 들어올지 모르니 빨리 들여보내 주게!"

"주변 경계를 철저히 하고, 문을 열어라!"

만호는 곧 군사들에게 붙들려 몸수색을 당했다. 순간, 키가 작고 피부가 매우 거친 남자 한 명이 푸른 갑옷을 입은, 키가 큰 남자에게 외쳤다.

"칼을 가지고 있사옵니다! 이건 화살촉이옵니다!"

"화살촉을 가지고……? 아, 척전(擲箭)인가?"

갑옷 입은 남자가 그제야 나섰다. 그가 거제 현령 김준민이었다.

"소관, 초관 장만호라 하옵니다!"

"이건 전라 좌수사 인장이구먼!"

김준민이 만호가 들고 있던 서찰을 보며 말했다. 그는 계미년(1583) 니탕개의 난 때 큰 공을 세운 장수였지만 공에 비해서는 낮은 벼슬을 하고 있었다.

"전라 좌수영 군관이 여긴 무슨 일인가? 우수영 군관들은 우리 빼고는 다 피했다네!"

"소관은 왜란이 났다 하여 적의 동태를 살피고자 왔사옵니다. 헌데, 경상 우수사 영감께서 전부 후퇴하라고 명하셨다 들었는데 왜 나리께서는 여기 계시옵니까?"

"내가 왜 여기 있느냐고? 보면 모르나? 벌써 왜적이 상륙하여 성을 포위하고 있는데 내가 피하면 어떻게 되겠나?"

만호도 그 말을 모르지는 않았다. 왜적은 다른 곳에 진치고 있었지만, 언제든 성 앞으로 다시 몰려올지 몰랐다.

"자네, 오는 길에 왜적의 진지에 가 보았나? 다시 공격해 올 가능성이 있나?"

"먼발치에서 본 게 전부이옵니다. 대략 5천 명은 되어 보였사옵니다. 이 성의 병력은 어느 정도이옵니까?"

"이제 싸울 수 있는 사람은 5백 명 정도일세!"

원균이 휘하 병력을 해산시키고 퇴각했음은 이미 밝혔다. 그러자 그 군사들은 대부분 김준민에게 왔고, 그 덕에 버틸 수 있었다. 문제는 만호가 보아도, 이쪽의 피해도 만만치 않았다는 점이었다. 무기도 병력도 부족한 상황에서 이렇게 버티고 있기도 어려웠다.

"왜적 함대는 지금 옥포에 있다네!"

"소관이 좌수사 영감께 알리면 옥포를 칠 것이옵니다. 그러면 적이 이쪽으로 도망칠 테니 육지에서 그들을 소탕해 주실 수 있사옵니까?”

“아, 그야 물론이네!”

김준민은 선뜻 대답했다.

“헌데, 우수사 영감의 명을 어찌하여 어기셨사옵니까?”

“왜 어겼냐고? 그 명령의 골자가 뭐였는지 아나? 싸움 한번 제대로 하지 않은 채 배를 모두 자침시키고, 병력도 해산시키고 피하자고 했다네! 자네도 수군이면서, 거제도가 적에게 넘어가면 어떻게 되는지 모르나?”

거제도는 낙동강과 견내량을 통과해 한양으로 가는 조운선이 통과하는 중요한 길목이었기 때문에, 전조(고려) 때 왜구 침략도 그쪽을 통해서 이루어졌다. 이곳이 무너지면 적에게 아주 든든한 발판을 주는 셈이었다.

“허, 허나!”

“거기다, 원 수사는 김해, 하동, 사천, 창원, 안골포 등의 장수들에게는 명령을 알리지도 않았다네! 자네 지금 원 수사랑 다들 어디에서 뭐 하고 있는지 알기나 하나? 거기다, 우수사가 전라 좌수영에다 구원을 요청했다면 여기 첩보를 거기에 자세히 알려주든지 했어야지, 거기 군관이 직접 여기까지 올 필요가 있었나?”

만호는 할 말이 없었다. 원균이 전라 좌수영에 구원을 요청하기는 했지만, 어디에서 어떻게 만나서 하자는 말도, 안내할 군관을 보내지도 않았다.

"최소한 적이 거제도를 순조롭게 점령하는 일만은 막아야 하지 않겠나! 그래서 배도 없으니 농성이라도 해야 하고 말일세. 거기다 가장 큰 이유는 거제도 백성들은 물론, 원 수사가 해산시킨 군사들까지 모두 여기에 와 있다네. 그들을 버리란 말인가?"

앞서 밝혔듯, 거제읍성은 그리 큰 규모의 요새가 아니었다. 이곳에서 병력도 무기도 부족한데 그동안 버틴 것만도 다행이라고 여겨야 했다.

"아, 나리……."

김준민은 명령을 어기면서까지 그들을 지키려 했던 것이다. 만호도 어느 정도는 짐작할 수 있었다. 그는 경기도 평택 출신으로 원균과 동향이었던 만큼, 그가 어떤 사람인지도 어렸을 적부터 들으며 자랐다.

"아, 그리고 전라 좌수영에서 왔으면 왜놈들 함대가 어디 있는지 궁금하겠지? 지금 옥포만에 있다네."

"아, 알고 있사옵니다."

"알고 있으면 얼른 가서 알릴 것이지, 아, 우리랑 공동 작전을 펼치자는 제안을 하러 온 건가?"

"그러하옵니다."

"자네 조반은 들었나?"

김준민은 갑자기 만호를 보며 물었다.

"예?"

"아직 식사 전이면 같이 드세나. 관아에 가서 말일세. 뭐, 아직 군량은 그럭저럭 있다네. 자네들은 모두 제 위치로!"

김준민과 만호가 관아에 거의 도착했을 즈음이었다.

"나리!"

관노 한 명이 뛰어 나왔다.

"뭐냐?"

"박 군관 나리가, 죽었사옵니다!"

"그, 그게 무슨 소린가? 박 군관이? 설마, 박경재 말인가?"

김준민이 크게 놀랐다.

"어쩌다가 죽었나? 어디서?"

"누가 죽인 게 분명하옵니다! 칼 같은 것에 맞았사옵니다!"

만호도 곧 그리로 달려갔다. 박경재 군관의 가슴에는 뜻밖에도 그의 눈에도 낯설지 않은, 봉 수리검이 꽂혀 있었다. 왜군 간자들이 쓰는 것이다. 이불 위에서 꽂혔기 때문에 피는 많이 튀지 않았다.

"아무도 들어오지 말라고 하십시오!"

만호는 서둘러 그 방 안에 들어갔다. 펄쩍 뛰어서 대들보를 잡고 턱걸이하듯 위를 보았다.

"이런, 역시, 여기에 먼지가 별로 없사옵니다. 누가 이 위에

262

올라가서 수리검을 던진 것이옵니다! 시체가 누워 있는 위치로 보아 확실하옵니다!"

만호는 대들보에서 뛰어내리고는, 관아 기왓장 쪽으로 갔다. 왜적에게 던지기 위해 기왓장은 다 벗겨낸 다음이었지만.

"역시, 갈고리 자국이 있사옵니다! 줄을 타고 들어온 게 분명하옵니다!"

"이 성안에 적이 있단 말인가?"

김준민이 심각한 얼굴로 말했다.

"이방, 자네는 보지 못했나?"

"아무것도 보지 못했사옵니다!"

이방은 간단히 대답했다. 그러자 김준민이 만호에게 물었다.

"관아 경비도 전부 성벽으로 돌렸다네. 그래서 담을 넘기만 해도 올라가는 건 어렵지 않겠지만, 그런데 좀 이상하지 않나? 나를 노리고 들어왔다면 여기 있던 게 내가 아니란 사실은 알고 있었을 텐데? 그리고 굳이 잘 때까지 기다릴 필요도 없이 내가 방에 들어오자마자 수리검을 던지면 되지 않나?"

만호가 생각해도 그랬다.

"그런데, 박 군관이란 분이 왜 여기서 잤습니까?"

"나도 그걸 모르겠네! 현령의 침소에 말일세."

김준민은 즉시 답했다.

"가장 이상한 건, 범인이 왜적의 간자였고 나리를 노렸다면,

그는 얼른 자기 진영으로 돌아가서 알렸을 것이고 적들이 금방 총공격을 하지 않았겠사옵니까?"

"나도 그게 가장 이상하네. 하지만 왜적이 쓰는 무기를 썼다면, 범인이 간자일 확률이 가장 높지 않은가?"

만호는 일단 현장의 문을 닫으라고 했다. 현장 보존이 잘 되어야 단서를 찾을 수 있다.

만호는 사람들을 보았다. 관비인 점례는 아무것도 보지 못했다고 했다. 그녀 역시 낮에는 계속 물을 긷고 군사들 옷을 빠느라 일만 죽어라 했다.

섬돌이 역시 수상했다. 그는 광대이므로 충분히 갈고리를 걸어서 줄을 타고 관아에 들어갈 수 있을 것이다. 하지만 그가 수리검을 구할 수 있었을 리 없었고, 무엇보다도 그는 김준민과 같이 있었던 만큼 충분히 그를 죽일 수 있었다. 실수로 박 군관을 죽일 리가 없다.

"혹시, 그런 거 아닐까 모르겠사옵니다. 그날 간자가 나리를 암살한 다음에 성공 여부를 신호로 알렸을 것이옵니다. 실패한 것을 안 적이 공격하려다가 돌아간 것일지 모르겠사옵니다."

박 군관이 말했다.

"신호를 어떻게 한단 말인가? 적에게 가려면 성벽에 올라가야 하는데, 성벽은 경비를 물샐 틈 없이 하고 있는데?"

김준민이 그게 무슨 말이냐고 했다.

"실패했을 경우 신호를 하지 말라고 했을 수도 있사옵니다. 그날 이곳을 드나든 사람은 또 누가 있사옵니까?"

"관아에서 먹고 자는 사람들도 많은데, 그들을 다 조사하기라도 해야 하나?"

만호가 보았을 때, 사망 시각은 자정 내외인 것 같았다.

"성안에 있는 사람들 모두의 몸수색을 해서 수리검을 가진 자를 찾거나 해야 하나?"

김준민이 말했다.

"그러기는 어렵사옵니다. 시간도 많이 걸릴뿐더러, 간자는 바보가 아니옵니다. 어딘가에 숨겨 뒀겠지요."

만호는 다시 생각해 보았다. 왜군 간자만이 수리검을 쓰리라는 법은 없다. 만호 자신도 척전의 고수다. 적의 무기를 노획해서 썼을 수 있다. 즉 내부에 적이 있을 수도 있다.

"나는 성을 다시 점검하러 가겠네. 성안에 낯선 사람들이 있는지 찾으면 보고하라고 알려 두긴 했지만 말일세."

"소관은 잠시 둘러보겠사옵니다!"

성이 포위되었을 때 간자를 잡으려면, 백성을 한곳에 모아 놓고 낯선 사람을 색출하는 방법이 있다. 하지만 거제도 백성들이 거의 모두 이 성으로 피해 있다시피한 때 그러기는 어려울 것이다.

점례가 만호의 옆에 따라붙었다.

"자네는 어인 일인가?"

"쉰네더러 나리에게 성안을 안내해 드리라고, 현령 나리께서 명하셨사옵니다."

"아, 그래?"

왜 군이 관비를 시켜서 안내를 하도록 할까? 만호는 조금 의아했지만 점례는 뜻밖에도 즐거워 보였다.

"뭐가 그리 좋으냐?"

"좋긴요? 나리 안내하느라 아침 설거지 하지 않아도 되니 그렇죠. 나리, 전라 좌수영에서 오셨다고 하셨죠?"

"그렇다네."

"거긴 어떤 곳이옵니까? 여수에서는 돈 자랑 말라고 할 정도로 부자 동네라 들었사옵니다!"

"허허. 뭐, 전라도 일대에서는 으뜸가는 시장이 있긴 하네. 그리고 엉뚱한 거 묻지 말게. 전시에 성 안내를 맡았으면 그 임무에나 신경 써야지!"

만호는 성안을 둘러보았다. 물론 전술한 대로 절대 좋은 상황이 아니었다. 군량은 그래도 어느 정도 있었지만, 그렇지 않아도 좁은 성에 사람들이 들어차 있었으니 언제 떨어질지 몰랐다.

만호가 가장 염려했던 점은 앞서 밝혔던 대로, 김준민이 죽었다면 자객은 돌아가서 당장 그 사실을 자기 패거리에게 알렸을 것이고, 그랬다면 저들은 당장 총공격을 했을 것이다.

답은 하나뿐이었다. 자객은 자신이 실수로 박 군관을 죽였다는 사실을 알아차리고 작전을 잠시 미뤘을 것이다. 그렇다면 언제든 김준민은 다시 공격당할 수 있다.

"그렇구면. 그나저나 적이 거제도 내 포구를 모두 장악하고 있으니 원군이 오기도 힘들 테고 말일세."

만호는 말을 돌렸다.

"누구, 박 군관에게 원한을 가진 사람이라도 있었나?"

"글쎄요. 현령 나리께서 섬돌이 아저씨를 아끼는 모습을 보고 박 군관 나리께서 못마땅해 하시긴 하셨사옵니다. 천한 것들이랑 군사를 논하시니 그럴 것이옵니다! 피는 못 속인다면서요!"

"피를 못 속이다니?"

"현령 나리도, 서자시옵니다."

김준민이 서자였다니, 만호는 그제야 그가 높은 공에도 불구하고 현령 벼슬밖에 하지 못한 이유를 알 수 있을 것 같았다.

"아, 그래?"

"허나, 천민도 이 나라 백성 아니옵니까? 백성들이 뭉쳐서 외적을 막아야죠! 그런데 자기가 서자 밑에 있다고 불만이 컸사옵니다! 현령 나리 덕에 왜적 침입을 두 번이나 막았는데 말이옵니다!"

"저런!"

"전란 중이니 고양이 손이라도 빌려야 하지 않겠는가. 천민이라도 백성이고. 그 섬돌이라는 광대는 언제부터 현령 나리를 돕게 됐나?"

"난리 터지고 계속 그래 왔사옵니다. 섬돌이 아저씨가, 거제도는 물론 영남 일대 여기저기에서 광대놀음 하다 보니까 곳곳을 완전히 손바닥 보듯 하거든요!"

"그랬구먼. 그래도 현령 나리와 밤새 전략을 논할 정도라니 대단하이."

만호는 잠시 생각해 보았다. 왜군은 서둘러 거제도를 점령해야 할 것이고, 그런데 거제읍성이 함락되지 않으니 가장 빠른 방법이라면 역시 현령을 암살하는 일이다. 그 외에도 식량이나 무기 창고를 불태운다든가 할 수도 있는데, 그런 정황은 보이지 않았다. 식량 창고는 군사들이 엄중히 지키고 있었다.

"그래도 섬돌이 아저씬 재미있어요. 거제도 이야기에도 밝고요. 이런 이야기 아시옵니까?"

점례가 말했다.

"무슨 이야기 말인가?"

"신라 시대였나, 그때 고을 원이 여기 부임했다 하면 누구든, 첫날을 넘기지 못하고 죽었다고 하옵니다!"

"무슨 일인데?"

"사람들이 하도 이상하게 여겨서 결국, 관비 하나를 남장시켜서 사또 방에 들였사옵니다. 그런데 그 관비는 아무래도, 자기도 무서웠을 거 아닙니까. 그래서 그냥 있기는 그래서 아무도 몰래 방 밖으로 나갔습니다. 그런데 돌아와 보니, 자기가 키우던 두꺼비가 죽어 있었다고 하네요."

"뭔가?"

"대들보를 보니까 구렁이보다도 더 큰 지네가, 죽은 채 늘어져 있었사옵니다! 알고 보니 그동안 부임한 원들은 전부 그 지네 독 때문에 죽었던 거고, 두꺼비는 자기 주인인 관비를 위해 싸우다가 결국 서로의 독으로 인해 죽은 겁니다."

"이번에도 범인이 대들보에 숨어 있다가 일을 저지른 것 같던데, 비슷하구먼? 독으로 죽은 것도 같고."

"사또를 지키기 위해 관비를 남장시켜 들여보내다니, 천한 것들은 그래야 되나 해서 기억하옵니다!"

만호는 그녀의 마음을 이해할 수 없지는 않았다. 그녀는 천민 중의 천민인 관비다. 어쩌면 김준민도 자신을 의심했기 때문에 일부러 관비를 시켜 자신을 안내하라고 한 것 같았다. 만약 만호가 간자라면, 그녀를 먼저 죽이든지 해야 활동할 수 있을 테니까. 어쩌면 누군가가 그를 감시하고 있을지도 모른다.

'이거, 약속 시간 안으로 범인을 잡을 수 있을까? 지금 거제 읍성이 함락되면 당장 전라 좌수영도 위험한데……. 그렇다고

여기서 백성들의 신원 파악을 다 할 수도 없고, 거기다 왜군 간자라면 신분 위조는 쉬울 텐데…….'

문득, 만호가 전라 좌수영을 떠나기 전의 일이 생각났다.

"장 초관, 잘 다녀오게!"

만호가 떠나기 전, 이순신이 그를 불렀다.

"허나, 전란 중에는 온갖 변수가 발생하기 마련이니 신중하게 행동하게!"

"물론이옵니다. 명령이 최우선이옵니다!"

"명령? 그렇다네. 군에 몸담고 있는 자니 명령이 얼마나 중한지는 알 걸세. 하지만 적에게 붙잡힌다고 해서 쉽게 자네 생명을 버리려고 하지는 말게! 군인으로서 싸우다가 죽는 건 영광이지만, 어떤 상황에서든 살아남는 데 우선순위를 두게."

"알겠사옵니다."

"또한, 군이 가장 해야 할 일은 아군과 백성을 보호하는 일일세. 그 일 또한 자네가 맡은 일만큼 중요하다네."

"전란 중에, 적이 아니라 오히려 아군 사이에서 무슨 사건이 나거나 할 수도 있지 않사옵니까?"

"물론이지! 그 경우에는 혼란을 일으키지 않도록 해야 하네. 진중에 숨어든 간자가 무슨 일을 벌일지도 모르니 말일세. 그리고 알겠지만 간자는 크게 두 종류가 있다네. 적이 파견한 자, 아니면 아군 중에서 적에게 매수된 자. 어느 쪽이든 위험한 건 매한가지일세."

"물론이옵니다."

이순신은 잠시 생각한 뒤 다시 말했다.

"자네가 해야 할 일 중 하나가 간자 적발이니, 이를 꼭 잊지 말게! 자네 능력을 믿어서 맡기는 걸세."

만호로서는 그 믿음이 정말 황송했다.

"특히, 왜적들이 약탈이 아니라 정말 조선을 정식으로 점령하려 한다면 민심을 사려고 할 걸세. 그러면 그들에게 넘어가려는 사람들이 많아질 수도 있네. 특히 천민들은 더욱 그렇다네. 그러니, 절대로 천민이나 양인이라고 업신여겨서는 아니 된다네!"

그 이야기가 생각난 이유가 뭘까, 만호는 주변을 둘러보고는 궁금했던 점을 물었다.

"최근 들어, 요 며칠 동안이라도 좋으니 박 군관이 뭔가 이상한 행동을 한 적이 있나? 예를 들면 포위된 중이라도 외부와 연락을 하거나 뭔가 필요한 물건을 구하러 나갈 수는 있지 않나. 그런 일을 한 적 있나?"

"박 군관 어른이랑 몇몇 군사들이 의병들이랑 연락하러 간 적 있사옵니다."

섬돌이나 그 외 사람들도 오갔다고 했다. 그들을 모두 의심해야 할지도 모른다.

"박 군관은 평소 어떤 사람이었나? 뭐, 관아 물건에 손을 대거나 한 적이 있나?"

"그런 건 잘 모르겠사옵니다! 하지만 바깥이랑 연락하는 일은 제일 많이 하셨지요!"

점례는 잘 모르겠다는 투로 말했다. 만호는 지나가다가 대장간 앞을 보았다. 안에서는 아직도 망치 두드리는 소리가 요란했다.

"전투는 쉬어도 대장장이는 쉬지 못하는구먼?"

"물론이옵니다!"

만호는 대장간에 들어가 보았다.

"자네들, 이거 본 적은 있나?"

"예?"

만호가 내민 것은, 박 군관의 가슴에 박혀 있던 그 수리검이었다. 대장장이들은 그것을 보더니 고개를 저었다.

"모르겠사옵니다."

포위 전투가 끝나면, 백성들은 모두 성 밖으로 나가 전사자들을 묻어 시체의 부패를 방지하고, 무기나 땔감이 될 만한 것은 회수해 와야 했다. 물론 적군이 떨어뜨리고 간 물건도 포함해서였다. 쇳덩이는 모두 녹여서 무기를 만들어야 했다.

"나리!"

이방과 섬돌이가 만호 앞에 와 있었다.

"여기서 뭐 하나?"

"점례 넌 가 봐라. 우리가 나리를 안내할 테니까! 할 일 쌓였는데 말이다!"

"쳇, 알겠사옵니다!"

점례는 그곳을 떠났다. 만호는 이방과 섬돌이를 보았다.

"나리, 잘 보셨사옵니까?"

"그렇다네. 이제 현장을 다시 봐야겠네. 현령 나리는 어디 가셨나?"

"성벽을 살피러 가셨사옵니다."

"그래? 그렇다면, 우리는 관아로 다시 한번 가세! 현장을 다시 봐야겠네!"

만호는 곧 현장으로 갔다. 박 군관의 시신은 아직 그대로 있었다. 만호는 점점 초조해졌다. 동료와 만날 시간도 얼마 남지 않았는데, 그렇다고 이대로 떠나기도 어려웠다.

"아직 치우면 아니 되옵니까? 관아에 시신 두기가 그런데……."

이방이 물었다.

"오후까지만 그대로 두게!"

그때였다. 처음에 시체를 보았을 때는 아직 밝아지기 직전이라 몰랐는데, 다시 보니 뜻밖에 박 군관의 손끝에 먼지가 약간 묻어 있었다.

'이게 웬 먼지지?'

"나리, 정말로 왜군 간자가 군관 나리를 그 수리검이냐, 뭔가 하는 걸로 죽였다는데, 그걸 던져서 죽이옵니까?"

이방이 물었다.

"손으로 잡고 찔렀다면 손 때문에 손잡이 부분에는 피가 덜 묻지만, 던졌다면 손잡이 끝까지 피가 묻을 걸세. 하지만 이불 위에서 찔렀기 때문에 피가 덜 튀어서, 던졌는지 찔렀는지 잘 모르겠네."

만호가 다시 관아 뜰에 발을 내디뎠을 때, 그의 양쪽에서 갑자기 두어 명이 달려 나왔다.

"응?"

"빨리 포박해!"

두 남자는 만호의 양팔을 붙잡았다. 하지만 만호는 펄쩍 뛰어오르며 한 명의 무릎을 차고, 다른 한 명의 옆구리를 찼다.

"이놈이 박 군관 나리를 죽인 범인이다!"

"뭣이라?"

이방이 칼을 뽑아들어 만호의 목을 향했지만, 그는 재빠르게 주저앉듯 하며 발로 이방의 균형을 무너뜨렸다.

"내가 박 군관 나리를 죽였다니, 그게 무슨 소린가?"

만호는 척전을 하나 뽑아서 이방의 눈앞에 들이댔다.

"에잇!"

갑자기, 만호의 뒤에서 인기척이 느껴졌다. 어느 새 관아 지붕 위에 올라가 있던 섬돌이가 뛰어내리며 몽둥이를 휘두른 것이었다.

"웃!"

만호는 이방을 밀치고는 바닥을 굴렀다. 섬돌이는 광대라서 그런지 재빠르고 봉술에도 능한 것 같았다.

"이놈이 왜군 간자요!"

섬돌이는 몽둥이를 치켜들었으나, 만호는 재빠르게 몸을 일으키며 그의 가슴을 가볍게 밀었다. 그는 곧 나가떨어지고 말았다.

"그만!"

김준민의 목소리가 들렸다. 그 뒤에는 군사들도 있었다.

"보아하니, 아군이 맞는 것 같네!"

"예?"

"장 초관 말일세, 만약 왜군 간자가 맞다면 자네들을 해치려 했을 걸세. 하지만 해를 입히지 않고 넘어뜨리기만 했잖나? 거기다 방금 보인 무예는 왜국의 것이 아니라 태껸일세. 대신 내가 하나만 묻겠네!"

"무엇이옵니까?"

"전라 좌수사 영감 말일세, 성함이 뭔가?"

"이순신 장군이옵니다!"

"장군이 5년 전(1587) 어디서 근무하셨는지 아나?"

"노, 녹둔도이옵니다!"

"그렇다면 의심할 여지가 없군! 진작 시험할 걸 그랬네!"

김준민은 손뼉까지 쳤다. 녹둔도 전투 당시, 야인들 침입으로 인한 패전의 책임을 물어 이순신은 이운룡 등과 함께 백의종군 처분을 당했다. 김준민도 그 일을 알고 있었다.

"허나, 박 군관 나리를 죽인 것과 같은 것을, 저 자도 갖고 있었단 말이옵니다!"

이방이 말했다.

"내가 가진 건 수리검이 아니라 척전이라고 하네!"

만호는 잠시 일어났다.

"그보다, 내가 척전을 갖고 있단 사실을 자네가 어떻게 아나? 내가 이 성에 와서 소지품 검사를 받았을 때, 자네는 그 자리에 없었는데?"

"점례가, 내게 알려 줬사옵니다!"

"그, 섬돌이 아저씨가 알려 주셨잖아요?"

점례가 말했다.

"뭐라?"

"섬돌이 아저씨가 알려 줬는데요? 쇤네가 들었사옵니다!"

"그 말이 맞나?"

사람들의 눈이 곧 섬돌이를 향했다. 순간, 만호는 그를 보았다.

"염려들 말게, 자네가 박 군관을 죽였다는 거 다 알고 있다네."

"네?"

사람들은 모두 놀랐다.

"이게 뭔지 아나?"

만호는 품안에서 척전을 꺼내 보였다.

"화살촉이옵니다!"

"그냥 화살촉이 아닐세. 말했듯이 이건 척전, 던지는 화살이지. 박 군관이 맞은 그 수리검과는 다르지 않은가? 수리검은 전체가 다 쇠지만, 척전은 나무 손잡이에 화살촉을 끼운 걸세! 물론 전체가 쇠로 된 척전도 있기는 하지만."

원래 척전은 열두 개 정도를 한 번에 소지할 수 있었다. 하지만 만호는 스무 개 정도 가지고 다닐 수 있도록, 손잡이와 화살촉을 따로 분리했다가 유사시 결합시켜서 던졌다.

"내가 처음에 여기서 몸수색을 당했을 때, 자네는 그 자리에 없었다네. 그런데 내가 가지고 다니는 거랑, 박 군관을 죽인 무기가 같다고 이방에게 말하지 않았나? 그리고 처음에 박 군관 시체가 발견되었을 때, 자네도 거기 없었다네! 그리고 관속 중에서, 심지어는 대장장이 중에서도, 수리검이 뭔지 아는 사람은 없었다네!"

"수리검이야, 쇤네도 아옵니다! 부산이나 동래에서 왜 상인들에게서 이야기도 들었사옵니다!"

"아니, 내 말은, 그날 현장에는 아무도 들어가지 말라고 했다네. 그런데, 그게 봉 수리검인지 아닌지 어떻게 알았느냐는 말일세!"

만호는 강하게 말했다.

"흉기는 독이 발린 봉 수리검일세. 수리검은 크게 이렇게 송곳처럼 생긴 '봉 수리검'과 뿔이 네 개, 혹은 여섯 개 있는 사방 혹은 육방 수리검 등으로 나뉜다네. 그런데 자네는 내가 척전 던지는 걸 보고 왜적의 간자가 쓰는 것도 그것과 같다고 하지 않았나?"

"쇤, 쇤네가, 나중에, 현장을 보았사옵니다!"

"그랬을 리가 없지! 나는 박 군관 나리의 몸에 박혀 있던 수리검을 뽑아서 대장간에 가서 알아보기까지 했다네. 그러니 나중에 자네가 보았을 리가 없지! 자네는 처음으로 시체가 발견되었을 때는 오지도 않았으면서, 어떻게 흉기가 '봉 수리검'이었단 사실을 알았느냐 이걸세! 내 거랑 비슷하다는 사실까지!"

"허, 허나!"

"다 알고 있네. 박 군관이 배신자고, 현령 나리의 목을 들고 왜적에게 항복하려고 했지? 자네는 그걸 알고 막기 위해 그런 걸세!"

"예?"

섬돌이는 놀라움을 감추지 못했다.

"간단하네. 박 군관의 손에 먼지가 묻어 있더구먼? 그건 그 사람이 대들보 위에 올라가 있었다는 말이 된다네. 그 사람이 나리의 처소에, 그것도 대들보에 숨어야 할 이유가 뭐겠는가?"

"박 군관이 쇤네에게 와서 어차피 거제성은 얼마 못 가니 사또 나리의 목을 들고 항복하자고 했단 말이옵니다! 서자 주제에 뭘 얻으려고 싸우느냐고!"

전투가 끝나고, 왜군들은 물러갔다. 성의 사람들은 모두 간신히 안도의 한숨을 내쉴 수 있었다.

"저들이 완전히 물러간 게 아니니, 더욱 튼튼히 방비하게!"

김준민이 말했다. 두 번의 전투가 있었지만 그는 왜군의 엄청난 숫자도, 신무기인 조총도 두려워하지 않고 의연히 싸워 무찔렀다.

섬돌이도 겨우 물을 마시며 앉아 있었는데, 박 군관이 다가왔다.

"자네, 현령 나리를 그리 쉽게 따라도 되나?"

"왜적이 침입했는데, 백성들이 힘을 합쳐 싸워야 하지 않겠사옵니까?"

"아닐세, 지금 거제도에 있는 성이 다 넘어갔는데, 여기만 버틴다고 될 수도 없다네. 항복하세! 원군도 오지 않고 있잖나! 그리고 끝까지 버틴다고 해도, 여기 사람들 모두 책임을 면할 수 없네! 원 수사가 피하라고 명령했는데 듣지 않았으니 말일세! 수사가 피하라면 피해야지, 왜 싸우나?"

"지금 항복한들, 어떻게 하려고요?"

"현령을 죽이고 왜군에게 투항하는 거야!"

"뭐, 뭐라고요?"

"생각해 보게! 여기가 무너지면 어떻게 되겠나? 거제도는 이미 완전히 왜구 세상이 되었다네! 거기다, 장수들은 백성을 버리고 도망치기만 했고, 이대로 가다간 우린 다 죽는다고! 현령의 목을 들고 투항하세!"

박 군관은 섬돌이에게 말했다.

"좋사옵니다."

박 군관은 평소에 자신이 서자인 김준민의 지휘를 받아야 하는 데 불만을 품고 있었는데, 왜군의 기세는 물론 사방에서 들려오는 소식을 보고 함락을 피할 수 없다는 생각에 배신을 하기로 하고, 몰래 나가서 왜군과 교섭했다.

만약 아군에게 배신을 들킬 경우, 김준민을 죽인다 해도 다른 군사나 군관들이 그를 죽일 수도 있기 때문에 일부러 왜군에게서 수리검을 받아서 그것을 흉기로 쓰기로 했다. 간자의 소행으로 돌리기 위해서였다. 간자가 현령을 죽이고 성안에서 날뛴다면 백성들은 더욱 혼란스러워질 것이니 점령하기 쉬워진다.

섬돌이는 그날 밤, 박 군관에게는 현령 처소로 가서 대기하고 있다가 김준민이 돌아오면 수리검을 던지라고 계획을 짠 뒤, 자신은 그를 자신의 방으로 데려갔다가 일부러 시간을 끌었다. 그리고 김준민이 잠들자, 재빠르게 돌아와서 박 군관에게 대들보에서 내려오라고 했다. 그 뒤, 자신은 그를 때려서 기절시키고는, 피가 튀지 않도록 이불을 덮은 뒤 그 위로 수리검을 내리찍었다.

"그러니, 제가 두꺼비처럼, 그 지네 같은 자를 없애기로 했사옵니다!"

"그런데, 왜 현령 나리께 사실대로 보고하지 않았나?"

"처음에는 보고하려고 했사옵니다. 허나, 나리께서 갑자기 나타나셨기 때문이옵니다!"

"뭐라?"

만호는 약간 황당함을 느꼈다.

"사건이 일어나자마자 갑자기 나리가, 그것도 전라 좌수영의 군관이 왔으니 이상했사옵니다. 혹시 왜군 간자가 아닌가 하고 말이옵니다! 우리 수군은 해산되었는데 말이죠! 혹시 박 군관과 연락을 하던 사람이 나리였을지도 모른다 여겼사옵니다!"

"원 참."

"됐네."

김준민이 입을 열었다.

"나리?"

만호는 돌아섰다.

"난 사실, 자네가 무슨 짓을 했는지 알고 있었다네. 점례가 본 그 키 큰 남자는 아마, 나였을 걸세."

"예, 예?"

"섬돌이 자네가 나를 늦도록 붙들고 이런저런 이야기를 하기에, 일부러 자는 척했네. 그러자마자 자네가 나가기에, 서둘러 쫓아갔다네!"

"그러면, 나리는 섬돌이가 박 군관을 죽였다는 사실도 알고 계셨사옵니까?"

만호가 물었다.

"처음에는 섬돌이가 간자였을까 하는 생각을 했다네. 하지만 만약 간자라면 나랑 단둘이 있을 때 나를 죽이는 편이 이 성을 점령하기 가장 좋은 방법 아니겠는가? 그런데 그러지 않았으니 말일세. 사실 솔직히, 나도 자네가 왜군 간자인지 아닌지 믿기 어려웠다네. 말했잖나? 원 수사가 전라 좌수영에 구원을 요청한 다면 물길에 밝은 군관을 보내서 안내하든지 해야 하는데, 굳이 좌수영 군관이 여기 올 이유가 있나? 그래서 자네가 수상했지. 그래서 자네가 사건을 조사하게 둔 걸세. 거기다, 자네는 옥포를 치면 패배한 왜적을 우리가 섬멸하는 게 좋겠다고 했으니, 오히려 그 핑계로 우리를 성에서 끌어내려 할 수도 있지 않겠나?"

김준민은 한숨을 푹 쉬었다. 만호도 마찬가지였다.

"거기다, 자네에게 말하지는 않았지만 경상 감사가 근왕하라는 명을 내게 보냈다네. 수사 명령도 어겼는데 감사 명령까지 어길 수는 없다네. 그렇다고 여길 두고 갈 수도 없고, 그런 상황에서 이런 일이 났으니 나도 곤란했네."

"나리!"

"섬돌이, 염려 말게. 아니, 양반이랍시고 거들먹거리던 게, 결국 불리해지니 배신을 해? 그런 놈을 죽인 건 큰 공을 세운 걸세! 자네도 불만 있나?"

"어, 없사옵니다."

만호 역시 마찬가지였다. 자신이 양반이라고 다른 이들을 멸시하던 사람이 정작 적이 오자 항복하고, 그것도 아군 지휘관을 죽일 생각을 했다는 사실은 경멸받아 마땅했다.

"자네야말로, 전에 자네가 했던 그 이야기의 '두꺼비'와 같구먼? 그래서 자네 이름이 섬(蟾, 두꺼비)돌이니까. 하지만 자네는, 그동안 나와 우리 군사들을 든든히 받쳐 주는 섬돌(디딤돌)이나 마찬가지였네! 그 박 군관이야말로 지네와 같은 자였고!"

"나, 나리……!"

섬돌이는 고개를 숙였다. 눈물을 참는 것 같았다.

"내가 서자라고, 다른 장수들도 모두 날 무시하더구먼. 난 저

만주 땅도 호령하던 이였는데."

김준민은 한숨을 푹 쉬고는 말했다. 그가 북방에서 세운 공만 해도 충분히 더 높은 자리에 갈 수도 있었지만, 현령에 머물렀으니 그의 출신 성분과 무관하지 않을 것이다. 그는 만호를 보며 물었다.

"자네는 적자인가?"

"그, 그렇사옵니다."

만호는 그리 넉넉한 집안 출신이 아니라 그의 아버지도 첩을 두지 않았다. 자식도 그 하나뿐이었다.

"품계 때문에 서자인 내가 자네보다 위에 있으니, 자네도 기분 나쁜가?"

"무슨 말씀이옵니까."

"하지만 서자, 아니 천민도 백성이지? 백성이 나라를 지키기 위해 싸우는 게 이상한가?"

만호는 전에 만났던 나해처럼, 신분 혹은 성별의 벽 때문에 자신의 재주를 세상에 보이지 못하는 이들을 안타깝게 여기고 있었다. 비록 임금의 은혜로 특별히 면천되거나 벼슬을 받는 사람들도 있지만, 이는 거의 기적이나 다름없는 일이었다.

"자네, 수군으로 옥포를 치게 되면 곧 우리가 육지로 온 적들을 막겠네!"

"꼭 이기실 것이옵니다! 적의 무기는 대부분 배에 실려 있을 테니까 배만 분멸시키면 저들은 화약을 잃게 될 테니, 그만큼 우리에게 유리해지옵니다!"

"물론일세!"

김준민 역시 그 생각을 한 모양이었다.

"열녀천으로 가십시오."

섬돌이가 말했다.

"응?"

"옥포에서 온다면 틀림없이 그 길을 따라 올 테니, 열녀천 쪽으로 적을 끌어들이면 되옵니다! 거기에서라면 적이 아무리 많아도 이길 수 있사옵니다!"

섬돌이의 말에, 김준민은 말없이 그의 어깨를 두드리고는 만호에게 고개를 돌렸다.

"그리고, 전라 좌수사 영감께 보고할 때는 내가 그냥 겁먹어서 가지 않았다고 하게."

"무슨 말씀이옵니까?"

만호는 눈을 크게 떴다. 원균은 무책임하게도 도망쳤고, 자칫했다가는 전라 좌수영까지 위험할 뻔했다. 거제도가 왜군의 공세에서 한 달 가까이 버틸 수 있었던 건 모두 김준민의 공이라고 해도 과언이 아니다.

"누가 뭐래도 내가 경상 우수사 영감의 명을 어긴 건 맞으니까. 지금 내가 원 수사와 다투거나 그를 고발하기라도 했다간

수사들 사이에 불화가 생길 것이고, 군사들 사기에도 도움이 될 것 없네. 내가 이제라도 근왕하여 공을 세운다면 조정에서도 어떻게 날 봐 주겠지. 그때 가서 적당히 둘러대겠네."

"하, 하오나!"

"내 말대로 하게. 어차피 나는 서자라서 벼슬도 현령 이상으로 올라가기는 어렵네. 문책이나 당하지 않으면 좋겠네."

"문책을 당해야 할 사람은, 경상 우수사이옵니다!"

"그런 말 말게! 그 사람은 자네 상사일세! 방금 말했잖나! 지금 전란이 한창일 때 고위 장수들 간에 불화가 있거나 하면 나라가 위태롭다네!"

"부디, 무운을 비옵니다."

만호는 그에게 고개를 숙였다. 김준민은 틀림없이 신분상 그보다 아래인 서자다. 하지만 저절로 고개가 숙여졌다.

"자네도."

김준민은 말없이 돌아서다가, 갑자기 다시 몸을 돌렸다.

"아, 그리고 말일세. 만약에 우리 성이 함락된다면 의병이나 이곳 장수들이 갈 곳이 없어질 것인데, 전라 좌수영으로 가도 되겠나? 간다면 자네가 신원 보증을 해 준다면 좋겠네!"

"물론이옵니다!"

만호는 서둘러, 약속 장소로 향했다.

옥포해전 다음 날이었다.

"좋다. 쏴라!"

김준민의 목소리가 숲을 쩌렁쩌렁 울림과 동시에, 수백 발의 화살이 열녀천으로 쏟아졌다. 순간, 쫓아온 왜군들은 자신들이야말로 함정에 빠졌음을 알게 되었다.

만호와 김준민의 예상대로, 옥포 해전에서 패배한 왜군들은 곧 거제읍성을 노렸다. 김준민은 의병 대장인 제인국(諸仁國)과 힘을 합쳐 그들을 막기로 했다. 그들이 행군하는 동안 일부러 눈에 띄자, 왜군은 곧 그 사람들을 쫓아왔다. 하지만 그들은 의병이었다.

적들이 사거리 안에 들어오자, 김준민은 화살을 모두 그곳에 쏟아부으라고 했다. 그의 예상대로, 왜군은 옥포 해전에서 많은 물자를 잃었기 때문에 화약이 부족했다. 그들의 무서운 무기 중 하나인 조총을 쓸 수 없다는 뜻이다.

"돌격하라!"

김준민의 말이 앞장서서 그쪽으로 돌격했다. 일찍이 계미년에 오랑캐의 기병을 상대로도 전혀 꿀리지 않았던 그의 기마 및 철퇴 솜씨는 이번에도 빛을 발했다. 그가 말을 달리는 동안 왜군들은 속절없이 쓰러졌고, 관군과 의병이 그 뒤를 따랐다.

"적들이 퇴각합니다!"

"쫓아가지 마라!"

김준민은 이쪽도 후퇴하라고 명했다. 적이 아군보다 훨씬 많았으니, 쫓아갔다가는 더 큰일을 당할 수 있다.

"됐네, 다들 수고 많았네!"

김준민이 피 묻은 철퇴를 들어 보이며 말했다. 결국 왜군은 1천4백 명 가까운 사상자를 내고 퇴각하고 말았다. 적을 밀어붙였다 하여 이곳은 나중에 '밀바대'라고 불렸다.

"역시, 나리는 누구보다 현명하시옵니다!"

제인국이 말했다.

"뭘, 군사들과 당신들이 다들 믿고 따라와 준 덕택이오. 그나저나 이젠 정말로 근왕하러 가야 하오. 그동안 당신들에게 이 성을 맡겨야 하오."

"원 수사도 참, 함대를 모아서 적 함대를 바다에서 분멸했으면, 우리에게 총통이 있으니까 몇 척이라도 없앴으면 시간을 끌 수 있었을 텐데 말이옵니다."

"이젠 그런 이야기를 할 때는 지났소. 이 성을 지키기도 해야겠지만 왜적이 벌써 도성에까지 갔다는 사실도 중요하오. 이번에 전라도, 충청도 군사들을 모아 그들의 뒤를 친다고 했으니 우리도 힘을 보태야 하오."

김준민은 곧 병력을 점검한 뒤 3백 명을 이끌고 거제도를 떠났다.

며칠 후, 만호는 크게 실망했다. 김준민이 거제읍성을 비우자, 추가로 온 왜 병력에 의해 성은 결국 점령당했고 거제도 전체가 완전히 왜적의 손에 들어가고 말았기 때문이다. 거기다 원균은 아니나 다를까, 이순신에게 김준민이 자신을 따르지 않았다고 하여 간사하다고 했다. 만호는 자신이 나서고 싶었지만, 그의 당부를 잊지 않았다.

더 큰 문제는, 왜군의 북상으로 인하여 임금이 한양을 버리고 몽진했다는 소식이었다. 이순신 역시 그 말을 듣고 통분을 금치 못했다.

"전투는 이제부터 시작이오!"

이순신은 제장들을 모아서 말했다.

"다들 알겠지만, 적들은 이제 우리 수군을 격파하고 서해로 진출하여 바다를 통해 보급하려 할 것이오. 따라서 우리가 할 일은 적이 서해로 넘어가지 못하도록, 남해를 지키는 일이오! 다음 출동도 이번처럼 각개격파가 목적이지만, 저들도 몇 번 당하면 곧 전 함대를 모아 공격해 올 테니 이에 대해서도 대비책을 마련해야 하오! 그러니 경계 및 첩보 활동에 절대로 소홀함이 있어서는 아니 되오!"

조선의 반격도 이제 시작이다. 만호는 자신에게 주어진 임무도 그만큼 커졌다는 사실을 몇 번이고 마음에 되새겼다.

보
화
도

"별 이상은 없나?"

"없사옵니다."

"오늘 해남에서 물자 실은 배가 온다고 했는데 아직 오지 않
았나?"

"아직 오지 않았사옵니다."

"바람이 세서 그런가? 좋아, 수고했네."

저녁 보고를 마치고 나온 만호는 바닷가를 보았다. 해가 많이
짧아지고 바람도 차가워진 만큼, 저녁노을을 싣고 와서 하얗게
부서지는 파도도 꽤 거칠었다. 하지만 저 파도도 작년 한 해 동
안의 통제사 심경만큼 오르락내리락하지는 않을 것이다.

삼도 수군통제사 이순신(李舜臣), 임진년 왜란이 일어난 후
그가 여러 해전에서 세운 전공은 조선은 물론 그 전에 이 땅에
있었던 왕조에서도 찾아보기 힘들었다. 그러나 전공이 너무 크
면 오히려 죄를 받게 된다고 했던가. 지난해, 통제사는 모함을

받아 도성으로 압송되어 처참한 고문을 받았다. 나라에 충성한 대가가 고문과 투옥이라니 보통 사람 같으면 도저히 견디지 못했을 것이다. 뿐만 아니라 통제사가 물러난 후 부임한 2대 통제사 원균(元均)은 칠천량 해전에서 왜군에게 말 그대로 전멸당하고 1만 이상의 수군과 거의 모든 배를 잃고 말았다. 그 소식을 들은 통제사 이순신의 심정이 어떠했을까. 거기다 조정은 쌀 한 톨도 지원하지 않은 채 그를 다시 통제사에 임명해 적을 막으라 명령하였다. 만호가 평생 동안 그때만큼 조정을 원망했던 적도 없었다.

중요한 건 그 다음의 일이었다. 그동안 몇 번이나 통제사에게 감탄했지만, 작년 여름 말부터 가을까지 그가 보여준 기적은 누구도 그전에는 상상할 수 없을 정도였다. 그가 복직했을 때 조선 수군에게 남은 배는 12척뿐이었고 식량도 무기도 군사도 모자랐다. 보통 장수 같으면 도망치든가 아니면 자포자기로 적군에게 달려들어 싸우다 죽었을 것이다. 그러나 통제사는 철저히 적의 움직임을 파악하고 남은 병력과 물자를 모아 가며 승리의 가능성을 찾았고, 결국 서해를 노리던 왜군을 진도 앞바다 울돌목에서 물리치는 데 성공하였다.

만호는 지금도 그 해전 때의 느낌이 생생했다. 적선은 바다를 덮었는데 조선의 배는 겨우 한 척이 더해진 13척이었다. 첫 해전을 치르기 직전보다도 더했던 그 긴장감, 싸우는 동안의 절박

함, 손가락이 떨어져 나가도 좋다는 심정으로 몇 번이나 당겼던 활의 팽팽한 느낌 등등. 그리고 마침내 기적처럼 적을 무찌른 후에 든 생각은 단 하나, 통제사와 함께 할 수 있었던 자신과 장졸들은 누구보다도 행운아다. 그뿐이었다. 통제사는 전투를 치르기까지 누구보다도 많은 고생을 하였지만 누구보다도 의연하였다. 적이 우리 땅에 있는 한 그의 눈은 적을 향하고 있었기 때문이다.

왜군의 서해 진출은 일단 막았지만 아직 아군보다 월등히 우세한 적군이 남해에 버티고 있었고 월동 준비도 해야 했다. 그 때문에 통제사는 북서풍을 막는 데도 좋고 서해와 남해는 물론 영산강까지 동시에 감시할 수 있는, 이곳 보화도(寶花島, 현재 고하도)를 기지로 쓰기로 했다.

수군 본영을 옮긴 지도 벌써 두 달이 넘게 지나 새해가 되었다. 다행히 왜군은 별다른 움직임 없이 수군은 물론 육군까지도 모두 남해안으로 피하여 성을 쌓고 월동 중이었다. 울돌목 해전의 여파가 그만큼 큰 탓이다. 이럴 때 아군도 한숨 돌리면 좋겠지만 워낙 병력과 선박이 부족하고 물자도 없으니 잠시도 쉴 틈 없이 새 배를 만들고 전쟁 자금을 마련하는 데 힘을 기울여야 했다.

어느덧 만호는 섬 서부 해안에 있는 선소(船所, 조선소)에 도착했다. 수군에게 가장 중요한 군 장비는 두말할 나위도 없이 전함이다. 그러나 조선 수군의 배는 단 13척이었으므로 통제사는 최우선으로 판옥선 건조를 서두르라 명하였으며, 피난민들 중에서 목수든 대장장이든 기술을 가진 사람은 모두 새 배를 만드는 데 투입되었다. 그러나 그중에서 난민을 가장한 왜군 간자 등이 섞여 있을 수도 있으니 만호는 피난민 신원을 철저히 파악하고, 늘 선소를 수시로 점검하였다.

"장 군관 나리 아니십니까?"

만호에게 말을 건 이는 지난해 울돌목 해전 무렵 전라 우수영에 부임한 군관 허삼석이었다. 그의 손에는 웬 보따리가 하나 들려 있었다.

"아, 허 군관 아닌가? 이번에는 자네가 군량 운반 담당으로 왔나?"

"류 현감께서 직접 오시는 날이라 모시고 왔사옵니다. 그 분이 통제사 영감 만나러 가시지 않았습니까?"

"류 현감 나리? 뵙지 못했네. 자넨 여기서 뭘 하고 있나?"

"온 김에 선소나 좀 보고 가려고 왔습니다. 참, 해로통행첩(海路通行帖)[3] 발급 덕택에 군량도 그럭저럭 모이고 있으니 우리 수

---

3   명량해전 후 이순신은 군량 조달을 위하여 피난민들의 배에 통행증을 발급하여 큰 배는 3섬, 중간 배는 2섬, 작은 배는 1섬씩 발급수수료를 받았고 통행첩 없는 배는 간첩선으로 간주하였다.

군이 겨울은 날 수 있을 것 같습니다. 통제사 영감 정말 현명하신 분입니다."

"사실 그 때문에 통제사 영감 속이 좋지 않으시네. 민폐를 끼치고 있으니 말일세. 군사들에게 지급할 식량도 옷도 피난민들에게서 얻어서 쓰고 있고."

"전란 중에는 흔히 있는 일이옵니다. 더욱이 장군은 강요하시지도 않는데 백성들이 자발적으로 가져오니, 뭔 문제가 있겠습니까? 작년 울돌목 해전 때도 백성들이 식량은 물론 솜이불까지 다 장군께 자진해서 바쳤잖사옵니까. 그런 걸 다 걱정하시다니."

허 군관을 뒤로 한 채 만호는 포구로 갔다. 군량을 싣고 왔는지 군사들이 다 한 짐씩 지고 바삐 오가고 있었다. 해남 현감 류형(柳珩)이 왔다면 인사라도 하려고 했는데 어디서 엇갈렸는지 그는 포구에 없었다. 허 군관은 왔으면 짐 나르는 군사들이나 인솔할 것이지 뭣 하러 선소에는 따로 갔을까.

만호는 염전 쪽으로 가 보았다. 원래 겨울에는 일조량이 적어 소금을 만들기 어렵지만 전란 중이고 소금은 중요한 전비(戰費) 마련 수단이라 이 계절에도 염부(鹽夫)들은 갯벌에서 일해야 했다. 만호가 염전에 도착했을 때 염부들은 마침 소금물을 모으다가 쉬면서, 바다에서 잡아온 게를 삶고 있는 중이었다.

"아유, 군관 나리 아니십니까? 오셔서 게 한 마리 드시죠. 요즘은 게가 제철입니다."

"고맙습니다. 일은 잘돼갑니까?"

키가 작은 염부 한 명이 어디 갔다 왔는지 그 자리에 끼며 대답했다.

"일이야 뭐, 눈이나 비만 오지 않는다면 잘될 것 같습니다. 원, 소만 있어도 될 텐데……."

소금을 만들 때 원래는 갯벌에 구덩이를 파서 소로 써레질을 한 뒤 밀물 때마다 그 구덩이에 바닷물을 모아 농축시켜 그 물을 끓여 소금을 얻어야 한다. 하지만 이 방법은 바닷물 모으는 데 시간이 걸리고 급하다고 바닷물을 그대로 끓이면 연료가 많이 들고 나오는 소금의 질도 좋지 않아, 지금은 모두 섯등(염정鹽井이라고도 함, 갯벌에 바닷물 모으는 구덩이) 위에 나뭇가지와 갈대를 가로질러 놓고 갯벌 흙으로 덮은 뒤 그 위에 바닷물을 계속 부어서 구덩이에 진한 소금물을 모으는, 전라도 전통 제염법을 쓰고 있었다.

"통제사 영감께 말씀드려서 소를 구하도록 해 보겠습니다."

"그만두십쇼. 통제사 영감이 이런 데에까지 신경을 쓰게 하시면 안 되죠. 언제 왜놈들이 또 올지 모르는데."

울돌목 해전 후 통제사에 대한 백성들의 믿음은 거의 절대적이었다. 만호는 자신도 모르게 뿌듯해졌다.

저녁 식사 때가 되자, 만호는 본영으로 갔다. 본영에 가면 먼저 눈에 들어오는 것은 긴 장대에 매달린 사람 머리였다. 전란 중에 참혹한 꼴은 많이 보았지만 아군 본영 한가운데에서 사람의 잘린 머리를 보는 일에는 도저히 적응이 되지 않았다. 그것들은 적군이 아니라 아군이나 우리 백성 중 적의 편에 붙거나 다른 백성에게 해를 입힌 이들의 머리였기 때문이다. 특히 양반들의 세도 및 경멸에 설움받던 천민들이 난리로 인해 치안이 약해진 틈을 타 복수를 하는 일도 있어서 가끔은 그들에게 동정이 가기도 하였으나, 후방을 안정시키는 일도 전투 준비 못지않게 중요하니 어쩔 수 없이 그런 사람들도 잡아들여야 했다.

군관들 식사하는 자리로 가자 곧장 코가 뻥 뚫리는 듯한 냄새가 들어왔다. 그날 저녁은 모처럼 홍어애탕이었다. 홍어 애(간)와 잡뼈, 삭힌 살 등에 된장과 미나리를 넣어서 끓인 홍어애탕은 냄새가 고약하지만 속을 편하게 해 주고 고뿔(감기)에도 효험이 있어 이런 겨울에 아주 좋았다. 만호는 식탁에 앉다가 문득 허 군관이 오지 않았음을 눈치챘다.

"크, 큰일 났습니다!"

갑자기 군사 복장을 한 남자가 달려왔다. 그의 표정으로 보았을 때 좋은 소식이 아님은 금방 짐작할 수 있었지만, 그의 말은 매우 뜻밖이었다.

"사, 사람이 죽었습니다!"

298

"사람이, 죽었다고?"

만호는 숟가락을 내팽개치고 그 군사에게 달려갔다.

"죽다니, 누가 죽었나? 사고인가?"

"사, 살인입니다! 전라 우수영 허삼석 군관 나리가 죽었습니다!"

만호는 그 군사의 안내를 받아 벗집(소금물 끓이는 작업장)으로 달려갔다. 달려가 보니 이미 그 주변에는 염부와 군사들이 여러 명 모여 웅성거리고 있었는데 그 가운데 있던 이는 의아하게도 해남 현감 류형(柳珩)이었다.

"자네, 장만호 군관이라고 했지?"

"그, 그렇습니다."

왜 류 현감이 여기 있을까, 만호가 물을 틈도 없이 그의 질문이 이어졌다.

"여기는 연병장이 코앞인데 경비병도 없나?"

"소금 창고에는 경비병을 두지만 벗집이랑 염전에는 없사옵니다."

만호는 대답 후 횃불을 들고 죽은 이를 보았다. 허 군관은 아궁이 앞에 벌렁 누운 듯한 자세로 죽어 있었다. 왼쪽 뒷머리에 상처가 있었는데 출혈량이 적어 뭔가 천 같은 걸로 감싼 둔기에 맞은 것 같았다. 그리고 무엇 때문인지는 몰라도 솥에는 아무것도 없는데 아궁이에는 아직 불씨가 남아 있었으며 안에서 뭔가가 탁탁 튀고 있었다. 아궁이 위에는 전립(戰笠, 전투용 모자)이 놓여 있었다.

"통제사 영감 오셨습니다!"

밖에서 다른 목소리가 들렸다. 만호와 류 현감은 자리에서 물러나며 고개를 숙였다. 조금 있다가 통제사가 들어왔다.

"살인사건이라고? 그것도 군관이 살해당했다니? 류 현감 자네가 데려온 군관 아닌가?"

"그렇사옵니다. 허삼석 군관이라 하옵니다."

류 현감이 말했다. 통제사는 만호에게로 몸을 돌렸다.

"죽은 지 얼마나 된 것 같은가?"

"한 식경(약 30분) 정도 된 것 같사옵니다. 지금 겨울이라서 몸이 더 빨리 식었는지도 모르지만 아무리 빨리 잡아도 그 시간보다 더 되지는 않았을 것 같사옵니다. 그리고 허 군관의 손에 약간의 재가 묻어 있습니다."

만호는 업무상 검험(檢驗, 검시)을 배워뒀기 때문에 시체가 굳어진 상태를 보고 사망 시간 정도는 알아낼 수 있었다. 통제사는 류 현감 쪽으로 몸을 돌렸다.

"식사 시간에 왜 오지 않나 했더니, 자네는 왜 여기 있나?"

"선소를 보고 오다가 벗집에 불이 켜져 있는 것 같아서 와 보니 시체가 있었사옵니다. 그 때문에 군사를 한 명 보내서 알리

300

도록 했습니다."

"늘 열심이군그래. 허 군관이 평소 여기에 자주 오는 편인가?"

"자주 오지는 않을 겁니다. 군량이나 물자를 보급할 때 군관들은 돌아가면서 오기 때문에 허 군관은 이번이 두 번째일 것이옵니다."

류 현감이 대답했다.

"섬 말고, 이 벗집 말일세."

"그건 모르옵니다."

"이 섬에서 아무 배도 나가지 못하게 일러두게. 류 현감, 자네도 마찬가질세. 장 군관, 자네가 이 사건을 맡게."

"소관, 명령 받들겠사옵니다."

만호의 주 업무는 후방 치안 담당이었으므로 이러한 문제가 발생할 경우 그에게 수사할 권한이 주어졌다.

생각해 보니 의외로 범인을 쉽게 잡을 수 있을 것 같기도 했다. 보화도 주변을 오가는 배는 빠짐없이 탐지되게 마련이고 이날 이곳에 온 배는 조업 나선 어선 몇 척 외에는 류 현감과 그 군사들이 타고 온 한 척뿐이다. 또한 이 추운 겨울 바다에서 헤엄쳐서 달아날 수는 없을 것이다. 즉 범인은 아직 이 섬 안에 있다.

만호는 일단 류 현감이 데려온 군사들에게 허 군관에 대하여 물었으나 별다른 답은 없었다. 단지 그날 류 현감이 싣고 온 화물 중 침구 및 의복을 만드는 데 쓰기 위한 목화솜이 있는데 허 군관의 소매에서도 약간의 목화솜 조각이 발견되었다는 점이 마음에 걸렸다. 그리고 그때는 소금을 끓일 때가 아닌데도 아궁이에 불이 켠 흔적이 있었다는 점도 마찬가지였다.

만호는 지금까지 모아둔 단서를 토대로 살인 현장이 어디이며, 흉기는 무엇이고, 용의자는 누구인지 생각해 보았다.

그 중 첫 번째, 즉 살인 현장이 벗집인지, 아니면 누가 살해한 뒤 그곳에 숨겼는지 생각해 보았으나 이 의문에 대하여는 금방 결론을 내릴 수 있었다. 선소·난민촌·포구·본영·연병장 등은 모두 군사들이 엄중히 경비하고 있고, 주변에 다니는 배 또한 엄격하게 감시되며 각 배마다 해로통행첩이 발급되었기 때문에 그것을 보이지 않으면 간첩선으로 간주된다. 즉 가장 경비가 허술한 곳은 벗집이 될 수밖에 없다. 이곳은 며칠에 한 번 소금물을 끓일 때에만 사용되고 평소에는 잠그지도 않으니 드나들기는 식은 죽 먹기다. 허 군관은 벗집에만은 경비도 없으니 은밀히 누군가와 만나기로 약속했고 그곳에서 당한 것이다. 먼저 만나자고 한 쪽이 누군지는 모르지만.

두 번째 의문은 흉기는 무엇이었을까였다. 벗집에 있는 물건 중 둔기로 쓸 수 있는 물건은 솥에서 소금을 긁어모을 때 쓰는 가래와 소금물을 퍼올 때 쓰는 물통이 전부였다. 고초(진한 식초)를 주방에서 조금 얻어다 이 물건들에 뿌려 보았으나 붉게

반응한 자국, 즉 핏자국은 나오지 않았다. 장작을 흉기로 쓴 뒤 불에 태워서 없앴을까 하는 생각이 들었지만 벗집에는 지붕이 없어 이곳에 땔감을 두면 비 등으로 젖을 수도 있기에 모든 장작은 창고에 있고 이곳에는 회초리로도 쓸 수 없는 잔가지나 지푸라기만 있을 뿐이다. 다시 말해 범인은 흉기를 자신이 준비했다. 무엇이었는지는 정확히 모르지만 범인은 자신에게 피가 튀지 않게 하려고 천 등으로 감쌌을 거란 사실만은 분명했다.

그리고 세 번째 의문, 과연 용의 선상에 누구를 올려야 할까. 보화도에는 호남 곳곳에서 온 수많은 난민들이 있지만 허 군관을 죽일 수 있는 사람은 의외로 적었다. 훈련 때 보았는데 허 군관은 전라 우수영 군관 중 가장 무예 실력이 뛰어났기 때문에 웬만해서는 그를 당해낼 수 없었다. 거기다 당시 허 군관은 칼까지 가지고 있었는데도 당했다. 이는 범인이 그와 아는 사이고 등을 보일 수 있을 만큼 안심할 만한 인물임을 의미한다. 또한 그가 왼쪽 뒷머리를 맞았으니 범인은 왼손으로 때렸다는 말이 된다. 조선 사람들은 대개 어렸을 적부터 강제로 오른손을 주로 쓰도록 교육받지만, 전란 중 오른팔을 다치거나 잃은 사람도 꽤 된다. 거기까지 생각이 가자 허 군관이 방심할 만한 인물이면서 왼손을 쓰는 사람이 한 명 떠올랐다.

"나리, 추운데 밖에서 주무시는지라?"

다른 사람의 목소리가 만호의 의식을 현실로 돌아오게 했다.

눈을 들어 보니 해남현 소속 군사였다. 이름은 떡쇠라고 했다.

"자다니, 생각을 좀 하고 있었네. 참, 류 현감 나리는 어떻게 하다가 오른손을 다치셨나?"

"사흘쯤 전에 실수로 창날을 잡으셨다 아잉교. 크게 다치지는 않았는데 당분간 오른손을 쓰지 못하시는지라."

"그래? 자네, 살인 사건 때문에 묻는 건데, 허 군관이 자네한테 뭐라고 말한 건 없었나?"

"별 건 없고, 갑자기 볼 일이 있다면서 짐 나르는 병력은 저더러 인솔하라고 하셨는지라. 그리고 참, 처녀 도사가 여기로 피난 왔다고 하셨는지라. 어디서 그런 소문은 들으셨는지 원."

"처녀 도사?"

떡쇠의 입에서 의외의 말이 나왔다.

"해남 처녀인데 이름은 보화인지라. 보화도에 보화가 피난 온……, 아니지, 비를 금방 알아차린다고 해서 '처녀 도사'라고 알려져 있지라. 그 때문에 나막신 장수, 농부, 염부도 그 처녀에게서 날씨를 점지받곤 합죠. 아니지, 작년 울돌목 해전 끝나고 왜군들이 퇴각하면서 해남현을 몽땅 약탈하고 불까지 놓고 갔는디 그 여인이 조만간 비가 와서 왜군이 움직임을 멈출 테니(왜군들의 무기인 조총은 비가 오면 쓸 수 없다) 그 틈을 타서 보화도로 피하자고 했다 하는지라. 그 여인 말대로 그날 밤에 비가 억수로 왔고 사람들이 피한 다음 날 곧장 왜군이 그리로 들이닥

쳤다는지라. 그런데 거기다 그로부터 보름쯤 지나서 통제사 영
감께서 보화도에 진을 치기까지 하셨으니 더욱 안심할 수 있게
되지 않았는지라? 해남 출신 난민들은 거의 전부 그 처녀 도사
덕을 봤당께요."

그 말을 듣자 만호도 호기심이 동했다. 류 현감이 허 군관을
죽였을까 하는 생각이 들기는 했지만 아직 확신은 없었으니 다
른 가능성도 알아보아야 했다. 그 보화라는 여인은 섬 가운데에
마련한 난민촌에서 아버지와 단둘이 있다고 했다.

"참, 군관들도 그 처녀를 찾아가거나 한 적 있는가? 허 군관
이 간 적 있나?"

"모르겠는지라."

보화라는 여인의 아버지는 원래 염부였기에 지금도 갯벌에서
소금 만드는 일을 하고 있으며 그녀는 선소에서 밥 짓는 일을
돕고 있었다. 겨울이라 농사도 짓지 못하고 있기 때문에 난민들
중 일할 수 있는 사람은 거의 모두 함선 건조에 동원되었으므로
일꾼들에게 줄 밥을 짓는 데에도 사람이 많이 필요했다.

선소 취사장에 가니, 설거지를 하고 있던 그녀를 찾을 수 있
었다. 그녀는 17, 8세 정도로 보였으며 몸집은 꽤 작았고 생각보
다 빼어난 미모를 지니고 있었다. 그녀는 만호를 보자 약간 경
계하는 눈빛을 보였다.

"군관 나리께서 웬일로 오셨사옵니까?"

"나는 수군 통제영 소속 장만호 군관이다. 이번에 염전에서 일어난 살인 사건 이야기는 들었을 텐데, 혹시 이번 살인 사건 누가 저지른 일인지 알 수 있느냐?"

"어, 없사옵니다."

혹시나 했지만 답은 예상대로였다. 그녀는 날씨를 예측할 수 있다고 들었지만 살인 사건의 범인까지 알아맞히지는 못하는 모양이다.

"허삼석 군관이라고 아느냐?"

"여긴 군관 나리가 한두 분이 아니랑께요."

"모른다는 말이구나, 그래도 여기 온 다음, 아, 해남에 살 때에라도 군관 중에 누가 너더러 내일 날씨를 물어보러 오거나 하지 않았느냐?"

"한두 분 정도는……."

그녀는 간단히 대답했다. 만호는 잠시 고개를 갸우뚱했다.

"참, 너에게 식구들은 없느냐?"

"아부지와 저, 둘뿐잉께요. 아버지 성함은 박, 수 자, 일 자인지라."

"흠."

만호는 그녀에게서 별다른 말을 듣지 못하자 뒤돌아서려 했는데, 그녀의 뒷목에서 뭔가 하얀 게 보였다. 추위서 갈대라도 옷 속에 넣었나 했는데 다시 보니 솜뭉치였다.

"무슨 일이신지라?"

그때, 다른 목소리가 들렸다. 뒤에서 나타난 중년 남자는 소금에 절인 듯 키가 작고 바짝 여위었다. 낯이 익었는데 전날 염전에서 갯벌 고르던 염부 중 한 명이었다. 그런데 그보다도 그 남자 옆에 있던, 군복 차림의 남자가 만호의 눈에 더 띄었다.

"아, 장 군관, 자네도 조사하러 온 건가? 수고가 많네."

"류 현감 나리께서 여긴 무슨 일이십니까?"

"살인사건 때문에 나까지 이 섬에 발이 묶이지 않았나, 해남에 아직 할 일도 많은데, 거기다 허 군관은 해남현 소속이니 이번 사건에는 내 책임도 있고 해서 나도 나름대로 사건을 조사하고 있는 중일세. 아, 그건 그렇고, (염부에게 고개를 돌리며) 자네 이 친구에게 내게 했던 말 그대로 해 주시게."

그 염부는 박수일, 즉 보화의 아버지였다. 그는 잠시 망설이더니 말했다.

"제가 어제 염부들끼리 게 삶는 동안 잠시 소피(소변) 좀 보러 갔는데 이상한 사람 한 명이 절 스쳐갔는지라. 그 사람이 온 방향을 보니 벗집 방향이었긴 했습죠. 생각해 보니 그 사람이 몽둥이를 들고 있긴 했지라."

염부들이 게를 삶던 시간이라면 사건 발생 시각과 거의 일치한다. 만호의 눈이 커졌다.

"그 사람이 어느 쪽으로 갔소? 다시 보면 알아차릴 수 있겠습니까? 아, 몽둥이를 든 손이 어느 쪽이었소?"

"어둑어둑하고 잠깐 스쳤을 뿐이라서……, 키는 꽤 컸던 것 같지라. 이 정도쯤 되나? 아, 그리고 그 사람이 염전 쪽으로 간 것 같아서 새로 온 염부 중 한 명인가 했지라. 요즘 보화도로 피난 오는 사람이 워낙 많으니. 그리고 몽둥이 든 손은 왼손이었던 것 같지라."

"좋소이다. 살해된 허 군관을 아십니까? 혹시 해남에 있을 때 알았습니까? 그는 따님을 잘 아는 것 같았소이다."

"군관 나리라면 순찰 다니시는 분 몇몇의 얼굴을 좀 알긴 하는지라. 그리고 해남에 있을 때 훈련이나 작업 일정 짠다고 딸년에게 날씨를 물어보러 오신 군관 나리도 좀 있었습니다만 소인은 잘 모르는지라."

훈련이나 작업 일정을 짜는데 굳이 '처녀 도사'를 찾을 필요가 있었을까? 만호는 이상하다는 생각이 들었다.

"무슨 성과는 있나?"

돌아오는 길, 류 현감이 만호에게 물었다.

"지금은 성과가 있다고 봐야 될지 모르겠습니다. 저 부녀가 하는 말이 정말이라면……, 참, 오른손 다치신 건 괜찮으십니까?"

"뭐, (오른손을 쥐었다 폈다 하며) 덕분에 이젠 괜찮네."

"나리, 살인 사건이 있었던 날 주변에서 다른 수상한 점을 발견하지는 못하셨습니까?"

"나? 주변을 돌아보다가 벗집에 불이 켜져 있는데 인기척은 없어서 가 봤다고 말하지 않았나. 그 외 별일은 없었네."

"그때 다른 사람을 보지는 못하셨습니까?"

"봤으면 지금까지 내가 말하지 않았을 리가 없지 않나?"

만호는 류 현감을 보았다. 박수일이라는 염부는 그 수상한 남자가 키가 꽤 크다고 했는데 류 현감도 키가 큰 편이다. 거기다 왼손에 몽둥이를 들었다고 했다.

"봉우리에 짚 이엉 씌운 건 어떻게 됐나?"

"다 됐습니다. 멀리서 보면 영락없이 쌀가마처럼 보일 겁니다."

"수고 많았네. 전장에서는 가끔 허세도 필요한 법일세. 도기 그릇을 만들 때 불에 굽다가 깨지는 경우가 간혹 있는데 그걸 막으려면 막대기에 새끼줄을 감은 다음에 그걸로 흙 반죽을 두드려 공기를 빼야 한다더군그래. 거기서 착안한 계책일세. 새끼줄을 감듯 짚 이엉을 봉우리에 얹으면 그렇게 보일 것 같지 않은가."

그날, 통제사의 명대로 유달산의 한 봉우리 위에 짚 이엉을 씌우고 백성들에게 군복을 입혀 교대로 그 주변을 돌게 했다. 멀리서 보면 그 봉우리가 군량미 더미처럼 보이고 군사도 많아 보이게 하기 위해서였다. 울돌목 해전 때 피난민들의 배를 멀리 띄우고 깃발과 돛대를 높이 세워 군선으로 위장하여 우리 쪽의 숫자가 많아 보이게 했던 작전과 마찬가지다. 하지만 제대로 된 전력이 아닌 허세로 적을 막아야 한다는 사실이 씁쓸하기도 했다. 지금도 계속해서 배를 만들고 있지만 왜군의 대함대를 물리칠 만한 규모로 만들려면 아직 멀었다.

"참, 허 군관 살인 사건은 진전 있나?"

"별 진전은 없사옵니다."

만호는 약간 망설였지만 일단은 돌아서려 했다.

"참, 자네 여기 병풍 새로 온 거 봤나? 류 현감이 통제사 방에 병풍 하나 없으면 안 된다며 하나 주었네. 그 친구, 별 걸 다 신경 쓰고 있군그래."

통제사가 웃는 모습을 보는 일은 매우 드물었다. 지난해에 셋째 아들이 전사한 다음부터는 더했다.

"이 병풍 그림은 저 유달산에서 보화도를 내려다보고 그린 그림이라고 하네. 그러고 보니 이 보화도의 별칭이 병풍도라고 하지. 유달산에서 내려다보면 병풍처럼 보인다고 해서. 이건 병풍 안의 병풍인 셈일세."

통제사는 전부터 류 현감을 아꼈다. 그런 그에게 자신의 생각을 말해도 될지, 만호로서는 망설일 수밖에 없었다. 순간 통제사의 입에서 웃음이 싹 가셨다.

"자네에게 실망했네."

순간, 만호는 사람의 말 한마디가 가슴을 후벼판다는 말의 뜻을 알 수 있었다.

"자넨 류 현감이 범인이라고 생각하고 있었지? 죽은 허 군관이 왼쪽 뒷머리를 맞았으니 면식범이고, 류 현감은 오른손을 쓸수 없다는 점 하나 때문에."

"네?"

"조금만 생각하면 되지 않나. 류 현감이 범인이라면 해남에서 죽이지 여기서 죽였겠나? 여기서 죽이면 이 섬 안에 범인이 있다는 말밖에 되지 않지만 해남이나 다른 곳에서 죽이면 왜군이나 외부인이 저지른 일로 위장하기에도 더욱 좋지 않았겠나? 류 현감이 그렇게 무계획적인 인물인가?"

"하, 하오나……."

"자넨 류 현감을 질투하고 있었네, 수군에 발령받은 지 얼마 되지 않았는데도 울돌목 해전에서 많은 공을 세웠고 내가 그를 각별히 아끼기 때문이지.[4] 내가 방금 병풍 이야기를 하는 동안 자네의 얼굴에 얼핏 질투심이 보이더군 그래. 류 현감이 범인이면 좋겠나?"

"그, 그건 아니옵니다."

---

4 이순신은 류형을 자신의 후계자로 가장 적합하다고 언급한 적이 있다. 실제 류형은 순천 왜교성 전투와 노량해전에서 모두 총상을 입으면서도 앞장서서 싸웠다.

"그래, 그건 아니겠지, 하지만 자네는 질투심 때문에 편견을 갖게 됐네, 하지만 류 현감이 왜 허 군관을 죽였겠나? 그럴 이유가 있나?"

"하, 하지만……."

"이런 일일수록 편견을 갖고 임하는 건 좋지 않음은 자네가 나보다 잘 알 게 아닌가. 그것도 후방 치안 담당으로서 이런 사건은 많이 접했을 텐데."

"소, 송구하옵니다."

"그건 그렇고, 자네 이상하다는 느낌 들지 않았나?"

"네?"

"현장 말일세, 허 군관은 머리를 맞았는데도 전립이 전혀 망가지지 않았네, 이는 그가 그 자리에서 스스로 전립을 벗어 놓았다는 말이 되지. 난 자네라면 보자마자 알아차렸을 거라 생각했는데."

만호는 뭐라 할 말이 생각나지 않았다. 사건 현장을 조사할 때 부자연스러운 점을 찾아야 된다는 점은 기본 중의 기본인데, 이는 부끄럽기 짝이 없는 일이다. 순간, 만호의 머릿속에서 방금 통제사의 말 중 한 단어가 빛이 나는 듯한 느낌이 들었다.

"자, 장군, 그러고 보니 아까 새끼줄로 감싼 막대기라고 하셨습니까?"

"그렇네, 음……, 이제 자네 진가가 나온 듯하군."

312

통제사는 비로소 웃는 얼굴을 보였다.

만호는 부끄러운 마음을 잠시 접어 두고 떡쇠를 데리고 군관 숙소로 가서 허 군관의 소지품을 검사해 보았다. 편견에 차서 피해자의 물건을 조사한다는, 기본적인 절차도 잊고 만 것이다. 조사하는 자신이 참 한심해 보였다. 그건 그렇고, 허 군관의 짐은 현장에서 발견된 칼 외에는 활과 화살 등 무기가 전부였다. 하긴 오래 여기 머물 생각은 없었을 것이니 짐도 아주 가볍게 했을 것이다. 그런데, 보따리에서 웬일인지 여인의 속치마가 나왔다. 군관이 그런 것을 가지고 있을 리가 없었다.

"이상하다? 허 군관 나린 아직 미혼이신디?"

떡쇠가 말했다.

"미혼? 그게 무슨 말인가?"

"아, 혹시 아들을 가지려고 그런 거 아닐까 모르겠는지라. 아들 많이 낳은 여자의 속곳을 빨랫줄에서 집어가고 대신 곡식을 놓고 가면 아들을 낳게 된다는 말이 있는지라!"

"그런 말이 있어? 자넨 어떻게 그런 걸 아나?"

"울 어머니가 아들을 일곱이나 낳으셔서 저희 어머니 속곳도 자주 누가 가져갔는지라. 덕택에 그런 날에는 간만에 이밥(흰쌀밥)도 먹고 그랬는지라."

"하하하, 그래? 자넨 몇 짼가?"

"다섯째인지라. 그런데 허 군관 나리는 아직 혼인하지도 않으셨는데 그런 이유로 속치마를 가지고 다닐 필요가 없을 텐데 말인지라."

"그래."

만호는 그 속치마가 의외로 낯설지 않다는 점이 그보다도 더 신경 쓰였다. 더 이상한 점은 그 속치마는 계속 실내에 있었는데도 의외로 축축한 기운이 느껴졌다.

"이런, 나리, 진눈깨비가 오는지라. 이거, 살인사건 때문에 소금물도 끓이지 못했을 텐데 염부들이 걱정을 하고 있을 것 같지라."

문을 연 떡쇠가 말했다. 하지만 만호는 그 말에는 귀도 기울이지 않고 떡쇠를 보았다.

"진눈깨비, 속치마, 염부. 이런, 그래서 그랬던 거군, 이제 알 것 같네. 왜 이렇게 간단한 걸 생각하지 못했을까?"

"네?"

만호는 떡쇠더러 결박용 포승을 챙기라 한 뒤 진눈깨비도 아랑곳 않고 벗집으로 달려갔다. 벗집은 살인 사건 이후 출입이 금지되어 있어서 현장 그대로였다. 선비가 서책을 몇 번이고 읽어서 의미를 되새기듯, 사건을 수사할 때는 몇 번이고 현장을 보면서 흔적을 찾아내야 되는 법인데 그 점을 망각하다니, 만호는 자신이 한심함을 느끼며 아궁이에 남아 있던 재를 다시 한

번 뒤져 보았다.

"아니, 그건 가시 같은지라."

"그래, 홍어는 꼬리에 가시가 있지, 그것도 독침이. 내 생각대로다. 허 군관의 손에 묻은 재가 그리 뜨겁지 않았는데 말일세. 아궁이에는 불씨가 남아 있었다. ……, 그래, 맞다!"

"박수일?"

만호는 박수일이 있는 곳으로 갔다. 진눈깨비가 오면 소금물을 끓일 수 없으니 염부들은 모두 쉬는 중이었다.

"네, 무슨 일이신지라?"

"당신이 허 군관을 죽였죠?"

"무, 무슨 말씀이신지라?"

박수일이 경악하며 말했다.

"이미 당신 딸도 본영으로 보냈소이다. 당신 부녀는 허 군관을 벗집으로 유인했을 겁니다. 이 섬의 다른 곳은 모두 경비가 엄중하지만 벗집은 소금물 끓일 때에만 쓰고, 거기다 겨울이라 쓰는 횟수도 다른 계절보다 적으니 몰래 만날 장소로는 최고 아닙니까. 그리고 당신은 아궁이 속에 미리 허 군관이 관심을 가질 만한—아마 솜뭉치였을 겁니다—물건을 넣어두고, 그가 아궁이를 뒤지도록 한 겁니다. 그리고 당신은 동료 염부들이랑 작업하다가 슬쩍 빠져나와 벗집을 감시하며 허 군관이 오기를 기다렸습니다. 게를 삶아 먹는 자리에 당신은 제일 나중에 왔죠?"

"……."

"그날 저녁이 홍어애탕이었고 당신 딸도 부엌일을 돕고 있으니 당신은 딸을 시켜 홍어 꼬리에 있는 독침을 가져다가 솜뭉치로 싸서 아궁이 속에 넣어두고 허 군관이 거기에 찔리길 기다렸을 겁니다. 그런데 그가 찔리지 않고 계속 아궁이를 뒤지자 뒤에서 다가가 그의 머리를 내리쳤지요. 아궁이를 살펴보려면 전립도 벗어놓아야 하고, 몸을 약간 오른쪽으로 기울이고 오른팔로 안을 더듬어 보았을 테니 왼쪽 머리가 위를 향한 자세가 되고, 그 때문에 왼쪽 뒷머리를 맞았죠. 아무리 고수라도 그런 자세에서는 당할 수밖에 없을 겁니다. 그 증거로 그가 머리를 맞았는데 전립은 멀쩡했고, 그의 소매에 솜털이 묻어 있었습니다."

"하지만 나리, 벗집 안에 몽둥이는 없었고 땔감용 나무도 없었는지라. 무엇으로 때려 부렀겠는지라?"

떡쇠가 물었다.

"아주 간단한 방법이 있지. 자루, 아니 옷이라도 좋으니까 갯벌 흙을 어느 정도 퍼 담은 다음에 자루를 두루마리처럼 단단히 말면 무겁고 단단한 몽둥이가 되지. 거기다 그걸로 때리면 피도 많이 나지 않았을 걸세. 범행 후에 흙은 버리고 옷은 빨면 그만이야. 물론 솜뭉치랑 홍어 꼬리도 같이 태웠겠지. 소금자루야 벗집 안에 쌓여 있었으니까 하나쯤 없어진다고 해도 문제 삼을 사람이 없지. 아궁이에는 불씨가 아직 남았는데 허 군관의 손에 묻은 재는 양도 적고 전혀 뜨겁지도 않았네. 즉 불은 허 군관이 죽은 다음에 범인이 피웠다는 말이야. 소금은 불에 태우면 탁탁 튀게 마련이지. 갯벌 흙에는 소금기가 많으니까 소금자루에도 묻었을 테고."

"내, 내가 무슨 이유로 그를 죽였다는 말이옵니까?"

"이것 때문이오, 당신 딸에게 이걸 보여주니 자백하더이다."

만호의 여인의 속곳 두 벌을 그의 눈앞에 던지듯이 들이밀며 말했다. 순간 그의 얼굴이 소금처럼 창백해졌다.

"이건 부엌에서 일하는 아주머니한테 부탁해서 당신이 지금 머무는 곳에서 슬쩍한 것이오. 이건 허 군관의 짐에서 발견된 것이고, 완전히 똑같습니다. 당신 딸은 비가 오는 날을 기가 막히게 알아맞혔기 때문에 '처녀 도사'라 불렸는데 사실은 신통력이 있었던 게 아니었습니다. 집안 형편 때문에 옷을 제대로 입을 수가 없어서 낡은 소금자루로 속치마를 만들었죠. 그런데 소금은 물기를 빨아들이는 성질이 있기 때문에, 비가 오기 전에 공기 중 물기가 많아지면 그 속곳도 축축해지곤 했으니 비가 올 것을 알 수 있었겠죠. 그런데 그게 소문이 돌아서 장사꾼, 농부들이 날씨 물으러 와서 돈까지 주니까 도사인 척하면서 지냈는데 허 군관이 어떻게 그 사실을 알아차렸을 겁니다. 그리고 당신은 그 사실을 알아차린 그를 죽인 거요. 들키면 사람들이 당신을 사기꾼 취급할 테니까."

박수일은 결국 주저앉고 말았다.

"흑, 제가 그 놈 뒈지게 팼는지라. 하지만 사기꾼 취급당하기 싫어서는 아니었지라!"

"그게 무슨 말이오?"

"그 허 군관이라는 작자는 왜군보다도 더 악질이었당께요! 소인과 딸년이 해남에 있다가 퇴각하는 왜군 부대에게 붙들렸는데, 왜군 중 한 명이 '처녀 도사'의 소문을 들었는지 날씨를 묻지 뭡니까. 그 덕에 겨우 풀려났는지라. 근디 허 군관이 그 사실을 알았고 어떻게 소금자루 치마까지 알게 되어 부렸죠. 그러자 일본군에게 협력하고 혹세무민한 죄를 묻겠다고 했지라! 살고 싶으면 제 딸을 내놓으라지 뭡니까!"

"뭐, 뭐라?"

"그런 놈에게 어떻게 제 딸을 맡기는지라? 겨우 난민들이랑 같이 도망쳐서 보화도에 오면 괜찮을 줄 알았는데 그만, 그 썩을 놈이 여기 군량 보급한다고 오는 바람에 숨어 지내려다가 이번에 마주쳤는지라! 그래서, 제가 먼저 그 놈을 없애야 했는지라. 그래서 그 놈이 우리 딸 환심을 사기 위해 겨울에 옷 속에 넣어 두라고 솜뭉치까지 들고 선소에 왔을 때, 저는 딸더러 그 놈에게 벗집에서 만나자고 하라고 했지라. 계획도 제가 세웠고 일도 제가 다 한 것인지라. 제 딸에게는 죄가 없소. 제 목은 잘